滄狼行
卷18
情字傷人
指雲笑天道

目錄

CONTENTS

第一章

傷人自傷

屈彩鳳嘴角勾起笑容，把一個情敵給逼走，
讓她無比開心，但一想到李滄行看沐蘭湘的眼神，
自己永遠也不可能代替沐蘭湘的位置，
占得一時嘴上之利又能如何？
不過是傷人自傷罷了。

李滄行微微一笑：「公孫幫主見笑了，您老也知道，昏君在位，奸臣當道，想要做事是很困難的，就好比這東南之地，若不是倭寇鬧得連海外貿易也無法進行，那皇帝也不會支持胡宗憲出兵平叛，當年曾大人想出兵收復河套，結果被奸臣害死，但本質上是因為皇帝怕打仗花錢，國事如此，我也沒什麼好說的。」

公孫豪眉頭一皺：「李兄弟，那你今後打算做什麼呢，離開軍隊，就專門搞個武林門派嗎？」

李滄行點點頭：「我並無貪戀官場之意，平定倭寇也只是為了斷嚴賊一臂，以後能更好地打擊魔教，這回我們把魔教從東南逐走，廣東分舵也在此戰中摧毀，對他們是重大打擊，接下來，我就要直搗黑木崖，徹底消滅掉魔教，為當年落月峽之戰中死去的師父和同門報仇。」

屈彩鳳回頭看了一眼，道：「你的小師妹也來了，滄行。」

李滄行沒有回頭，他早就透過眼角的餘光看到了那個讓他心動不已的藍色倩影，他嘆了口氣：「殺賊要緊，別的事情不要多想。」說著他身形一動，全速向前暴起，只三四個起落，便衝到了離逃跑倭寇不到十丈的距離。

毛海峰一咬牙，也不跑了，大吼道：「跟狗日的拼了！」收起腳步，金剛巨杵在頭頂上掄起一道強烈的旋風，帶領手下朝天狼的方向攻了過來。

李滄行的斬龍刀脫手而出，「撲」地一聲，狠狠地刺進離自己最近的一個倭寇的後心，直至沒柄，那人口血狂噴，奔出四五步後才氣絕而亡，周圍的同夥們全都兔死狐悲，也不跑了，紛紛抽出身上的倭刀，怪叫著向李滄行等人撲來。

李滄行右手一吸，紅氣回吸，天狼戰氣內吞，斬龍刀也從空中飛回，正好接到他的手上，眼中紅光一閃，身形如鬼魅一般，以快得不可思議的速度掠過兩個倭寇刀手，只聽「叮叮」兩聲，兩把百煉倭刀從中斷開，兩人只覺得刀風掠體，胸腹處被刀氣劃開一道長長的口子，血肉外翻，痛得這兩個傢伙哇哇直叫。

後面的七八名倭寇一看李滄行的來勢，情知不敵，他們手上的倭刀雖然也算鋒利，但跟斬龍刀這種神兵比起來，就像是小兒手中的枯枝一樣脆弱，所以這些人紛紛向兩邊跳開，轉而迎擊公孫豪和屈彩鳳。

沐蘭湘拖在後面稍落後二十多丈，趁著雙方交手的機會也趕了上來，清叱一聲，七星劍脫鞘而出，抄在右手之上，玉腕一抖，渾身騰起一陣天青色的戰氣，帶出三個光圈，向兩個高舉倭刀企圖側擊屈彩鳳的倭寇攻了過去。

李滄行完全不擔心側翼和身後，今天他只想痛痛快快地大殺一場，倭亂二十年，毛海峰是最後一個，也是最凶殘的一個倭寇首領，只有用斬龍刀割裂他的肢體，才是最好的復仇方式。

一陣巨大的罡風撲面而來，兩百多斤的金剛巨杵盤旋在毛海峰的頭頂，帶著千斤之力向李滄行砸來，毛海峰張著血盆大口，發出聲聲虎吼，就像一隻憤怒的獅子，想要一口吞下李滄行。

李滄行同樣虎吼一聲，周身紅氣激增，斬龍刀上變得火紅一片，面對毛海峰的雷霆一擊，他不閃不躲，迎杵而上，斬龍刀漲到五尺三寸，雙手持刀，一招「天狼破天」，向上迎擊，與毛海峰這一杵對了個正著。

金剛巨杵狠狠地擊中了斬龍刀的刀身中央，又是一陣絕大的力量從刀上傳了過來，李滄行似乎可以聽到刀靈在慘叫著，連他也受不了這巨大的力量，一股灼熱的真氣在燒灼著李滄行的虎口，他感覺到自己的虎口幾乎要裂開，內臟也在劇烈地震動起伏著。

毛海峰的情況比李滄行更糟糕，臉色變得如同金紙一般，嘴角和鼻孔也滲出血來，顯然已經受了內傷。

李滄行的腳向下陷了有半尺，這回土已經埋到他的小腿脛骨一半左右的高度，他雙腿蓄力一震，作勢要從小坑中跳出。

三個倭寇刀手見李滄行被困住，無法行動，感覺是擊殺李滄行的最好機會，便從三個不同的方向撲上。

李滄行眼中殺機一現，冷冷地說道：「找死！」刀光一閃，斬龍刀上的紅氣瞬間化成三道半月斬波，向三個方向砍去。

速度之快，讓三人來不及收回舉在頭上的倭刀抵擋，只聽「嗤」「嗤」「噗」三聲，兩顆人頭沖天而起，另一個人在奔跑中被砍成了兩半，重摔在地上，鮮血和內臟流得滿地都是，把地上染得一片殷紅。

不過，這三人的衝擊也讓毛海峰爭取到了寶貴的調息之機，有了這口喘氣的功夫，他的臉又變得赤紅一片，兩臂也重新貫起千鈞之力。

毛海峰大吼一聲，這回不再用「力劈華山」這一招直接硬碰硬了，他使出少林派的大力金剛杵法，力道驚人，卻又是招式巧妙，兩百多斤重的巨杵在他手上如風車一般的旋轉，舞出的罡風帶起地上的飛沙走石。

李滄行哈哈一笑，大吼道：「痛快！」斬龍刀燃起紅色天狼真氣，毫不退讓地向前三步，雙手揮刀，與毛海峰的金剛巨杵戰成一團。

他一身紅色的真氣，就像火山噴發的岩漿，與毛海峰周身的那道土黃色外勁相撞，碰出片片火花，氣勁鼓蕩之處，空氣都在劇烈地扭曲，隨著一下下的刀杵相擊，周邊的地面不停地被這種劇烈碰撞後釋放出的衝擊波，炸出一個個的小坑，兩大高手的碰撞，讓周圍三丈以內無人敢進入。

另一邊，公孫豪、屈彩鳳和沐蘭湘各被十餘名倭寇刀手圍攻，這些人的武功雖也可稱一流，但跟這三位絕頂高手相比，還是略遜一籌，金光閃閃的屠龍二十八式用在公孫豪的那桿精鋼鑌鐵棍上，幻出一個個龍形真氣，所碰之處，倭寇們一個個骨斷筋折。

屈彩鳳的兩支鑌鐵雪花刀上，注滿了紅色的天狼戰氣，眼中綠光閃閃，進入放手大殺的狀態，近她三尺之內的倭寇，往往幾招不到，就被她強大的戰氣震斷或者打飛兵器，然後雙刀一陣亂絞，人被砍得血肉橫飛，吐血而亡。

至於沐蘭湘，則是一板一眼地使出兩儀劍法，玄門正宗的武當純陽無極真氣包裹著她的全身，抖動玉腕，畫出一個個或快或慢的劍圈，動作優美動人，比起屈彩鳳和公孫豪那種暴力殺戮，她殺起人來，姿勢曼妙之極，實際卻是招招攻人要害，狠辣無情。

七星兩儀劍刺進最後一個倭寇的心臟，這名悍匪被砍得周身上下十餘道傷痕，他扔掉手中的倭刀，雙眼圓睜，兩手緊緊地抓住七星兩儀劍的劍身，兩根手指落到地上，血從他的掌心和嘴中狂噴而出，嘴裡仍用倭語在咒罵著面前的這位武當仙子。

沐蘭湘秀眉一皺，玉足一飛，踢中他的腹部，悍匪在地上扭了兩下後，終於不動了。

李滄行和毛海峰越打越遠，殺出了幾百步外，李滄行的紅色刀氣這會兒完全壓制住毛海峰的金剛巨杵，看來取勝只在早晚之間，一邊觀戰的公孫豪神情輕鬆自如，屈彩鳳眼中則是光芒閃爍。

沐蘭湘還劍入鞘，一抬頭，看到屈彩鳳正在打量自己。沐蘭湘被看得有些不高興，嘟起嘴道：「屈寨主可是有何指教？」

屈彩鳳秀目流轉，盯著沐蘭湘緩緩說道：「沐女俠，我想問你一個問題，你不跟著尊夫徐掌門去追殺倭寇，卻一個人跑到這裡，這樣好嗎？就不怕別人非議，丈夫不滿？」

沐蘭湘生出一絲警惕，鎮定地回道：「我正好看到毛海峰想逃，就跟過來了，沒來得及向外子通報，怎麼，屈姑娘有意見嗎？」

屈彩鳳冷冷地道：「沒有意見，我又不是你們武當派的人，只是我想提醒你一句，**你現在可是徐夫人，不幫著自己的丈夫殺敵，卻跟在別的男人身後跑來跑去，你確定沒有問題？**」

沐蘭湘咬牙道：「我跟我師兄有話要說，不可以嗎？」

屈彩鳳笑得花枝招展，前仰後合：「沐姑娘，你什麼時候變得這麼開放了？沒記錯的話，以前你可是害羞得很啊，怎麼，嫁為人婦反而放得開了嗎？」

沐蘭湘杏眼圓睜道：「屈姑娘，你我本是死仇，但我念你這些年來沒有再做什麼惡事，而且也一直對付嚴世蕃和魔教，所以對你以禮相待，你今天卻這樣苦苦相逼，真當我沐蘭湘好欺負麼？」

屈彩鳳冷嘲熱諷道：「徐夫人，我只是好意提醒一下你現在的身分和地位，我知道你以前和滄行關係非同一般，但那都是過去的事了，就像我以前跟尊夫也曾有過一段美好的回憶，但那段經歷早已隨著在武當山上他刺我的那一劍煙消雲散了，我現在不會再去找徐林宗，也請你不要再找你的大師兄了，這樣對你對我都好。」

沐蘭湘緊咬著嘴唇，眼中淚光閃閃。

屈彩鳳又道：「沐姑娘，上次在巫山，最後天狼跟你說過的話，你想必不會忘吧，現在他是我的男人，你可要清楚了。」

沐蘭湘身子幾乎要摔倒在地，眼前一片發黑：「你，你說什麼，大師兄他……」

屈彩鳳冷笑道：「當年你在武當山上那樣傷他，他又怎麼可能對你再心存舊情？如果他心裡有你，這些年為什麼要隱姓埋名，不再找你？你知道這些年他是怎麼過的嗎？一直陪在他身邊的是誰？沐蘭湘，如果你真的還念舊情的話，就別再纏著他，別再害他，也別毀了你自己。」

沐蘭湘想到徐林宗曾經失魂落魄地說過天狼親口承認屈彩鳳已經是他的女人，自己也曾親眼見到天狼抱著屈彩鳳的樣子，**這個她一直不敢想像的事實擊碎了她的幻想，讓她覺得天旋地轉，幾乎一口鮮血要噴出來。**

沐蘭湘強忍住這口血，在屈彩鳳的面前，她不想表現出自己的脆弱，茫然地看了屈彩鳳一眼，轉身向著來路奔去。

屈彩鳳嘴角揚起一絲笑容，這樣三言兩語能把一個情敵給逼走，讓她無比地開心，她想仰天大笑，但一想到李滄行看沐蘭湘的眼神，**她心如明鏡，自己永遠也不可能代替沐蘭湘的位置，占得一時嘴上之利又能如何？不過是傷人自傷罷了。**

想到這裡，她的心口一陣劇痛，表情也變得黯然，兩行珠淚不知何時從她的眼角邊流下。

突然一聲巨響傳來，混合著公孫豪的一聲大喝：「好！」

屈彩鳳扭頭一看，只見李滄行一刀斬出，正中金剛巨杵的杵頭，毛海峰雖然神力驚人，但內力源源不斷的李滄行漸漸地占了上風，斬龍刀的刀口就像一隻巨大的狼爪，狠狠地砸在金剛杵頭上，這把海底千年玄鐵打造的巨杵，在連續的硬擊之下，杵身都有點彎曲變形了。

毛海峰本就是在勉強支持，李滄行看準機會，一下點在他的杵頭上，強大的內力注入到杵身，毛海峰手心和臂膀上騰起絲絲白氣，兩隻手掌被燙得一片焦黑，虎口爆裂，再也抓不住巨杵，噴出一口鮮血，金剛巨杵脫手而出，仰天噴出一口血雨，摔到了地上。

李滄行道：「毛海峰，你已經一敗塗地了，還有什麼話好說！」

毛海峰嘴角鮮血直流，眼中仍然透出不屈與倔強的神情：「天狼，你這個言而無信的小人，背信棄義，我就是變成了鬼，也不會放過你的！」

「行了，毛海峰，不用在這裡作口舌之爭，我招安汪直、徐海的時候，可是一片赤忱，沒想著要害他們性命，後來朝廷對他們下手，我還去援救過徐海夫婦，也因此叛出錦衣衛，我天狼自問對得起他們。

「再說了，汪直、徐海在海上為害東南十幾年，有此下場也不為過，倒是你，本來逃得一命，就應該解散部眾，隱姓埋名，了此殘生，可你不思悔改，卻又殘殺沿海軍民，打劫沿海城鎮，怙惡不悛，執迷不悟，我天狼饒得了你，老天也饒不了你！」

毛海峰眼中神光盡散，已經是一個在地上等死，奄奄一息的困獸，即使活下來，人也徹底廢了。

毛海峰聲音漸漸低了下去：「天狼，敗在你手上，我…毛海峰無…無話可說，只恨……我沒本事，為老船主，還有…海哥他們報仇，我縱橫海上幾十年，有此一報，也是當然，只是，我有兩件事想求你，如果……你真的念在，對老船主還有歉意的話，請你…答應我。」

李滄行心中一陣淒涼，人之將死，其言也善，嘆了口氣：「你是想要一個痛快嗎？好，我答應你，你還有什麼心願，就說吧！」

毛海峰吃力地喘著氣，斷斷續續地說道：「還有…一條，就是……我的部下，他們有不少不是倭人，而是…沿海的漁民，一時走投…無路，很多人……是被擄掠而來，強逼…下海的，天狼，我把腦袋給你，你…對上面也有交代了，能不能放過我的兄弟？」

李滄行點點頭：「我答應你，投降者免死，除了罪大惡極的頭目，其他人，我會儘量遣散，留他們一命。」

毛海峰眼中現出一絲感激，道：「謝謝，我再無遺憾了，天狼，我要…去見義父和海哥了，給我……給我個痛快吧。」

李滄行看著這個巨漢，心中陡然生出幾份敬意，雖是敵人，但此人亦可謂豪傑了，死亦不失氣節，值得尊敬。

他蹲下身子，附嘴於毛海峰的耳邊道：「害你義父和汪直的是嚴嵩父子，你放心，我一定會替他們報仇的，你放心去吧。」

毛海峰嘴角浮出一絲微笑，李滄行站起身，眼中紅光一現，刀光一閃，毛海峰的腦袋便骨碌碌地滾到了一邊。

李滄行提起毛海峰的首級，心情一陣失落，不知為何，**此戰明明大勝，可是李滄行卻沒有任何勝利的喜悅**，一如當年親眼目睹巫山派的毀滅，或者是看到徐海夫婦死在自己的面前，**這些人本非窮凶極惡之徒，只是一時為暴政所逼而上山下海，為盜為寇，雖然說死有餘辜，但總歸讓人心生同情，不是滋味。**

公孫豪走了過來，拍拍李滄行的肩膀：「我去把這些人埋了，不管怎麼說，讓人曝屍荒野也不太好。」

李滄行漠然地道：「有勞公孫前輩了。」

李滄行站上一個小土丘，看著遠處幾里外亮起了火把，星星點點的戰場，喊殺聲早已停息下來，看來已經進入收尾的階段，李滄行卻是意興闌珊，**籌畫多年**

的計畫大功告成，他卻覺得前路茫茫，一時間不知何去何從。

屈彩鳳的聲音在他的耳邊輕輕響起：「滄行，你有心事？你跟我說實話，是不是到今天，你還忘不了沐蘭湘？」

李滄行默不作聲，這才發現小師妹不見了，點點頭：「你說得不錯，我心裡只有小師妹一人，彩鳳，我知道你想說什麼，我也試過用很多方法來忘掉她，但我實在是做不到，對不起。」

屈彩鳳眼中淚光閃閃：「**即使她已經嫁為人婦，你也要這樣一生一世愛著她嗎？**滄行，你這是害人害己，你知道嗎？」

李滄行的心一陣劇痛：「彩鳳，你是個好姑娘，四年前我就跟你說過，忘了我吧，去尋找你真正的幸福，我不值得你愛。」

屈彩鳳轉過臉，抹了抹眼淚：「好了，滄行，不用多說了，我知道你的意思，只是，這次我不是說自己，而是說你身邊的那個鳳舞。」

李滄行腦中一片空白，自從前日柳生雄霸跟說了那番話後，他只要一想到此事，便頭疼欲裂。

「鳳舞，鳳舞怎麼樣了？」

「你是不是要娶她？如果我猜得沒錯的話，你這次大張旗鼓地帶著她上少林，應該是想在天下人面前公告要娶她吧。」屈彩鳳凝望著李滄行。

李滄行微微一愣：「你怎麼知道？」

屈彩鳳幽幽地道：「女人的直覺是很準的。」

李滄行點點頭：「是的，我正有此意。」

屈彩鳳道：「我看得出來，鳳舞對你一往情深，這世上若論愛你的程度，只怕沒人可以比得上她，包括沐蘭湘在內。是因為她和沐蘭湘很像，所以你才會選擇她，對不對？」

李滄行默然無語，低下頭，不敢面對屈彩鳳：「你既然知道，又何必問。」

屈彩鳳正色道：「滄行，我提醒你一句，**如果你要娶她，就莫要負她，如果你真的捨不下沐蘭湘，那就扔下一切，立刻帶沐蘭湘走**，這次的武林大會，就是你當著天下人做出選擇的最後機會，希望你不要讓自己留下遺憾。無論你作何決定，我都會站在你這邊的，因為，因為我們是朋友。」

屈彩鳳說完，決絕地一轉身，大紅的羅衫被風吹起，幾個起落，紅色的身影便消失在遠方。

李滄行悵然若失，默不作聲。

公孫豪把屍首埋好，走了過來，看著屈彩鳳遠去的方向，不禁道：「李兄弟，這女魔頭好像也喜歡上了你啊。」

李滄行臉微微一紅，澄清道：「幫主不要拿晚輩開玩笑了，在下跟屈姑娘不過是朋友，絕非男女之情。」

公孫豪哈哈一笑：「行了，李兄弟，老叫化子年輕的時候也不是沒有過感情之事，我相信你對女魔頭確實沒動心，但這女魔頭倒是對你情有獨鍾啊，不然今天也不會冒著生命危險出來幫你做證了。」

李滄行嘆了口氣：「屈姑娘對在下有數次救命之恩，只可惜晚輩和她今生有緣無分，她的恩情只能來世再報了。」

公孫豪收起笑容，正色道：「這是你個人的私事，老叫化子本不應該過問，但是老叫化子還是得說，你跟女魔頭可以，跟你的小師妹，絕對不行。」

李滄行身軀微微一震：「前輩，你這又是何話？」

公孫豪沉聲道：「記得當年你來我丐幫的時候，也是為情所困，滿心想的都是你的小師妹，甚至你臥底各派，亦是為了能查出內鬼，以換你師妹在武當的平安，只是現在情況不一樣了，你小師妹已嫁為人婦，而且是武當的掌門夫人，如果你不能慧劍斬情絲的話，不僅你自己親手建立起來的基業可能不保，還會毀了武當，毀了伏魔盟。

「李兄弟，你是聰明人，應該知道**世上最不能原諒的就是兩件事，所謂殺父之仇、奪妻之恨**，你的黑龍會新立，在東南還立足未穩，如果同時得罪了正邪雙方，要是黑白兩道聯手圍攻，就算你手眼通天，也不可能抵擋的，所以我要說的是，不僅沐蘭湘你不可以打什麼主意，就是屈彩鳳，你最好也不要碰。」

李滄行心猛的一痛：「這又是為什麼？前輩剛才不是說跟她可以嗎？」

公孫豪嘆了口氣：「屈彩鳳畢竟曾是徐林宗的女人，你今天若是不公開真面目倒好，但你現在是李滄行的身分，世人皆知，別人會嘲笑你娶了徐林宗的棄婦，你的黑龍會弟子背著這個名聲，在江湖上也抬不起頭來，遲早要離你而去。」

李滄行厲聲道：「前輩此言，晚輩不敢苟同，屈姑娘當年確實和徐師弟有過一段情，後來徐師弟是為了穩固武當方才娶了小師妹，屈姑娘絕不是什麼棄婦，嚼這種舌根的人，實在是無恥之極，我的兄弟們不會因為這種蜚短流長而離開黑龍會的。」

公孫豪不以為然地說：「就算沒有這個原因，屈彩鳳畢竟以前跟伏魔盟各派有著血海深仇，今天展慕白公開發難，被你強行擊敗，但智嗔嘴上不說，心裡就沒意見嗎？就是峨嵋，跟屈彩鳳殺了這麼多年，林瑤仙能忍，了因師太能咽得下這口氣？就算是你的徐師弟，當年若是能輕易跟屈彩鳳化解仇恨，還用得著在婚禮上刺她一劍嗎？而且紫光道長的死現在還沒查明，屈彩鳳的嫌疑到今天也沒有洗清，這次雖然沒人提及此事，以後肯定會有人提的。」

李滄行堅定地說道：「我和徐師弟、沐師妹都很清楚，害紫光師伯的另有其人，師伯明明是被人下毒害死，與彩鳳並沒有關係，這是那個一直潛伏在武當的內鬼下的毒手，總有一天我會查到此人，還彩鳳一個清白。」

公孫豪臉色一變：「你說什麼，紫光道長不是死在屈彩鳳之手？」

李滄行點點頭：「是的，紫光師伯死的時候，徐師弟和小師妹發現師伯面色發青，指甲紫黑，如果徐師弟不是知道凶手另有其人的話，婚禮上一定早就要了彩鳳的性命，而不是只刺她一劍這麼簡單了。

「只是徐師弟顧念當時武當內部混亂，人心惶惶，若是大規模調查的話，恐怕內鬼會勾結外部勢力滅亡武當，就像三清觀那樣，所以才隱忍不發。後來我入錦衣衛，也曾委託陸炳查探過此事，他去查紫光師伯的遺體，發現棺木中有一隻成形的金蠶蠱，還會飛行襲人，這也證實了徐師弟的說法。」

公孫豪倒吸一口冷氣：「以紫光道長的功力，被人下蠱竟不自覺，這實在是太可怕了，滄行，此事非同小可，這個內鬼不除，江湖中恐無寧日。」

李滄行嘆道：「是的，晚輩這些年來，總感覺有隻看不見的手在操縱控制著江湖中的一切，原以為這個內鬼是陸炳所派，但現在看來並不是這麼簡單，從丐幫失掉打狗棒，到武當這個多年不出的內鬼，再到林鳳仙之死，無不透出詭異，似乎這隻黑手的目的是讓江湖正邪各派都不得安寧。我這次雖然成功地建立起黑龍會，但也不知道何時會被這隻黑手所控制和陷害。」

公孫豪聞言道：「李兄弟，邪不勝正，我想隨著你的重出江湖，武當那個多年未見的黑手有可能會露出蛛絲馬跡，既然如此，你可以和徐掌門好好商量一下，設計一些辦法，誘他出來才是。要實現這一點，你更不可以貿然奪人妻了，李兄弟，老叫化子這都是肺腑之言，還希望你好自為之。」

李滄行誠心地道：「多謝公孫幫主的教誨，晚輩謹記於心，從上次您讓胖子帶上幾百丐幫弟子前來幫我建幫，我就感激不盡了，不知道如何才能回報您的恩情。」

公孫豪哈哈一笑：「好了，李兄弟，不用跟我說這些，你的為人我很清楚，廣來也一直在觀察，如果你是心術不正或者野心勃勃之人，我們也不會幫你的，我還是當年那句話，丐幫雖大，魚龍混雜，而且受到朝廷的嚴密監視，想要有所作為，難上加難，但你這黑龍會是新興組織，又有官方背景，可以做些我們想做而做不到的事。只要心存俠義，胸懷天下蒼生百姓，那無論在哪裡，都可以行俠仗義的，是我老叫化子要感謝你給了我那些孩兒們一個施展抱負的機會呢。」

李滄行微微一笑：「那晚輩就卻之不恭了，今天這仗也打完了，前輩，我們就一起回去吧。」

公孫豪擺了擺手：「老叫化子是聽了廣來說這裡有仗要打，才過來助你一臂之力的，正好我前陣子也在杭州辦事，現在那邊的事情還沒有解決，倭寇的事既然結束了，我就走啦，你好自為之。」

說著，也不等李滄行回話，身形一動，如大鳥般地在茫茫的夜色中遁去。

李滄行知道這位風塵異俠做事隨心所欲，來去自如，不喜歡受任何拘束，自己也不可能把他強留下來，看著公孫豪的身影消失在天際，這才緩步走進身邊的小樹林，冷冷地道：「看夠了沒，出來吧。」

一陣怪笑聲傳來，黑袍那高大枯瘦的身影從密林的深處緩緩地出現，他沙啞的聲音隨著喉結的振動，以傳音入密的方式鑽進李滄行的耳中：「滄行，不錯啊，功力又有進步，居然能感受到老夫的存在。」

李滄行哼了聲：「我沒這個本事，若不是你故意暴露了氣息，我還真不知道你這大魔頭也來了，不過，這也不奇怪，這麼大的場面，你若是不來，我反而會覺得不可思議呢。說吧，找我過來說話，有什麼事？」

黑袍看著李滄行手中拎著的毛海峰的腦袋，笑道：「這回你手刃敵酋，又是大功一件，報上去後，想必可以加官進爵，黑白兩道都能吃得開了。」

李滄行搖搖頭：「我早說過，那事要從長計議，黑袍，你不會覺得我剛消滅了倭寇，在這東南一帶還沒有正式開宗立派，就想要我在這裡揚旗造反了吧。」

黑袍「嘿嘿」一笑：「這回你在這裡可是威風八面啊，逼退魔教，消滅倭寇，趕走洞庭幫，還震懾了伏魔盟，老實說，你的表現實在大大地出乎我的意料之外，戚繼光這樣的名將也對你嘆服不已，只要你願意，在這裡割據自立，而不是只滿足於做一個幫派首領，我覺得是沒有問題的。」

李滄行冷回道：「黑袍，我不是你，我在這裡開宗立派，建立勢力是為了對付魔教，而不像你只是一心想當皇帝，東南給倭寇禍害了這麼多年，現在百姓終於可以喘口氣了，他們想要的是安寧，而不是被新的野心家所驅使。」

黑袍眼中現出一絲失望：「那你還要等多久，總不可能在這裡窩上一輩子吧，咱們的時間有限，昏君這些年手上沒錢，這才橫徵暴斂，弄得民不聊生，你在東南給他源源不斷的稅銀，他若是招募軍隊，訓練強兵，我們可就更不好辦了。」

李滄行道：「我只是黑龍會的會長，頂天了也只是一個朝廷的掛名將軍，不是浙直總督，福建巡撫，我不可能把海外貿易的錢全部據為己有，黑袍，我接下來的計畫是招募更多的江湖豪傑，跟魔教作個了斷，打倒魔教自然也會動嚴世蕃，嚴世蕃這回在東南被我如此切斷財路，肯定不會甘心，必將報復，所以我想我們的目的還是一致的，遲早要和嚴世蕃攤牌，既然你來了，我也想問問你，嚴世蕃有什麼舉動嗎？」

黑袍哈哈一笑：「你終歸還是離不開我的，李滄行，你是桂王，身上有皇族的血統，哪天這個秘密給嚴世蕃或者皇帝知道了，一定會除你而後快，到時候你不想反也得反了。」

李滄行平靜地說道：「這我當然清楚，但我再說一遍，我需要時間在這裡經營，你不要催我催得太緊，你要是想起事的話，請便，衝著我們合作過的份上，我會支持你一定的銀兩的。」

黑袍不耐煩地道：「你知道我要的不是這個，這回你去巫山，是不是取那太祖錦囊了？你老實跟我說！」

李滄行微微一笑：「你一直跟著彩鳳，難道你不清楚嗎？」

黑袍咬了咬牙：「原來你在巫山的時候就發現我了。」

李滄行道：「你的幻影分身和龜息大法雖然高明，但是你為了和我傳音入密，把自己的內息運行方式也向我透露了一二，所以你的動向瞞不過我，黑袍，**我當時沒有揭穿你，就是想讓你自己看清楚，我並不會失信於你。**」

黑袍疑心道：「你和屈彩鳳後來去了密道，誰知道你們是不是去取太祖錦囊了？」

李滄行無奈道：「若是我真要取錦囊，只要讓彩鳳引開你，反正你也不可能化身兩個人同時盯著我們，我隨時可以取錦囊，用得著多此一舉嗎？還有，黑袍，你總是覺得有了錦囊就可以號令天下了，我覺得你實在是太幼稚，兩百年前的開國皇帝的詔書，又有多少人會遵從？就算我把錦囊給你，你拿著這東西，戚繼光就會跟著你造反了？」

黑袍煩躁地打斷李滄行的話：「老夫顧不得這麼多，當年朱棣那奸賊就是拿了這錦囊才得了天下的，不管怎麼說，老夫都要試上一試，老夫經營一生，包括我的先人祖輩，都以恢復皇位為己任，怎麼可能半途而廢！」

李滄行知道黑袍不可理喻，也不想跟他就這個問題糾纏不休，換了個話題：「**得人心者才能得到天下**，我說了，我需要時間去經營，難道你經營了一生，經營出什麼可靠的勢力了嗎，大明兩京一十三省，有哪個省你可以說是能完全聽你號令，只要你振臂一呼，就會立即回應的？」

黑袍咽了泡口水：「這不是現在你要做的事麼，李滄行，我可以再給你兩三年的時間，到時候你若再推說沒有經營好這東南沿海，那可就說不過去了，到時候你就交給我太祖錦囊，我自己起兵便是。」

李滄行允諾道：「好，那就依你，不過你現在應該回答我問題了吧，這回嚴世蕃有什麼舉動？直覺告訴我，太平靜了就不正常，嚴世蕃絕不是那種吃了虧後能隱忍不還手的人。」

黑袍白眉一揚：「今天我來，就是提醒你當心的，嚴世蕃已經派了他的親信：福建參將盧鏜，率兵三千，準備圍攻南少林。」

李滄行心中一動：「盧鏜盧將軍？他什麼時候成了嚴世蕃的人了？還有，南少林沒有犯法，他憑什麼攻打南少林？」

黑袍哈哈一笑：「朝廷的這些人比你想像中的聰明，戚繼光知道胡宗憲的大腿抱不住了便會轉而去抱張居正的，難道盧鏜就會在胡宗憲這一棵樹上吊死？他已經通過嚴世蕃在東南的黨羽，浙江布政使鄭泌昌的關係，搭上了嚴世蕃，嚴世蕃給他的第一個任務，就是**捉拿南少林非法集結、圖謀不軌的亂黨**，天狼，你這回明白了嗎？」

李滄行不信地道：「這回南少林僧兵和伏魔盟各派的高手可都是全力抗倭，而且，有興化知府劉德蓋了公文大印的求救書信，加上有我這個朝廷參將的命令，各派英雄也斬殺了這麼多倭寇，怎麼就成圖謀不軌了呢？」

黑袍嘆了口氣：「李滄行，你還是那麼單純幼稚，**也許你的兵法戰策很出色，但是論起朝堂上玩弄權謀、陰謀詭計的手段，你跟嚴世蕃差得太遠了**。你聽清楚，盧鏜來這裡捉命南少林一千人等的罪名，不是他們抗倭或者出兵，而是他們非法集結，圖謀不軌，這幾千武林人士未經朝廷允許，集結在南少林，本身就是問題，明白了嗎？」

李滄行微微一愣，轉而怒道：「四派的伏魔盟大會可是徐階徐閣老親自修書讓他們做的事，難道這也成了罪證嗎？」

黑袍眼中露出一絲戲謔的光芒：「哦，還有這麼一層啊，我幾乎都要忘了這是徐閣老指示的，只是我想請教一下，**徐閣老說了讓他們帶上幾千弟子這樣齊聚南少林嗎？徐閣老的這個指示得到了皇帝的同意嗎？**」

李滄行說不出話了，他突然意識到，**從一開始，可能嚴世蕃就在設這樣一個局，等著伏魔盟各派往裡鑽呢**，這個死胖子那張可怕的笑臉，彷彿就在他的眼前搖晃。

第二章

武林盛會

「這回伏魔盟四派出動了數千弟子來此地集會，
徐閣老的信上並沒有讓他們出動這麼多人，
所以我必須要考慮一個萬全之策才行。
我希望將軍能明天和盧鏜一起帶人上南少林，
你們二位來見證一場武林的盛會。」

李滄行咬牙道：「可是盧鏜再怎麼說也是朝廷大將，倭寇攻城他不管，卻要對血戰倭寇的伏魔盟各派下手，以我對盧鏜的瞭解，他不會做這種事。」

黑袍搖搖頭：「盧鏜沒有趕上這場戰鬥，他不知道倭寇攻擊興化府的事，而且伏魔盟各派幾千人聚集南少林，確實有作亂的嫌疑，他完全可以就此拿下各派的掌門和長老人物，帶回京城審問，如果伏魔盟這次敢反抗，無論是勝是敗，起兵造反這一條就跑不掉了，你也會落得一個重金收買江湖匪類、圖謀不軌的罪名，應該有很多人看到你的那五百萬兩銀子了吧。」

李滄行的腦袋一片空白，他想到嚴世蕃一定有許多眼線掌握著自己的一舉一動，這次與伏魔盟四派在南少林的會盟，給了他一個絕好的陷害機會，眼下官軍已經逼近，這個私會江湖門派，聚眾於少林的罪名看起來是很難洗清了。

黑袍的眼中閃過一絲冷厲的光芒：「滄行，如果我是你，就一不做，二不休，現在你有錢有兵，又和伏魔盟各派建立了不錯的關係，這回官兵步步進逼，不僅對付你，而且把伏魔盟的各派也往死路上逼，這是一個絕好的可以利用的機會，四派弟子散布民間開莊立院的，足有幾十萬人。

「若是現在起事，以你我手中的財力和我這些年積累的力量，馬上就可以拉出數萬大軍來，朝廷可以倚仗的，無非是東南平倭的這些部隊，你若是能拉攏戚繼光和俞大猷，再在這次消滅掉盧鏜，那大明在江南就沒有強大的軍力，我們可以先破杭州，再攻南京，席捲江南，到時候拿出太祖錦囊，討伐逆賊偽皇，一定天下雲集回應，你我的大業也能唾手可得。」

李滄行沒有說話，迅速在腦子裡考慮黑袍的提議。

黑袍看這回李滄行沒有馬上拒絕自己，心中暗喜，繼續說道：「如果你擔心朝中大臣，像徐階、張居正這些人不願意站在自己這一邊，那我覺得你是多慮了，所謂一朝天子一朝臣，這些人本就是支持伏魔盟的清流派大臣，這次的事又是因為徐階的書信所導致，於情於理，徐階他們都應該主動善後。

「這次的倭寇俘虜中，應該有不少人可以證明嚴世蕃跟倭寇有勾結的事，只要你先起兵打敗盧鏜，席捲了東南，形成割據，然後再拿出嚴世蕃通敵叛國的罪證，給皇帝一個臺階下，只說清君側，不說奪他的天下，那昏君如果戰場上打不過，就只能斬嚴世蕃以謝天下，**到時候天下的人心盡在我們一邊，進可取出錦囊，連接朝臣以圖天下，退也可保東南半壁江山，形成南北朝，**滄行，你可要想清楚了，**機不可失，失不再來啊！**」

李滄行心中突然一亮，電光火石間，想到一個很好的主意，嘴角也不自覺地露出微笑：「黑袍，感謝你提供的情報，我想我心中有數了。」

黑袍大喜，追問道：「怎麼，你終於下定決心，要起兵了嗎？」

李滄行笑道：「我自有計較，現在起兵還有點太早，明天伏魔盟各派應該會集結於南少林，與我黑龍會正式會盟，到時候我們看盧鏜的表現，如果他執意要滅伏魔盟各派，那我就趁機讓伏魔盟各派起事反抗，刀子殺到頭上了，這些人也不是綿羊會束手就擒，然後我再和你聯繫，四下發難起事，你看如何？」

黑袍哈哈一笑：「滄行，你終於還是下定決心了呀，只是我覺得你用不著這麼麻煩，現在盧鏜的軍隊已經接近了，你不如直接起事，夜襲其所部，斬殺盧鏜，這樣成了既定事實，豈不是更好？」

李滄行搖搖頭：「伏魔盟的那些名門正派，不是死到臨頭是下不了這個決心的，沒有他們相助，沒有那散布民間的十餘萬正派弟子，還有這些人在朝中的後臺，光靠我們孤軍奮戰，只怕不易成功，黑袍，你這回就聽我的，反正也不急在這一兩天。對了，盧鏜的部隊什麼時候到？」

黑袍道：「大約明天就會到了，你要把握好時機啊，我會隱身於人群中幫助你的。」

他說完，身形一動，黑色的身影詭異地消失在密林之中。

李滄行面沉如水，在這一瞬間，他終於做出決定，這恐怕也是化解眼前這場威脅的唯一辦法了。

興華府城外五里處，已經紮起了一座座的營寨。

這裡是戚家軍的行營，三四千名垂頭喪氣的倭寇被繩索捆成一串，在軍士們的押解下，或是集中坐在一起，或是搬著木頭，在營寨外打著木樁柵欄。

偶爾有幾個想要逃跑的倭寇，沒跑出兩步，就被戚家軍一箭射倒，然後上前梟下首級，插在營地外的木樁上，幾十個齜牙咧嘴，面目猙獰的倭寇人頭，威懾、警告著有逃亡之心的倭寇們，嚇得其他人再也不敢趁著夜色逃亡。

一個高大的黃色身影，悄無聲息地走到了戚家軍的軍營門前，兩個守門的軍士立即喝道：「來者何人！」

來人抬起頭，一張高大英武，稜角分明的臉映在眾軍士的面前，同時讓大家看清楚的，還有一塊寫著郎字的將軍權杖：「我乃戚家軍天狼部隊參將郎天，有要事求見戚將軍！」

片刻之後，中軍大帳裡，戚繼光一臉興奮地拉著李滄行的手，道：「這回多虧了你的謀劃，我們才能一舉蕩平為禍東南多年的倭亂，九年前我來浙江時許下的澄清海波、蕩平東南的願望，終於實現了，這完全是靠了你天狼老弟的功勞啊。來，看看我新寫的這首詩。」

李滄行向案頭看去，只見一張攤開的宣紙上，墨跡未乾，狂野地寫著一首詩，下筆如行走龍蛇，盡顯戚繼光的不凡氣度，他邊看邊念道：

「萬眾一心兮，群山可撼。惟忠與義兮，氣沖斗牛。主將親我兮，勝如父母。干犯軍法兮，身不自由。號令明兮，賞罰信。赴水火兮，敢遲留！上報天子兮，下救黔首。殺盡倭奴兮，覓個封侯。」

李滄行笑了起來：「依在下看來，這不像是首詩，而是一首可以用來歌唱的軍歌啊。」

戚繼光哈哈一笑：「不錯不錯，我的軍士們不懂太多的文化，甚至連字也不識，這首凱歌就是為他們寫的，今天大家太累了，連安營紮寨這種事也無力進行，明天安頓好興化府的百姓之後，我就要把這首詩教給全軍傳唱，以紀念今天我們的大捷。」

李滄行是從密林那裡過來的，還沒有來得及回自己的營地，趕忙問：「今天戰況如何？」

戚繼光收起笑容，正色道：「興化府內的千餘倭寇，全部被以鳳舞為首的錦衣衛殺手和兩百名軍士所消滅，非死即俘，城中倭首自林源四郎以下盡數伏誅，全城的百姓除了幾十人在混戰中身亡外，全部被救了出來，知府劉德也安然無恙，雖然挨了頓打，受了些驚嚇，但人沒什麼事。」

李滄行聽了道：「看來鳳舞沒有讓我失望，我原本最擔心的就是興化府的百姓損失太慘重，謝天謝地。」

戚繼光又道：「至於一線谷那裡，依照你的計畫，我軍在谷頂設伏，倭寇大隊人馬進入谷中後，我們推下巨石，堵住山谷兩側，然後以亂石滾木擊殺谷中的敵軍，戰果沒有完全統計出來，但估計斃敵在一萬五到兩萬之間，倭首林源三郎被你派來的洞庭幫主楚先生擊殺，還有五千多人投降，其他逃散的有幾千人，我已經派陳大成和吳惟忠率兵去追擊了。」

李滄行笑道：「林源三郎、四郎這對兄弟，也是汪直時代的老賊了，我見過，確實凶悍，也是那毛海峰的左右手，這二人一死，那倭寇就不足為患了。」

戚繼光眼中精光閃閃：「你那裡怎麼樣？毛海峰的人雖然只有五六千，但都是最凶悍善戰的親兵老賊，還有魔教高手助陣，我一直很擔心你那裡的情況，就等著你的消息呢，想不到你親自來了。」

李滄行微微一笑，從腳邊拿起一個人頭，向戚繼光的面前晃了晃：「毛海峰首級在此，將軍可以放心了。」

戚繼光哈哈一笑：「天狼果然不負眾望，親手斬得敵首，此戰你當記頭功，我一定會把這個功勞上報給朝廷，為你請功的。」

李滄行搖搖頭：「我現在關心的不是這件事，平倭之事大局已定，我深夜來此，還要將軍摒退左右，乃是有要事相商。」

戚繼光臉色微微一變：「何事？」

李滄行從帥案上拿起一張紙，手書起來：「事關機密，你我還是手書為宜。」

戚繼光提起筆寫道：「有必要如此嗎？我這裡應該很安全。」

李滄行搖搖頭：「也許會碰到擅於偵聽之術的人，比如陸炳就能聽到一里之外地下密室的交談，還是小心為上。」

戚繼光好奇道：「可是有關戰後倭寇藏寶的事？」

李滄行把寫滿字的紙放在火盆裡燒掉，換了一張紙，繼續寫道：「不是，盧鏜率大軍來到附近了，戚將軍可有所聞？」

戚繼光臉色一變：「怎麼可能！難道他也是收到消息要來平倭的？胡總督為何不跟我們說一聲？」

「我來之前打探過，消息無誤，他帶了兩萬多南直隸的部隊，不是胡總督下的令，而是嚴世蕃秘令南直隸的衛所兵，由盧鏜所率，取道江西鷹潭進入福建的，也不是為了抗倭，是要來捉拿伏魔盟的人還有我。」李滄行面色凝重地說。

戚繼光兩道眉毛緊緊地鎖到一起：「我明白了，這是嚴世蕃的毒計，一定是說你們未經皇上允許，就聚集了這麼多武林人士，圖謀不軌，對不對？」

李滄行寫道：「戚將軍所言一點不錯，嚴賊處心積慮，對我們這回的行動一直沒有任何動作，這本就不正常，幸虧今天有人給我報信，我才知道此賊竟然有如此毒計，我想要給伏魔盟四派的那五百萬兩銀子見面禮，也會被他作為我勾結江湖人士意圖作亂的證物。」

戚繼光驚道：「還好發現得早，天狼，你現在要做的不是來我這裡，而是要趕快去找伏魔盟的四派掌門，讓他們連夜離開，嚴賊沒有證據，也不好誣陷你們了。」

李滄行否決道：「不，這樣雖然能逃得了一時，但南少林是跑不了的，不管怎麼說，這回伏魔盟出動了數千弟子來此地集會，總要有一個說法，徐閣老的信上並沒有讓他們出動這麼多人，他肯定是不會擔起這個責任的，所以我必須要考慮一個萬全之策才行。」

戚繼光聞言道：「看這樣子，你應該已經想出對策了，有什麼要我幫忙的嗎？」

「我希望將軍明天能和盧鏜一起帶人上南少林，你們二位來見證一場武林的盛會。」李滄行露出笑容道。

第二天清早。

南少林西北邊三十里處的明軍營寨，士兵們正懶洋洋地拆除帳篷與營柵，人叫馬嘶，亂哄哄的，不少軍官正拿著鞭子狠狠地抽著那些睡眼惺忪，不肯起床的小兵，叫罵聲、口號聲響成一片。

盧鏜騎在一匹高頭大馬上，眉頭緊鎖。

身邊一個副將道：「將軍，靠著這樣的部隊去打南少林，能打得下來嗎？」

盧鏜臉色一沉，猛的一回頭，嚇得那副將趕緊閉上嘴，不敢再多說話。

「休得胡言，我們為什麼要打南少林？他們又不是山賊土匪。」

那副將是嚴世蕃派來的一個家將，聽到盧鏜的話，冷笑一聲：「盧將軍，小閣老的意思您應該很清楚，您不會變卦了吧。」

盧鏜義正詞嚴地說：「盧某是朝廷的武將，遵守的也是朝廷的軍令，如果那些武林人士據南少林企圖作亂，那自然要消滅，但如果他們沒有作亂之心，我們也不能草芥人命，說殺就殺。蘇將軍，你說呢？」

蘇副將正待開口，卻聽前方一陣馬蹄響動，兩個斥候飛馬而至，跑到盧鏜面前，滾鞍下馬，道：「報告將軍，前方有一彪人馬，看起來足有六七千人，正擋在我軍的前面，軍隊前掛著一面戚字大旗！」

盧鏜喃喃地道：「戚繼光？他這會兒不是該在浙江嗎，怎麼會出現在這裡？」

蘇副將幸災樂禍地道：「這東南的水果然很深啊，官匪一家，相互勾結，怪不得反賊這樣有恃無恐呢！」

戚繼光的聲音從百餘步外傳來：「是哪個不長眼的王八蛋亂嚼舌頭，說什麼官匪一家啊。」

蘇副將心中一驚，向前看去，只見一百多名剽悍勇武的騎兵擁著一員全副武裝的大將，進了大營。

這些騎兵個個裝備精良，盔甲擦得晶亮，皮膚則是全身黝黑，剛健有力的肌肉高高地隆起，冷厲的眼神中透著殺氣，即使不算良將的蘇副將也能一眼看出，這些都是百戰精兵，比起自己那些混日子的衛所兵，實在是天上地下的差距。

盧鏜嘴邊露出微笑，向來將行了個軍禮：「戚將軍，您怎麼來我的營寨了呀。」

戚繼光哈哈一笑，在馬上按胸回禮道：「盧將軍，你不也是不請自來嘛？昨天我軍剛剛在武林人士的幫助下，大敗深入內地的倭寇，福建的倭寇首領毛海峰，也被我們當場斬殺，餘黨盡數伏誅或是投降，盧將軍也是來平倭的嗎，這回你可是晚了一步嘍。」

盧鏜一開始並不知道戚繼光大戰毛海峰的事，微微一愣：「什麼，倭寇竟然膽大包天，深入到福建的內地來了？」

戚繼光訝道：「難道盧將軍不知道嗎？繼台州一戰後，浙江的倭寇被消滅一空，餘部流竄到福建，奉原汪直徐海賊團的漏網之魚毛海峰為首嶺，這些人多年來一直為禍福建一帶，前不久我軍攻陷了毛海峰的大本營橫嶼島，毛海峰失掉了多年積累的財富，所以孤注一擲，率領手下突襲這興化府城，想要搶奪運往京師的稅銀。」

盧鏜恍然道：「原來是這樣，毛海峰還真是夠膽，以前汪直在時都不敢如此猖狂，不過……」

他說到這裡，皺起了眉頭：「我有兩件事情不明白，想請教戚將軍。」

戚繼光微微一笑：「盧將軍但說無妨。」

盧鏜道：「第一，泉州的稅銀上交給京師的時間和路線，應該是絕對保密的，就連我們這些將官也是不知，毛海峰可是倭寇首領，怎麼會對此一清二楚，時間分毫不差呢？第二，戚將軍不是回浙江義烏重新招兵嗎？為何突然出現在此處？莫非……」

盧鏜突然收住了嘴，緊緊地盯著戚繼光的眼睛，似乎想看透他的內心。

戚繼光正色道：「盧將軍，第一個問題想必你應該知道，倭寇之所以屢剿不盡，甚至多次逃脫官軍的圍剿，就在於有人給他們通風報信，至於這稅銀的數量和押解路線他們從何而知，不用說也是這些內鬼透露的。

「第二個問題就更好回答了，這次我們事先通過某些管道放出稅銀經過興化府的風聲，毛海峰收到這個消息，果然上當，召集四散的手下想要做這一票，我們便將計就計，一邊向外宣傳我與天狼不和，我一氣之下回了浙江，其實我早率所部秘密渡海南下，潛伏於泉州一帶，倭寇一上岸，我們便尾隨追擊，天狼率江湖義士及部下從北向南，我部由南向北，大破倭寇，毛海峰以下的倭寇首領，這次皆被我軍一網打盡。」

盧鏜聽得頻頻點頭，嘆服不已：「想不到為禍東南多年的倭亂，竟然被老兄就這樣輕鬆化解掉了，一夜之間，幾萬倭寇灰飛煙滅，賊酋授首，盧某實在是佩服之至啊。」

說到這裡，他的眼中現出羡慕的神情。

戚繼光微微一笑：「戚某今天一早就聽說西北方向出現了幾萬人馬，當時先是一驚，還以為毛海峰又要連接什麼山賊綠林合攻興化府，所以特地率部下前來查看，結果一看是我大明的官軍，就不請自來了，後來一聽是你盧將軍親自帶的隊，還以為你也是胡總督派來的援軍呢，不過剛才聽你的口氣，好像對這次的倭寇登陸一無所知啊，那你這回來此有何貴事？」

盧鏜看了一眼身邊的蘇副將，說道：「我接到命令，說是南少林寺有反賊作亂，聚集了數千武人，圖謀不軌，所以本將才率兵馬前來平叛，戚將軍，你消滅倭寇實在是辛苦了，這次平叛的事，就不勞你大駕了，咱們同僚共事十年，也給老哥分點戰功，如何？」

戚繼光訝道：「數千武人？反賊作亂？**你該不會是指南少林的武林大會吧。**」

盧鏜濃眉一揚：「戚將軍，你也知道此事？」

戚繼光點點頭：「盧將軍，實不相瞞，我所部的天狼軍參將郎天，想必你也知道，就是以前的錦衣衛副總指揮使天狼，這次的南少林武林大會，正是天狼所邀請，他要在會上宣布一件大事，而他除了是我的部下外，也是一個門派的首領，這次在南少林要正式宣布他的門派成立之事，伏魔盟四派正是受了他的邀請，才會帶著大批弟子齊聚南少林，昨天一戰，這些武林人士出力頗多，殺傷了大量倭寇，在戚某看來，他們並非是聚眾作亂。」

蘇副將叫道：「戚將軍，朝廷說他們聚眾作亂，自然是有充分的證據，不會隨便瞎說，這幾千人帶著武器，不向朝廷打招呼，就在此地集結，還和朝廷將領私下勾結，戚將軍，你不會因為天狼是你的部下，就有意包庇吧。」

戚繼光虎目一瞪，雙目如電，直刺那蘇副將，嚇得他渾身打了個機靈，不敢對視。

只聽戚繼光厲聲道：「這位將軍面生得很，以前在盧將軍身邊從沒有見過，不知如何稱呼。」

蘇副將結結巴巴地說道：「本將……本將姓蘇名來友，乃是南直隸孝陵衛的鎮將，這回跟著盧將軍一起來的。」

戚繼光揚聲道：「孝陵衛？哼，不過一個五品鎮將，我們三品參將和二品總兵在這裡說話，有你插嘴的份嗎？軍中有軍中的規矩，你不知道？」

蘇來友咬了咬牙，他這個孝陵衛的鎮將不過是嚴世蕃臨時安插的，其實是嚴府的一個家奴護衛而已，這回是專門派來監視盧鏜的，聞言便道：「雖是軍機，但此事事關謀反，不要說末將，就是軍中的普通士兵也有權過問的。」

戚繼光冷笑一聲，道：「這麼說盧將軍也相信這位蘇將軍的話，認為天狼和伏魔盟的人是在山上兵匪勾結，圖謀不軌了？」

盧鏜面無表情地說道：「我沒這樣說，但上面有這樣的命令，派我率兵來此調查清楚，盧某也不得不從，戚將軍，此事有關你的部下，還請回避。」

戚繼光警告道：「盧將軍，你帶著這樣的大軍去包圍那些聚會的江湖人物，這樣無論對方是否真的有反心，都極有可能會釀成衝突，一發而不可收拾。」

蘇來友哈哈一笑：「要真的是反賊，又怎麼會有衝突呢，除非是心裡有鬼才會這樣，盧將軍，事不宜遲，我們速速進軍吧，遲了，他們可能會聽到風聲逃跑的。」

戚繼光冷笑道：「盧將軍，你可要想清楚了，天狼所部加上各派的武林高手，人數近萬，昨天連毛海峰的數萬倭寇都不能擋，你的這些江南衛所兵若是真的把人給逼反了，讓他們傾力一擊的話，勝負如何，恐怕不用我多說了吧。」

蘇來友氣急敗壞地叫道：「戚將軍，你這是什麼意思，為反賊發聲來恐嚇我們官軍嗎？我大明官軍所到之處，反賊只會聞風而逃，哪敢反抗！你不要在這裡危言聳聽。」

戚繼光喝道：「閉嘴，本將說話輪不到你插嘴，盧將軍，軍中總有軍法，這個區區五品末將一再打斷上將的話，你難道不管嗎？」

盧鏜咬了咬牙，厲聲道：「蘇副將，本將在和戚將軍說話，這裡輪不到你插嘴，還不退下！」

蘇來友歪了歪嘴，不甘心地退了下去。

戚繼光的顏色稍稍緩和了一些，跳下馬背，笑道：「我就知道有這麼個傢伙在，你我兄弟不好開誠布公。」

盧鏜也跳下馬，跟著戚繼光一起向前緩步而行，二人的親衛很自覺地站在了後面，給二人留出了足夠的空間。

盧鏜低聲道：「戚老弟，實不相瞞，這次確實是小閣老的意思，兄弟我有軍命在身，無法不從啊。」

戚繼光理解地說道：「小弟明白其中的微妙，所以剛才才直言相勸，天狼是我的部下，我並非護短，而是很清楚此人絕非反賊，**真正的反賊，是那些勾結倭寇、出賣國家的人，天狼和伏魔盟的俠士昨天跟倭寇浴血廝殺，怎麼會是反賊呢。**」

盧鏜道：「愚兄當年和這天狼也打過交道，知道他的為人，只是伏魔盟這次未向官府打招呼，就在南少林聚集了這麼多人，聖上對這類事情非常敏感，所以才會准了小閣老的奏，派我帶兵前來查看，我也不想大動干戈，只要請四派的掌門和我回南京一趟，便算交了差，至於天狼的事，我這次就視而不見，如何？」

戚繼光道：「天狼雖然掛了個將軍的軍職，但你我都清楚，他是江湖漢子，並非我官場中人，當年一怒之下連錦衣衛都叛出了，這次伏魔盟各派的人是他請來的，他絕不會扔下這些人不管，**你若是執意相逼，只怕會真的逼反天狼**，東南沿海好不容易才得以安定，若是天狼和伏魔盟這四派也反了，那天下大亂都是很有可能的事，你我既食君祿，當為君分憂，絕不能做這種事。」

盧鏜劍眉一挑：「戚老弟，也請你體諒一下我的難處，我有軍令在身，不得不執行，天狼是你的人，我這回不動，也算是給了你一個面子，但是伏魔盟的那些人，我不帶走的話，對上面沒法交代啊。」

戚繼光道：「我有個提議，現在山上正在舉行伏魔盟的武林大會，這次大會就是要他們商議接下來的行動，尤其是對天狼新建黑龍會的態度，經過昨天一戰，我想原來對黑龍會還有不少戒心的伏魔盟四派，應該不至於再把黑龍會視為對手了。

「伏魔盟四派雖然是被徐閣老邀請到這裡，但也是天狼的意思，他要在此大會上宣布幾件重要的事情，盧兄，你我也曾年少時習武練劍，算得上是半個江湖人士，所謂江湖事江湖畢，**不如你我以江湖武人的身分上南少林一趟，親眼見識一下這個武林大會，然後再決定下一步如何進行。**」

盧鏜雙眼一亮：「這法子倒不錯，可若是他們在武林大會上有什麼謀逆的言論，或者對皇上有所不敬，對朝政有所議論，那怎麼辦？」

戚繼光笑道：「那戚某願為盧兄作個見證人，畢竟戚某也是朝廷將領，有義務捉拿反賊。」

盧鏜滿意地道：「很好，還有那個蘇來友，他是小閣老派來的人，不能把他扔到一邊，你我還是得帶上他。」

戚繼光意味深長地道：「這是自然，不過還要委屈一下二位，扮成戚某的隨從，那些人有不少認得我，可對二位卻是面生得很。」

盧鏜心中暗想，戚繼光畢竟不是天狼這樣的江湖草莽，不至於為了包庇一個叛出錦衣衛的天狼而誤了自己的前程，他剛才說得也有道理，自己手下這些衛所兵連倭寇都打不過，哪能對付上萬的武林高手?!若是由著那蘇來友的想法來，只怕自己這條命也得先交代在這裡。

好漢不吃眼前虧，先跟著上南少林，看看那天狼能說出什麼花來，若是有些不軌的言論，事後再上報朝廷，也能讓戚繼光無話可說，於是笑道：「那一切便聽憑戚將軍的安排啦。」

兩個時辰後。

南少林前的山道上，昨天一場血戰後留下的不少痕跡還在，雖然屍體已經都被拖走掩埋，山道上也重新灑了水，但隨處可見的血跡與小塊的血肉，仍然觸目驚心。

戚繼光、盧鏜和蘇來友三人都換了便裝，沿著山道走向山頂。

山道盡處，兩名黃衣持棍的南少林僧人迎了上來，單手合十：「三位施主，本寺今天有法事，暫不開放香火，還請回吧。」

戚繼光微微一笑，從懷中掏出一塊權杖：「我是黑龍會的堂主，這二位是我的隨從，我們會長天狼有令，要我們過來，還請二位師父行個方便。」

兩名僧人相視一笑：「是黑龍會的英雄啊，那自然沒有問題，請進吧，寺門開著，各派的掌門都在大廣場上的英雄臺那裡開會議事呢。」

戚繼光回了個禮，三人走進了南少林那莊嚴氣派的山門。

蘇來友小聲嘀咕了一句：「關起門來密議，哼，一定是有什麼見不得人的勾當。」

戚繼光微微一笑，也不答話。

進了寺門後，人漸漸地多了起來，穿著各派弟子服飾的人都有，而三人穿的是標準的黑龍會土黃色的勁裝，蒙著面，各派的弟子也見怪不怪，最多只是打量幾眼。

又走了幾百步，眼前豁然開朗，只見一座山峰下，有一處巨大的平臺，長寬數百丈，四周盡是穿著整齊劃一的各派弟子，分門派各據一角。

黃衣和灰衣的少林弟子最多，足有千餘人，其他峨嵋、武當、華山的弟子各有數百，黑龍會穿著土黃色勁裝的蒙面弟子也有數百人之多。

臺上，上首一張椅子坐著南少林的見癡大師，左邊的椅子上分別坐著智嗔、徐林宗、展慕白、林瑤仙，右邊椅子上則坐著楚天舒和李滄行，各人的椅子後面則豎著本派的大旗，兩三名地位最高的長老則站在掌門人身後。

蘇來友冷笑道：「哼，我說得沒錯吧，他們擺這架勢，分明是像山賊聚會。」

盧鏜皺眉道：「蘇老弟，慎言，大家都看著呢。」

只見見癡大師站起身，對四周環視了一眼，山風吹拂著他雪白的長鬚壽眉，只聽他中氣十足，聲如洪鐘地說道：

「今天，承蒙各位江湖朋友抬愛，伏魔盟四派在二十年後，首次齊聚一堂，共商大事，黑龍會和洞庭幫兩派的掌門也大駕光臨，實乃正道人士之福，經歷了昨天的同生共死後，四位掌門對於黑龍會準備作何應對呢？」

林瑤仙搶先說道：「我們峨嵋派上下一致認為，黑龍會是朋友，而非敵人，願意以後和李大俠的黑龍會保持友好合作的關係。」

徐林宗也緊跟著說道：「武當派與峨嵋持同樣的觀點。」

少林派的智嗔和尚站起身，高聲道：「少林派也願意與黑龍會以友幫身分相待。」

所有人的目光落在了身上裹著紗布繃帶的展慕白身上，他沒好氣地說道：「既然三派的意見已定，華山派也沒什麼好說的，但展某保留個人意見。」

見癡大師微微一笑，高宣了一聲佛號：「阿彌陀佛，既然如此，李施主，以後我伏魔盟四派與施主的黑龍會，就是朋友了。你有什麼想說的嗎？」

李滄行站起身，先向見癡大師行了個禮，然後在眾人的注視下走到了場地中央，環視四周，高聲道：「各位掌門，各位同道，承蒙各位厚愛，願意與我黑龍會為友，在下非常高興，也惶恐至極，首先感謝各位掌門的支持。」

接著，他向伏魔盟的幾位掌門拱手行禮，眾人都微笑著起身還禮，只有展慕白不甘不願地隨便拱了拱手應付了事。

李滄行繼續說道：「昨天，展掌門曾經問過我一個問題，我現在到底姓甚名誰，今天，在此我做個正式回覆。我姓李，名滄行，出身武當，曾入過錦衣衛，代號天狼，但現在我和武當以及錦衣衛再無任何瓜葛，只是黑龍會的會長，除此之外，李某有一個正式的軍職，是浙江省的參將，對朝廷上報的名字叫做郎天。但李某在江湖的時候，只用李滄行這個本名。」

展慕白陰陽怪氣地道：「弄了這麼多，你是叫李滄行還是叫郎天啊，我們以後見到你是叫李會長還是叫你郎將軍哪！」

李滄行微微一笑：「江湖的事江湖解決，面對各位武林同道，李某不會依仗朝廷的兵馬與權勢來壓人，這點還請各位放心，**各位如果是因為江湖的事來找李某，那李某也只會以江湖之禮相對**，就如當年的大理段氏，解決江湖問題時也不以大理國王的身分來應對同道，而是以大理段家這個江湖門派的方式與人打交道，我這樣解釋，不知展掌門可否滿意？」

展慕白沒好氣地回道：「知道了，李會長。」

「我自幼在武當長大，武當對我恩重如山，尤其是澄光師父和紫光師伯，對滄行更是如同再生父母，當年我師父澄光道長在落月峽被魔教所殺，紫光師伯也被奸人所害，死於非命，雖然我李滄行已經不在武當，發誓仍要為二位長輩報此血海深仇，**只要我還有一口氣在，就一定要鏟平魔教，並找出殺害紫光師伯的凶手，為師伯報仇！**」

此言一出，舉座譁然，除了幾個知道內情的各派首腦人物，所有人都大吃一驚。

智嗔和尚濃眉一動：「李施主，今天有數千同道在此，說話一定要有真憑實據，江湖上，人人皆知紫光道長死於屈彩鳳之手，鐵證如山的事，李施主怎麼可以一口否認呢？貧僧知道李施主和屈彩鳳關係非同一般，昨天屈彩鳳也大戰倭寇，正是考慮到這一點，我們才沒有出手將她拿下，但不能讓李施主就這樣公然為屈彩鳳翻案吧。」

展慕白嘲諷道：「李會長，你就休要得寸進尺了，別指望我們會放下對屈彩鳳的追殺，就算落月峽的事隨著巫山派的毀滅而一筆勾銷，但紫光道長的死可沒這麼容易算了的。如果你實在要包庇屈彩鳳到底，那我們伏魔盟就得重新考慮和你的關係了。」

李滄行正色道：「此事事關重大，在下實在不敢妄言，各位如果不信的話，徐掌門，請你出來說句公道話。」

徐林宗咬了咬牙，見李滄行把皮球踢給自己，不得不表態，於是深吸了口氣，站起來說道：

「李會長所言不錯，當年先師確實死於中毒，而非屈彩鳳的天狼刀法，我和師妹為先師驗過屍，沒有刀傷，內臟經脈也完好無損，但師父的指甲青黑，頸下皮膚發紫，明顯是中毒身亡。」

此言一出，臺下大嘩，就連戚繼光等三人也都臉色微變，沒想到這樁定論多年的江湖公案，竟然還有如此轉折。

智嗔面沉如水，不等人聲平息下來，說道：「徐師弟，既然如此，為何當年你不說明此事，而要在紫光真人去世多年後才說出真相？今天若不是李施主主動提及，你想把此事隱瞞一世嗎？」

徐林宗嘆道：「關於此事，涉及不少本門秘辛，這還得從當年李師兄在落月峽之戰後的事情說起，當年我並不在武當，有些事也是事後才聽師妹說起的。我看這樣吧，李會長，你是當事人，還是由你來說吧，如果有說得不對的地方，我再補充，如何？」

李滄行點點頭，看著徐林宗的眼神中閃過一絲感激，在這關鍵的時候，徐師弟還是站在了自己一邊，給自己一個洗脫多年冤屈的機會。

他的眼光無意中掃過沐蘭湘，只見她緊咬著紅脣，眼中淚光閃閃，正癡癡地看著自己。

四目相對，李滄行馬上扭過頭，他意識到師妹的名節有可能會隨著真相的揭露而被破壞，就在這一刻，他打定主意，即使這個淫賊之名要背上一輩子，也不能讓小師妹受到一絲一毫的傷害，於是朗聲道：

「當年落月峽之戰後，李某回武當，由於不能解釋清楚自己這一身天狼刀法從何而來，因此受到紫光師伯的懷疑，武當派的內鬼又從中挑撥，陷害在下，好在被紫光師伯識破，於是紫光師伯與我將計就計，表面上將我逐出武當，實際上讓我打入各派，清查陸炳派在各派的臥底。」

展慕白冷笑道：「李會長，這麼重要的事，你怎麼能這麼語焉不詳呢？你今天你既然想要洗脫你所謂的多年冤屈，就應該把事情在天下英雄面前說清楚才對，首先就是你這天狼刀法，你從何偷學？

「這點紫光真人是問不到了，但我們作為你昔日的同盟師兄弟，也有權知道。再一個就是你當年在武當犯的是什麼戒律，上點年紀的人都知道，你又何必遮遮掩掩呢，想要洗白自己，就得讓天下人服氣，對不對？」

李滄行心中暗罵這個展慕白實在是討厭，傷根之人就是心胸狹窄，睚眥必報，好在他早就打定了主意，於是說道：

「展掌門問得好，先回答你第一個問題，這天狼刀法乃是我在夢中所學，不知是哪位高人所傳，但只要一醒過來就會忘了個乾淨，當年我目睹老魔頭向天行殘殺我師父澄光道長，一時激憤之下，不知怎的，天狼刀法就無師自通，使出夢中的招數，把向天行當場擊斃，事後我卻再也想不起這天狼刀法的招式與心法。」

展慕白大笑起來：「哈哈哈哈，李會長大概當我們是三歲小孩子，編這種理由來騙我們，你說這話能讓人信嗎？」

李滄行正色道：「展掌門，世上有許多事情是讓人無法相信的，我當時自己也不相信，但它就是這麼發生了，你說**我如果能在少年時就自動操縱這種可怕的天狼戰氣，還會看著自己的師父就這樣死在眼前嗎？**多年以後因為機緣巧合，我徹底學會了這天狼刀法，從此也以此絕技成名於江湖，你覺得不可思議，但對我來說就是不爭的事實，我也沒必要向你否認。」

李滄行說得義正詞嚴，在場的其他武林人士也聽得連連點頭，展慕白見駁不倒他，咬咬牙道：「好，就算你這個天狼刀法的故事是真的，可你在武當為什麼被驅逐？當時徐掌門不在，於情於理你也是武當大師兄，又在落月峽一戰中立了如此大功，就算要派人臥底，紫光道長也不會派你，對不對？」

李滄行想到多年前和小師妹纏綿悱惻，差點成了夫妻的那個晚上，內心便是心潮澎湃，聲音盡量平靜地說道：

「此事事關武當機密，在下無可奉告，我能說的就是，這是武當內鬼第一次公然現身向我出手，紫光師伯出於對我的保護，怕我留在山上會遭遇此賊毒手，這才讓我離開武當。」

展慕白嘴角勾了勾，正想再繼續追問，卻聽到沐蘭湘突然激動地大聲說道：「我可以為大師兄作證，當年他被逐出武當，確實是受人冤枉。」

李滄行心猛的一沉，看向了沐蘭湘，只見她眼中熱淚盈眶，身軀也在微微地發著抖，輕移蓮步，緩緩地走到臺子中央。

李滄行見狀，意圖阻止道：「小……徐夫人，過去的事情就過去好了，何必再提?!」

沐蘭湘一雙鳳目緊緊地盯著李滄行，他不敢正視她，眼神躲閃著，耳邊卻聽到沐蘭湘柔聲道：「大師兄，你為我吃了這麼多年的苦，承受那樣的罪名和世人的歧視，如今真相就要大白，我又怎麼可以為了自己的一點面子，而繼續陷你於不義？**這一次師妹不需要你的保護，我要向全天下說出真相。**」

沐蘭湘轉而面向各派，擦了擦眼中的淚水，朗聲道：

「當年的情況是，有人在我的房間裡下了迷香，然後設計讓大師兄進入，我們因為中了迷香，險些……險些鑄成大錯，幸虧大師兄保留了最後一點神智，中途而止，這才保全我的清白，後來那個賊人又在大師兄的房間裡放了迷香的瓶子，企圖陷害他，紫光師伯知道大師兄和我並沒有發生關係，相信大師兄是被人陷害的，於是將計就計，讓大師兄離開武當。皇天后土為證，我沐蘭湘若是所言有半句虛話，管教我天打雷劈，不得好死！」

誰也沒有想到沐蘭湘居然會完全不顧女兒家的臉面，把這樣隱私的事也在大庭廣眾之下說出來，李滄行眼中淚光閃閃，一動不動地看著這個讓自己神魂顛倒的女子。

即使是刁鑽刻薄如展慕白，對沐蘭湘的如此坦白也無話可說，只能乾咳兩聲，說道：「想不到其中還有如此隱情，看來這麼多年來，我們還真是錯怪了李會長。」

沐蘭湘雙頰一片滾燙，不敢再面對世人的目光，轉頭奔下臺去，林瑤仙連忙起身抱住她，沐蘭湘再也控制不住自己的情緒，伏在林瑤仙的肩頭放聲大哭，情真意切，所有人看了無不默然。

李滄行衝著展慕白怒道：「展掌門，我剛才早就說過此事事關武當的隱私，你卻一再相逼，非要逼得沐女俠不顧顏面說出此事，這下你滿意了嗎，高興了嗎？」

展慕白的舌頭就像打了結般，臉也是一陣青一陣白，卻是說不出半句話來。

徐林宗臉色陰沉，看著展慕白的眼神中充滿了怒火，展慕白嚇得一機靈，連忙說道：「這個，在下實在不知道會是這種情況，多有得罪，多有得罪。」

李滄行恨不得把這個討厭的傢伙抽上一頓耳光，不過事已至此，就算打死展慕白也於事無補，他定定神，繼續說道：

「在下離開武當後，先後去過黃山三清觀，西域奔馬山莊，以及峨嵋派、丐幫臥底，追查這些門派裡的臥底，也破壞了錦衣衛總指揮使陸炳當年的青山綠水計畫，後來因為機緣巧合，加上紫光師伯之死，天下間能證明我臥底之事的人已是鳳毛麟角，我聽說紫光師伯是死於中毒，於是想要借自己的力量追查師伯的死因，這才加入錦衣衛，以陸炳答應幫我查探此事作為交換條件。」

展慕白本想再問，眼神一撞到徐林宗那張不怒自威的臉，哪還敢開口。

智嗔沉吟了一下，道：「李會長，設身處地的話，如果我是你，知道那個內奸再次行動，害了紫光真人，一定會在武當危難之時回到武當助師門一臂之力，怎能加入錦衣衛，為虎作倀呢？」

一直在李滄行座位後沉默不語的鳳舞突然厲聲道：「智嗔大師，我敬你是少林方丈，一直對你暗損我錦衣衛的言語有所忍讓，可你這樣說話也太過分了吧，**我們錦衣衛是朝廷的正式組織，所有的行動都是奉了皇上的旨意，你說誰是虎，誰是倀？**」

智嗔的神情平靜，合十回道：「鳳舞施主，錦衣衛在我正道俠士心中是什麼地位，恐怕不需要貧僧多說，別的不講，就說陸施主這麼多年來在我們各派暗埋臥底，挑起江湖紛爭之事，就超越了我們各派的底限。

「本來這些是家醜，我們少林派前些年也被這個內賊搞得元氣大傷，內部人人自危，其他各派看起來比我們情況還要糟糕，若是換了江湖門派這樣害我們，我們早就反擊了，只因為錦衣衛是朝廷機構，我們也只能忍氣吞聲，但這道理是不會隨著官民身分而有所改變的。」

鳳舞碰了一鼻子灰，只能悻悻地退下。

李滄行知道鳳舞是為自己解圍，方才出言反擊的，心中一陣感動，看了一眼鳳舞，眼中露出一絲感激，鳳舞粉頰微微一紅，螓首低垂起來。

李滄行此時已想好了說詞，便朗聲道：

「在下以為智嗔大師所言差矣，當時這個內奸在武當，而武當因為掌門師伯之死而內部四分五裂，所有人都認定是屈彩鳳殺了紫光師伯，若是徐師弟當即公開紫光師伯死因的真相，只怕這個內鬼會轉而誣陷徐師弟勾結妖女，謀殺師父，那樣武當就會分崩離析，就像當年三清觀之劫一般，所以徐師弟為了保全武當，連殺師之仇都只能暫時隱瞞不報，改為暗中探查，這種時候，我更不能貿然現身武當，不然這個黑手一定會利用我來繼續危害武當。

「至於陸炳，不管大家怎麼看他，他畢竟是錦衣衛總指揮使，手下遍及各門各派，如果他肯幫我追查此事，顯然比我一個人打探要靠譜得多。所以在下便答應陸總指揮，加入了錦衣衛，一邊為國效力，一邊暗查此事，智嗔大師，你覺得我的做法有錯嗎？」

智嗔正待開口，卻聽到一個金鐵交加般的聲音冷冷地說道：「滄行所言，絲毫不差，我可以為他作證。」

第三章

情字魔咒

李滄行吸了口氣，作出決定，
要好好面對自己一生無法克服的這個心魔，
小師妹不死心，鳳舞也不死心，
只有真正地過了自己心中的這一關，
才有可能擺脫這個永遠的情字魔咒。

李滄行臉色微微一變，旋即恢復了正常，他料到陸炳今天一定會出現，只是沒想到他敢這樣公開現身。

只見土黃色的黑龍會弟子中，一道身影突起，在眾人的驚呼聲中，幾乎是在空中飛行了十餘步，才緩緩地落在臺上。

他站在李滄行的身邊，一把扯下自己的蒙面頭巾，**一張黑裡透紅，稜角分明的臉露了出來，長鬚飄飄，濃眉如刀，可不正是天字第一號大特務，錦衣衛總指揮使陸炳！**

鳳舞像隻小貓似地走上前，行了個禮：「見過總指揮使。」

李滄行也向陸炳行了個禮：「見過陸總指揮。」

陸炳哈哈一笑：「天狼，你的事就是我的事，怎麼，開宗立派了，也不通知以前的老上級一聲嗎？」

李滄行冷冷地說道：「陸總指揮，剛才我已經當著天下英雄的面說過了，從今以後，我恢復本名李滄行，天狼這個以前的代號再也不用了，也請總指揮使大人莫要再提。」

陸炳眼中閃過一絲不悅：「也罷，你現在並不是我錦衣衛的人，再用代號也確實不妥，這是你的權力，不過你我畢竟共事一場，你說的事情，我還是可以為你作證的。」

陸炳說到這裡，看著臺下沉默不語的人群，高聲道：「本座很欣賞李滄行的人品武功，想要給他一個為國效力的機會，所以知道了滄行被人陷害，有家難回之後，本座就跟他做了這個交易。本座也曾經多方打探紫光真人之死的真相，雖然沒法查到更多的細節，但**本座可以證明滄行和徐掌門的話，紫光真人確實死於毒殺，而且下的是極為凶殘的金蠶蠱。**」

一提到可怕的金蠶蠱，在場的高手們無不色變，就連見多識廣，一直一言不發的楚天舒都驚道：「什麼，可是那在人體內可以吸人血肉、內力而生長的金蠶血殘蠱？」

陸炳點點頭：「不錯，正是此物，本座幾年前曾私下打開紫光真人的墓穴，想要查探一番，卻沒想到棺木中竟有成形的金蠶蠱，已生雙翅可以飛行傷人，若非本座有所防範，恐怕就中了這邪物的暗算，追隨紫光真人於地下了。」

此言一出，臺下立時議論紛紛。

徐林宗沉聲道：「怪不得前幾年先師的墳墓有給人動過的痕跡，我還以為是那內鬼所為，沒想到卻是陸大人。陸大人，就算你是官家，動我武當先掌門的遺體，驚擾亡魂，武當上下也需要向你討個說法。」

陸炳哈哈一笑：「徐掌門，首先要向你說聲抱歉，驚擾了紫光道長的遺體，我很遺憾，但這也是不得已的事，一方面我答應了滄行要幫他查出這個內奸，另一方面，我們錦衣衛也想查出當年落月峽之戰的真相。

「我認為**這個隱藏在武當的黑手，很有可能就是當年挑起落月峽之戰的人，由於此賊在武當手眼通天**，我怕事先跟徐掌門和沐女俠商量會打草驚蛇，所以只能採取偷偷開棺驗屍的辦法，得罪之處，還請見諒。」

徐林宗重重地「哼」了一聲：「看在我大師兄的面子上，也看在師父的骸骨你沒有刻意破壞，還算歸還完整的份上，此事我不與你計較，以後我們武當跟錦衣衛還有不少的舊賬要算，陸大人，咱們到時候再一條條說好了。我且問你一句，那個什麼金蠶蠱，可是事實？」

陸炳收起笑容，從懷中摸出一隻玉筒，打開筒口，一陣冰氣逸出，飄渺的冰氣散完之後，一隻如蜻蜓般大小的蟲子被倒到地上。

只見此蟲通體金黃，頭部已經不翼而飛，尾部則帶了一隻如蠍鉤般的小鉤子，腹部呈一圈一圈的螺旋狀，掉在地上還在微微地蠕動著，說不出的噁心，落地處的幾塊方塊被這隻蟲子斷頭處流出的黑液浸到，頓時被腐蝕出幾個小坑，站在臺上的幾位掌門和長老見之無不色變。

見癡大師等人紛紛走上前來，仔細觀察了幾眼，見癡大師驚道：

「這果然是號稱天下第一至邪之物的苗疆金蠶蠱，據說此蠱極為罕見，蠱卵百年方可產生一枚，無色無味，人吃下以後沒有任何感覺，直到三年之後，這東西開始破卵而出，吸食高手的血肉與內力，讓人求生不得求死不能，只有下蠱之人的獨門解藥方可延緩發作。每年必須要服食解藥，讓蠱蟲處於休眠狀態，不然一旦超過三天不服解藥，蠱蟲破體而出，死者會受盡折磨而死。」

智嗔也嘆了口氣：「魔教控制長老和堂主以上的人物，都是靠那三屍腦神丹，乃是把屍蟲讓人服下，然後每年要服解藥以使屍蟲沉睡，也是學了這金蠶蠱的原理，只不過此蠱比起普通的屍蟲要凶殘百倍千倍，而且會吃盡寄生者的內臟，破體而出後，更身具死者的功力，操縱者將之捕獲後，研成粉末服下，增進自身的功力，確實是天下至邪之物，此物幾百年沒有現身江湖了，想不到在此重現。」

陸炳點了點頭，一掌擊出，把那隻金蠶蠱的屍體炸得稀爛，黑水橫流，一股難聞的刺鼻腥臭味讓所有人都聞之欲嘔。

陸炳回憶道：「當日本座打開紫光道長的棺木時，此物就飛出向我攻擊，幸虧我早有準備，一劍削斷了這東西的腦袋，才將之殺死，為了作證物，我把此物的頭部毀掉，身子封存留到現在，現在大家應該相信滄行和徐掌門的話了吧，紫光道長死於此邪物，是有人給他下了蠱，以屈彩鳳的功力，是無法傷到紫光道長的。」

智嗔聽了道：「阿彌陀佛，善哉善哉，聽陸大人這樣一說，我覺得當年林鳳仙之死，很有可能亦是跟此邪物有關，做這件事的人，看來就是想操縱和控制各派的首腦人物，刻意挑起江湖間正邪的廝殺，從而實現他不可告人的目的。」

眾人聽得連連點頭。

徐林宗咬牙切齒地說道：「徐某不把這個給師父下蠱的賊人抓到手，碎屍萬段，勢不為人！」

等到臺下的議論聲漸漸平息之後，臺上各派掌門也紛紛回到自己的座位上。沐蘭湘剛才靠著林瑤仙哭了好一會兒，情緒得到了渲洩之後，這會兒也恢復了常態，默默地站在徐林宗的身後，低著頭，輕輕地抽著鼻子，卻是再也不抬頭看李滄行一眼。

李滄行心下黯然，也不知道小師妹這樣自曝其醜後，以後如何面對自己的丈夫。

徐林宗今天的表現讓李滄行很奇怪，一副心事重重的樣子，似乎並不在意沐蘭湘的感受，這讓李滄行有些惱火，暗想如果自己是徐林宗的話，哪會讓沐蘭湘靠著林瑤仙哭，無論如何也會把自己的妻子攬在懷中，用男人的胸懷和溫暖來呵護受傷的愛人。

只聽陸炳繼續說道：「與李滄行的約定，是我收他入錦衣衛的第一個原因；至於第二個原因嘛，嘿嘿，容本座先賣個關子，過一會兒就讓滄行自己向全天下交代好了。」

李滄行的腦子猛的反應過來，他扭頭一看鳳舞，卻見她魂不守舍地站在那裡，一看到自己在看她，便像是很害怕的樣子，趕緊轉過腦袋，遠離自己的視線，李滄行這下更加肯定，**一定是鳳舞把自己答應娶她的事告訴了陸炳，而陸炳怕自己反悔，所以直接現身此地，逼自己把這個消息公布出去。**

李滄行無助地看向臺下，站在前排的本方弟子中，眼角處一道又深又長的斜長疤痕的柳生雄霸，即使蒙著面，他也能一眼看出，他的雙眼閃閃發亮，神光四射，直刺自己，似乎是在質問他，為什麼還不鼓足勇氣帶沐蘭湘走。

就在這一瞬間，李滄行幾乎想要扔下一切，帶著沐蘭湘就這麼遠走高飛，可他腦子裡突然電光火石般地一閃，因為他的眼角餘光看到了混在人群中的戚繼光和盧鏜。

這兩人都沉著臉，似乎在等自己的下一個舉動，李滄行痛苦地閉上了眼睛，他如果帶著沐蘭湘公然逃走，會扔下一個永遠無法解決的爛攤子，伏魔盟將會被頂上這個聚眾作亂的黑鍋而不能自拔，那樣只會白白便宜了嚴世蕃，而自己就算能逃到天涯海角，也永遠逃不過良心的譴責。

李滄行睜開了眼睛，在這一刻，**他決定永遠地封存自己對小師妹的愛，按原定計劃，宣布自己與鳳舞的婚事**。

李滄行深吸了一口氣，道：「各位武林同道，各位英雄豪傑，剛才本人說過，我成立黑龍會的目的，是想更好地打擊魔教，為師父報仇，今天到場的朋友，無一不是跟魔教有著血海深仇的，伏魔盟四派自不必說，我黑龍會和楚幫主的洞庭幫也是以消滅魔教為第一要務，李某不才，有個提議，既然大家的目標都是對付魔教，不如趁今天這個機會在此結盟，採取共同的行動，聯合起來消滅魔教，我想以我們六派之力，若是能真心合作的話，對抗魔教不成問題。」

李滄行的這個想法，本來在上南少林之前就已經醞釀成熟，當然，他沒有考慮過把洞庭幫也加入其中，但既然楚天舒來了，就不好再把人家排除在外，六派聯合組織一個新的反魔教聯盟是第一步，然後在聯盟內部決定各種行動和戰後的利益，也能讓自己的實力在滅魔的過程得到穩定的發展。

他本有意扶持徐林宗當上盟主，但現在看來，由於楚天舒這個未知因素的加入，而少林很明顯不願意讓出盟主的寶座，一切又重新充滿了變數。

李滄行這話一出，人人臉上色變，展慕白首先發難道：

「李會長，我們伏魔盟剛剛決定了跟你們黑龍會和平相處，你這麼快就得寸進尺地要求組建聯盟，這有點不太合適吧，伏魔盟四派都是幾百年，甚至上千年的老牌門派，更是正道武林之表率，閣下的黑龍會是新組建的門派，就想與我四派平起平座，似乎有點太過自信了。」

展慕白這回說話說得很小心，因為楚天舒的洞庭幫也是新建，他不太敢得罪如日中天的洞庭幫，因為楚天舒可不會像李滄行這麼好說話。

果然，楚天舒白眉一皺，他之所以千方百計想要留下，也是懷了和李滄行同樣的心思，朗聲道：「老夫覺得李會長的提議很好，這麼多年來，我們各派的實力加起來，要比魔教強出不少，可為什麼一直占不到上風，反而頻頻地損兵折將，就連華山派的司馬大俠也戰死了呢？

「老夫認為原因就在於各派只出於自己的利益考慮，單獨地對付魔教，所以形不成合力之勢，魔教背後有朝中重臣的支持，又一直勾結倭寇，無論是人力還是財力都在我們任何一派之上，所以總是可以形成各個擊破的優勢。

「李會長說得不錯，如果我們六派真心合作，對抗魔教是不成問題的。大家的目標既然一致，現在各派又都有一定的實力，老夫以為，就不宜太計較什麼歷史、過往之類的事了，畢竟開山祖師爺們是不會從地下出來為我們斬妖除魔的。」

楚天舒又看了眼李滄行，道：「當然，老夫的洞庭幫和李會長的黑龍會之間，因為對待屈彩鳳的態度有很大的分歧，為此老夫和李會長還有過一些不愉快，不過既然已經查明紫光道長的死跟屈彩鳳沒有關係，那老夫也可以暫時網開一面，把和巫山派的仇先給放下，專心對付魔教，至於滅掉魔教以後，這個新聯盟完成任務了，自將解散，到時候大家如何對付巫山派，由各派自行決定，李會長，你覺得這樣如何？」

李滄行心中暗道這楚天舒好厲害，極善於審時度勢，現在除了洞庭幫一家以外，其他各派均不願意與屈彩鳳為敵，唯一可能幫他的華山派勢力最弱，也幫不上什麼忙，所以暫時擱置爭議，集中力量先對付魔教，而這一點，是各派都不會拒絕的。

李滄行只好接口道：「楚幫主高風亮節，晚輩佩服之至，如果楚幫主肯加盟對付魔教，無疑會大大增加我方的戰力，只是你我都是後來人，是否能被伏魔盟所接受，還要看各位掌門的意見。」

智嗔沒有馬上表態，語帶保留地說道：「此事事關重大，容我少林派的長老們商量一下，再行決定。」說著，就轉身退到臺下一處僻靜之處，少林派幾位穿著大紅袈裟的各院首座都跟了過去。

見癡大師和南少林的幾位高僧也走了過去，有少林派這個例子，其他三派的掌門與高級長老也都紛紛走到一邊，熱烈地討論起來。

李滄行突然聽到陸炳的聲音在自己的耳邊響起：「滄行，我今天的表現還讓你滿意吧。」

李滄行心中一動，回道：「陸大人，你還真是不速之客，二十年前我記得你也是這麼不請自來。」

陸炳微微一笑：「是麼，當年的事我記不太清楚了，不過依我看來，同樣的事只怕很可能再度重演，你可準備好了？」

李滄行道：「**再度重演**？你是說這幾千弟子會在會後直接就去殺向魔教總舵？這回我們不會這麼莽撞了，凡事都會從長計議。」

陸炳嘆了口氣：「我說的不是滅魔大戰，現在你們這點實力是不可能一舉滅了魔教的，我的意思是，**只怕這回最後還是會比武奪帥。」**

李滄行微微一愣：「這是什麼意思？」

陸炳道：「不用跟我裝傻，六派組成新的聯盟之後，以後要統一行動，肯定得有個首領或者帶頭大哥才行，不然聯盟跟以前有何區別呢？」

李滄行正色道：「我警告你，這回不要耍什麼鬼名堂，不然別怪我翻臉。」

陸炳眉毛一動，眼中閃過一絲憤怒：「李滄行，你別太自以為是了，實話告訴你，若不是鳳舞求我過來幫你鎮住局面，我老人家才懶得來給你這個叛徒撐腰說話呢，你叛出錦衣衛，我都沒跟你計較，你是不是以為我陸炳很好說話？」

李滄行面無表情地道：「行了，我的陸大人，咱們現在不過是互相利用，各取所需罷了，鳳舞叫你來是為了逼婚吧，不要說得這麼冠冕堂皇的，好像你陸大人做事還真的是為了我。」

陸炳冷笑一聲，密語道：「李滄行，若不是我這個女兒對你死心踏地，神魂顛倒，連命都不要了，我又怎麼可能對你一再地遷就？再說，娶鳳舞本就是你自己的決定，可不是我逼你的，我看是你現在有了野心，想要以我們錦衣衛的勢力為外援，爭取提高你在這個新聯盟中的地位吧。」

李滄行怒道：「陸炳，我對什麼爭權奪利根本沒有興趣，之所以要聯盟也只不過是想讓大家的心往一處想，力向一處使，一起對付魔教，免得夜長夢多，不給嚴世蕃這奸賊找機會分化瓦解我們，所以我從頭到尾都沒想著把你的錦衣衛作為外援，你肯幫忙我當然歡迎，不肯幫忙我也不稀罕，如果你想幫魔教來對付我，我一定會讓你後悔，這點上次就說得很清楚了。」

陸炳濃眉一挑，嗤聲道：「行了，別在這裡說大話了，現在的情況你不是不知道，聯盟大概是可以，但各派都想自己當老大，我看好像也只有峨嵋肯支持你，其他各派都已經盯上這個位子了，你的黑龍會立派最晚，現在的實力也就比華山要強一些，就是洞庭幫，也跟魔教打了十幾年了，所以如果正常推選，這個位置輪不到你，要是楚天舒當了盟主，你會甘心聽他的號令嗎？」

李滄行默然無語，這確實是他所擔心的，楚天舒野心勃勃，做事不擇手段，而且對自己有著骨子裡的戒備和敵意，考慮到屈彩鳳的關係，若是他當了盟主，勢必會想方設法地打擊自己，於是說道：

「陸炳，我自然會依照先前的承諾，公開宣布迎娶鳳舞的事情，這點你不用擔心了，我李滄行言出如山，不會變卦的。」

陸炳眉頭舒展開來：「哼，你只要遵守承諾，以後就是我的女婿了，哪有老丈人不幫女婿的呢？我今天來不就是為了這事嘛，你就放心好了。」

李滄行點點頭，突然聽到耳邊傳來鳳舞的聲音：「狼哥哥，你是在和我爹說話嗎？」

李滄行轉眼看去，只見鳳舞站在陸炳的身後，面具後一雙大眼睛裡，神色複雜，有幾分期待，又有一絲幽怨與不安。

李滄行道：「你爹是你叫來的吧。」

鳳舞點點頭：「我怕你鎮不住場面，才叫了我爹，狼哥哥，我真的沒有別的意思，你不要多想。」

李滄行淡淡地道：「還是得謝謝你，不管怎麼說，你爹也幫我當了回證人，沒有他的話，我也不會這麼容易過關。」

鳳舞秀目流轉：「狼哥哥，你真的會宣布……那事嗎？」

李滄行反問道：「怎麼，你對這事還有疑問？我李滄行是一個說話不算話的人嗎？」

鳳舞連忙說道：「不不，我不是這個意思，我只是，只是……」

「只是怕我看到小師妹了以後又會動搖，對不對？」李滄行沒好氣地說。

鳳舞緊咬著朱脣：「滄行，從你的眼裡我能看出來，你的心裡始終放不下她，我也不想逼你，如果你沒有考慮好，那不妨再想清楚，不要這麼急著作決定，給自己留下遺憾。」

李滄行反問道：「**如果你是我，要怎麼做才算是沒遺憾呢？**」

鳳舞幽幽地道：「我知道沐姑娘也一直沒有忘記你，她跟徐林宗結婚只是為了武當，可她心裡一直愛的始終是你，從她剛才那樣不顧聲譽地為你作證，我就明白了這一點，狼哥哥，我自問，換了我，未必能做到她那樣，**我可以為你犧牲生命，但不一定有勇氣在眾人面前這樣自曝醜事，她對你真的是情深義重才會這樣**，你也許還有別的選擇。」

李滄行心中一陣起伏，剛才沐蘭湘的舉動，確實一度點燃了他心中的激情，壓抑著心中的激動，他密語道：「我還有什麼選擇呢？難道要我帶著小師妹去私奔？」

鳳舞眼中淚光閃閃：「你若真的願意這樣做的話，我想沐姑娘會答應的，滄行，如果你真的宣布娶我，以後就再沒有機會了。你可要想清楚。」

李滄行咬了咬牙：「當年她嫁給徐林宗的時候，我已經沒機會了，就算她念著舊情，但不代表她會失去理智，如果她真的能做到不顧一切，當年在武當時就不會斷情絕愛了，鳳妹，我的意志很堅定，這一回也不會再動搖，你就不要再多說什麼了。」

鳳舞的嘴脣動了動，最後還是忍住了沒有開口。

這時，幾派的商議已經結束了，眾位掌門走回臺子中央，相互對視一眼，紛紛坐回各自的位置。

楚天舒看起來有些等不及了，微微一笑，白髮一陣飄拂：「不知各位商量得如何了？」

展慕白笑了笑：「我們華山派的意思嘛，是同意你們兩派先加入我們的伏魔盟，不過事情總要講個先來後到，這盟主一職我們認為還是有必要選舉的，只是這首任盟主，還是從原來的四派裡出比較好。」

李滄行心中冷笑，展慕白還是打著盟主的主意，先把武藝高強，實力強大的自己和楚天舒排除在外，他才可能有機會，不然如果公平競爭，光靠他敗在自己手下這點，便無顏再爭這盟主之位了。

林瑤仙輕啟朱脣，不緊不慢地說道：「我們峨嵋派也同意擴大伏魔盟，把二派加入進來，只是這盟主一職，我們和華山派的看法不同，**峨嵋上下支持黑龍會的李大俠能直接擔任盟主。」**

此言一出，除了峨嵋派的眾多女道姑外，皆是一片譁然，誰也沒想到峨嵋會作出這種表態，林瑤仙則在一片議論聲中神情自若。

等人聲稍稍平靜下來之後，徐林宗也站起了身，看了一眼李滄行道：

「我們武當的意見，也同意接受兩派加入伏魔盟，至於盟主，我倒認為不必急著選出，由於一下子多了兩派，相互間也需要增加瞭解和磨合，最好先建立起進一步的信任後，再談論此事。」

徐林宗的態度讓臺下眾人連連點頭稱是，不少人都說武當派的徐道長果然氣度非凡，提的方案也是滴水不漏。

所有人的目光落在了智嗔的身上，他緩緩地站了起來，右手捻著念珠，運起內力，聲音讓每個人都聽得清清楚楚：

「少林派的意見和三派一樣，都同意吸收黑龍會和洞庭幫入盟，貧僧愚見，既然四派在此問題上意見一致，那就先達成一個初步協議，允許兩派入盟，不知三位掌門意下如何呢？」

三人對視一眼，都點點頭。

智嗔接著說道：「既然現在從四派擴大到了六派，伏魔盟這個名字也可以改一改，剛才李施主說過，我們這個組織的建立，是以消滅魔教，永絕後患為己任，所以貧僧覺得，改為**滅魔盟**比較合適，既有氣勢，又能反映我們的宗旨，大家覺得呢？」

李滄行哈哈一笑：「這名字好，魔教聽到了心裡也會發抖的，黑龍會附議。」

楚天舒也點點頭：「好名字，不滅魔教，誓不甘休。」

其餘眾人也都點了點頭，但大家的心思都不在於此，對於盟主之事，才是所有人最關心的，就是李滄行，也暗地裡希望少林能鬆口，哪怕真的像陸炳所說的那樣比武奪帥，也是個很好的選擇。

智嗔環視四周，緩緩說道：「我們少林派的意思，也和武當一樣，今天有兩派加入，已是盛事，華山派的展掌門受了傷，如果要強行決出一個盟主的話，有些不太妥當，所以貧僧認為，宜暫時擱置此事，接下來一段時間內，我們各派多走動走動，加強瞭解，也可以聯手策劃幾次針對魔教的行動，而這盟主之位嘛，還是有了一定的信任和瞭解之後，擇期再選得好。」

智嗔的話說得滴水不漏，有理有據，即使是李滄行聽了，也拿不出半句反對的意見，既沒有明著說新進兩派不夠資格，也沒有像林瑤仙一樣，直接推選自己，不愧是領導武林千年的正道之首，即使不設盟主，他們也是實際上的領導者，並不需要這個虛名。

楚天舒眼中閃過一絲失望，沉聲道：「智嗔大師，我等今天在這裡集會，並不是為了圖一個滅魔盟的虛名，而是希望能更有效地集中力量對付魔教，這些年我們各自為戰，對付魔教雖然有過一些勝利，但不能傷其根本，就在於各派不能齊心協力，找準時機跟魔教決戰，今天各派首腦人物都在這裡，為何不趁熱打鐵，找一個能讓大家都服氣的盟主，帶我們一舉消滅魔教呢？」

智嗔微微一笑：「那依楚幫主的意思，如果真的要選盟主，應該如何個選法呢？」

楚天舒道：「咱們都是江湖武人，武林門派選盟主，自然不能弄什麼詩詞歌賦，還是手底下見真章才行。」

智嗔聽了道：「那楚幫主的意思，就是**各派掌門間比武決高下，選出這個盟主了？**」

楚天舒傲然道：「不錯，這個辦法最公平，所謂比武奪帥，我們江湖人士，還有更能讓大家服氣的辦法嗎？」

智嗔濃眉微微一動：「那敢問楚幫主，咱們跟魔教大戰的時候，冷天雄會和我們的盟主一對一單打獨鬥嗎？」

楚天舒微微一愣：「這，這多半不太可能吧。」

智嗔道：「這就是了，作為盟主，也是六派的首領，平時需要協調各派關係，平衡各派的資源，組織弟子的訓練，然後制訂作戰計畫，一步步地消滅魔教各地的分舵，削弱他們的實力，又豈在一人武功的高下呢？冷天雄武功雖高，但他有成千上萬的高手護衛，光是總壇衛隊就有幾百人，除非能徹底在戰場上擊敗魔教大軍，不然跟他單挑的機會，微乎其微。」

楚天舒質疑道：「你的意思是，選盟主不需要武功了？那需要什麼？」

智嗔笑道：「以貧僧愚見，盟主一職，所需要的首先就是要讓各派服氣，也就是說要讓大家打心眼裡尊敬，佩服，這才肯聽號令，不然就算技壓群雄，但不能服眾，最後其他各派也只會陽奉陰違。」

楚天舒的聲調抬高了一些：「武功能力壓群雄，自然就是最好的服眾，智嗔大師，少林派領導群雄上千年，靠的不正是七十二絕技和歷代少林大師超人的武功嗎？」

智嗔搖搖頭：「楚幫主，少林派從來不會以力服人，就像二十年前的落月峽之戰，我們少林之所以能被推為領袖，也不是靠以武壓人，而是各位掌門的推舉和謙讓，今天我們滅魔盟初建，增加了兩派，相互間也缺乏足夠的瞭解，這種情況下，無論選擇誰當盟主，只怕都會有人心中不服，不能服眾的話，那我們的事業就會有危險，如果不能齊心對敵，而是各打算盤，那建這個盟也沒有意義了，楚幫主意下如何呢？」

楚天舒咬了咬牙，他知道今天的情況恐怕難以挽回，除了展慕白以外，沒有人會支持自己比武奪帥的提案，分量最重的武當、少林二派都不贊成選出盟主，而自己若是強行提出的話，只怕會讓今天的大會不歡而散。

想到這裡，楚天舒哈哈一笑：「智嗔大師說得有道理，是我心急了，那洞庭幫也沒什麼好說的了，一切都聽憑各位的安排。」

智嗔看著李滄行道：「李會長，你還有什麼想說的嗎？」

李滄行微微一笑：「我們黑龍會是新加入的，當然要聽老派的意見，既然智嗔大師這樣說了，大家也沒有什麼異議，那就按您說得辦。」

智嗔點點頭：「那麼，咱們這回就正式成立滅魔盟了，接下來，我們各派之間加強聯繫和走動，可以兩三派之間分頭協商組織一些對魔教的小規模行動，等到時機成熟後，我們再找時間聚會，正式選舉一位盟主，領導我們跟魔教決戰。」

眾掌門都站起身，各自行禮稱是。

李滄行深吸一口氣，不管怎麼說，入盟之事已經順利完成，接下來就是原計劃的宣布婚禮了，今天借著這個機會宣布大婚之事，可以把各派的俠士說成是來為自己恭賀新喜的，還能拉上錦衣衛站到自己一邊，嚴世蕃的那條毒計，自然被化解於無形了。

李滄行清了清喉嚨，朗聲道：「李某還有一件事，想在這裡向天下的俠士們說明，今天是個好日子，昨天我們大破倭寇，今天又在這裡成立了滅魔盟，李某不才，想借著這雙喜臨門之機，給自己也加一樁喜事。」

智嗔臉上泛起一絲笑容：「哦，李會長有什麼喜事呢？」

李滄行哈哈一笑，看了一眼站在陸炳身邊，激動得有些微微發抖的鳳舞，高聲道：「**李某已經決定，正式迎娶錦衣衛總指揮使陸炳陸大人的女兒鳳舞為妻，**希望天下的英雄能在此作個見證，也希望大家能祝福我們的這段姻緣！」

此話一出，像是水中扔開了一塊巨石，所有人都被驚得說不出話來，沐蘭湘的身子晃了晃，幾乎要摔倒，一邊的徐林宗趕緊出手把她扶住，展慕白先是一愣，臉上旋即掛起了一絲不懷好意的微笑。

林瑤仙忍不住問道：「李師兄，你真的考慮清楚了嗎？」

李滄行很認真地說：「當然，李某漂泊半生，鳳舞姑娘這十幾年來一直跟我風雨相伴，生死相依，我欠她太多，不能再負她。以前倭寇未除，我也居無定所，沒條件娶她，現在倭寇已滅，我們黑龍會也已經正式成立，還加入了滅魔盟，算得上是小有成就，所以我不能再耽誤鳳舞了，林掌門，你我是多年舊識了，希望你能祝福我的這樁婚事。」

林瑤仙氣得粉面含霜，看了沐蘭湘一眼，搖搖頭，只能憤憤地坐下，一言不發。

李滄行不敢看沐蘭湘，他害怕自己把持不住，現在話已出口，無論自己再有什麼想法，都不可能回頭了，也許，這才是最好的結果吧。

沐蘭湘的聲音緩緩地響起，沒有想像中的那種哀傷，卻是透出一份難言的平靜，更準確的形容，應該是**絕望**，**彷彿沒有任何感覺**，也沒有任何的牽掛，平靜地說道：「李師兄，恭喜你覓得佳緣，師妹祝你和新人百年好合，白頭到老。」

李滄行勉強擠出一絲笑容，道：「多謝沐師妹。」

沐蘭湘拂了拂腦後的秀髮，嘴角泛出一絲笑容，如夏花般燦爛，一如多年前小師妹每次練完功後，都會衝著李滄行的回眸一笑：

「李師兄，小妹對你和鳳舞姑娘的喜事無以回報，只能舞劍祝興一回，當年你在武當經常指導小妹的劍術，不知道今天還能不能再指導小妹一回？」

李滄行本能地想拒絕，耳邊卻突然響起鳳舞的聲音：「狼哥哥，你就跟她共舞一回吧，沒事的。」

李滄行看向鳳舞，只見她眼中淚光閃閃，表情卻是異常堅定地說：

「是的，你沒有聽錯，我是讓你跟她共舞一套兩儀劍法，我不介意，我寧可你今天悔婚跟她走了，也不希望你一輩子跟我在一起，心裡卻只有沐蘭湘，**她放不下心中的結，你也放不下，只有你真正跟她共舞過一路兩儀劍法後，我才相信你的選擇是你的真心，而不是勉強自己。**」

李滄行嘆道：「鳳舞，**你是不相信我對你的感情，還是不相信我的承諾？**」

鳳舞平靜地說：「我就是太相信你的感情，太喜歡你的這份深情，才會這麼愛你，滄行，聽我的，不要讓自己後悔，無論你作何選擇，我都能接受。」

李滄行閉上眼睛，深深地吸了口氣，他已經作出決定，要好好面對自己一生無法克服的這個心魔，小師妹不死心，鳳舞也不死心，**只有真正地過了自己心中的這一關，才有可能擺脫這個永遠的情字魔咒。**

李滄行睜開眼看著沐蘭湘那雙美麗的大眼睛，微微一笑：「沐師妹，如果要共舞兩儀劍法的話，徐師弟顯然更合適，我當年在武當並未正式學過兩儀劍法，哪有你們舞得正宗呢？」

徐林宗沉聲道：「沒有關係，李師兄，和你共舞一套兩儀劍法是師妹多年的心願，我不介意。」

李滄行咬咬牙道：「那在下就恭敬不如從命了。」

他本能地想要抽出斬龍刀，卻突然想到，既然是兩儀劍法，自然應該是用劍最好，斬龍刀畢竟不是寶劍，一些招式使出也要打不少折扣，但莫邪劍邪惡凶殘，自己不能保證會不會在舞劍時出什麼差錯，反被邪靈所控，思前想後，竟然猶豫了起來。

鳳舞似乎是看出了李滄行的心事：「滄行，你可是擔心沒有寶劍？」

李滄行點點頭：「還是你瞭解我。」

鳳舞解下了背上的別離劍，遠遠地扔了過來：「用這個。」隨即暗語道：「我封住了劍靈，現在它只是一把普通的利劍，不會傷到你，放心吧。」

李滄行明白鳳舞的用意，**劍名別離，一曲舞罷，自然會有一名女子與自己別離，她是希望自己能真正地放下心中的小師妹，徹底地與她從此斷絕關係，從此只忠於鳳舞一人。**

李滄行接過劍，別離劍帶著龍吟之聲出鞘，墨綠的劍身如一泓深潭的秋水，劍氣晃得臺下眾人個個目眩神迷，李滄行感覺到一股極度的寒氣鑽入自己腦中，自己整個人變得無比地平和，提不起任何的情緒。

沐蘭湘亦緩緩地抽出七星兩儀劍，耀目的劍光中，劍身上的七顆北斗星熠熠生輝，劍尖兩側的日月更是交相輝映，天青色的劍氣與別離劍上淡紅色的劍氣相輝映，在兩柄劍氣的照耀下，沐蘭湘清秀的臉龐，是那麼地美麗。

李滄行儘量不去看沐蘭湘，兩眼只盯著沐蘭湘手中的劍，一股混合了處子芬芳的淡淡蘭花香氣鑽進他的鼻子裡，那是讓他魂牽夢縈的味道，儘管鳳舞刻意地在身上也抹上這種蘭花香粉，可是與小師妹的味道相比，總是差了些什麼，李滄行漸漸地有些醉了。

沐蘭湘手中的七星劍緩緩地畫出兩個劍圈，劍身平指，左手呈勾手狀，舉過頭頂，微微地一欠腰，正是兩儀劍法的陰極劍起手式：「**兩儀迎客**」。

李滄行的思路回到了現實中，他閉起眼，儘管看不到，但夢中無數次演練過的兩儀劍法，早已滲入他的骨髓與靈魂，只從小師妹的七星劍上透出的劍氣，混合著她身上的芬芳，他就能感知到小師妹的距離和動作。

別離劍迅速地拉出四個光圈，李滄行反手持劍，左手駢指置於前胸，左膝上提，呈金雞獨立狀，正是兩儀劍法中的陽極劍起手式：「**兩儀協和**」。

兩人開始一招一式地使起兩儀劍法來，所有使劍的高手目不轉睛地觀賞起兩位絕頂高手，又是一對金童玉女的劍術表演。

臺上漸漸起了風雷之聲，兩人的速度忽快忽慢，腳下踏著九宮八卦步，恰到好處地踩著八卦的方位，互相配合，互相劍擊，時而如穿花蝴蝶，交錯而過，時而如鴛鴦戲水，乍合又分。

一個個的光圈隨著兩人舞劍的速度，纏繞在二人身邊，形成了共鳴，天青色的光圈與淡紅色的光圈有不少合在一起，難捨難分，向外急速地擴張出去，沿著臺子的四周開始不停地旋轉，漸漸地，兩人的身影外，被兩道紅藍相間的真氣慢慢地包圍起來。

紅藍相間的真氣中，兩道身影在不停地旋轉，跳躍，高挑細長的女子身影，極盡女性身材的曼妙與柔美，而山嶽般雄壯的男子身形，始終不離女子左右，時而攬美入懷，時而將女伴托舉過頂，時而助其凌空飛擊，又時而拉著她的玉腕猛然抖出，將仙女般的人兒在空中甩出十幾個螺旋，然後上下合擊，兩把利劍被這旋轉的劍氣所帶，破空而擊，所過之處，帶起一陣煙塵碎屑，無可阻擋。

即使是用劍的行家如展慕白、楚天舒、林瑤仙，都是連聲嘆服不已，**這套兩儀劍法美到了極致，若非用劍的這對人兒默契達到了極致，靈魂到血肉都能融為一體，又怎麼可能有這樣的表現呢！**

一曲兩儀劍法快要使到最後一招「**兩儀修羅殺**」了，李滄行不禁淚流滿面。

他從單純的劍法享受中突然醒悟到，**這可能是此生最後一次與師妹這樣合作了，此舞只應天上有，人間難得幾回見？若是時間就此停止，世上只有自己與小師妹二人，那又該是多麼的美好！**

李滄行睜開雙眼，另一邊，沐蘭湘臉上早已淚水成行，雙眼通紅，一動不動地盯著自己，那眼神，那表情，分明就是一個幽怨無比的妻子，愛恨交加地看著自己的心上人，只這一眼，就足以讓任何男人心碎。

李滄行機械地抬起了手，正如對面的沐蘭湘也抬起了手一樣，兩支寶劍閃著光芒，向著對面的劍尖擊去，這正是兩儀劍法的最後一招：「兩儀修羅殺」，相擊之後，兩劍蕩開，然後雙劍舉天，四臂相交，心意相通，兩劍並出。

李滄行的視線變得模糊，他沒有勇氣面對這樣的沐蘭湘，她的眼神中有著無盡的委屈與埋怨，儘管一言不發，可是此時無聲勝有聲，**分明是在責怪自己為什麼要把她一個人留在武當，為什麼不鼓起勇氣帶她走，為什麼不能忠於自己的愛情，不再理會世間的非議。**

想到這裡，李滄行的劍在空中停住了，他同樣有千言萬語想要對小師妹傾訴，想要扔下手中的劍，攬愛人入懷，無懼世間的一切非議與責難。

就在這時，李滄行眼角餘光卻映出了鳳舞的臉，此刻她站在沐蘭湘的身後，隱隱約約間，臉上亦滿是淚痕，**紅顏傷，淚成行，三人成影，三人神傷。**

李滄行的心在滴血，**這一刻他知道自己必須要作出抉擇了，如果真的攬小師妹入懷，他將再也無法將她推開，可是鳳舞怎麼辦？無論從哪個角度，自己都不應該背叛她，究竟要忠於愛情，還是忠於道德？**

李滄行手中的劍停了下來，別離劍突然在空中紅光一閃，劍身詭異地一扭曲，正好閃過迎面而來的七星劍尖，隨即狠狠地向著七星劍的劍尖上一彈，「叮」地一聲劍嘯龍吟，無比和諧的劍舞被生生地中斷。

籠罩在兩人周身的那幾百道大小不一、流光溢彩的劍圈一下子消散不見，發出一陣陣刺耳難聽的淒厲之聲，讓所有人都皺著眉頭捂起耳朵來，**如果說剛才的劍舞和劍鳴之聲是最美妙的音樂，那現在的這種聲音可謂人世間最絕情最痛苦的離別。**

沐蘭湘木然地舉著劍，兩顆淚珠在她的臉上凝固，一動不動，她的手抬在半空中，七星劍的劍身上已經沒有半點天藍色的真氣。

剛才還可謂活靈活現，充滿了靈氣和生命的七星劍，這會兒似乎被抽去了靈魂，成為一具沒有任何生氣的凡鐵，劍身因為剛才被別離劍的那一彈而微微地晃動著，沐蘭湘睜大了眼，不信地看著李滄行，雙眼盡赤，幾乎要滴出血來。

「為什麼，大師兄，這是為什麼？為什麼要這樣對我，為什麼?!」沐蘭湘的嘴脣喃喃地開合著，聲音不大，但足以讓李滄行聽得清清楚楚。

李滄行痛苦地閉上了眼：「徐夫人，也許這樣結束，是對你對我最好的結局。」

沐蘭湘的身子晃了晃：「你，你叫我什麼？徐，徐夫人？」

李滄行咬咬牙，睜開眼睛：「徐夫人，還請你自重，你有夫，我有婦，以前一切雖然美好，但已經結束了，我們再也不可能回到過去。」

沐蘭湘櫻口一張，一口鮮血噴了出來，落到地上，綻開成一朵怒放的鮮花，李滄行心如刀絞，本能地想要上前去扶，可腳剛踏出半步，又生生定住了，就這樣僵在空中，一動不動。

沐蘭湘的聲音一刀刀地刺著李滄行的心：

「大師兄，告訴你，我跟徐師兄結婚只不過是逢場作戲，你說一定會回武當來接我，我就一直在等你，一天又一天，一年又一年，今天我終於見到你了，你卻叫我徐夫人！師妹知道，大師兄是嫌棄我了，是怪我沒有堅守這份愛情！也罷，師兄盡可以去娶你的紅顏知己，師妹只能與師兄來生再會！」

說到這裡，沐蘭湘突然倒轉劍柄，直接向自己的粉頸上抹去！

第四章

真面目

柳如煙的眼睛裡，早已經是熱淚盈眶，
珠淚化為片片雨點，灑在這臺上的木板上，
嘴角勾出一絲笑容：「李師兄，你不是這麼多年來，
一直想看到我的真面目嗎？這就是我的本來面目。」

李滄行心中大駭，這時再也顧不得什麼了，身形一動，就要搶上前去，突然間，**一顆鮮豔奪目的朱砂紅痣映入李滄行的眼簾**，就在沐蘭湘右手的粉臂內小臂與上臂相交的地方。

李滄行一下子石化在當場：**小師妹竟然還是黃花閨女？**

就差這一下，沐蘭湘的劍已經搭上了她的粉頸，這回她死意已決，出手是無比的堅定果斷，沐蘭湘的武功本就是絕頂級別，江湖中能高過她的屈指可數，這一下又是自盡，除了近在咫尺的李滄行以外，不可能有任何人能救得了她。

眼看七星劍已經在小師妹那雪白粉嫩的細長脖頸上劃出血痕，李滄行猛的回神過來，掌勁一吐，一道天狼真氣從他的右掌噴出，擊中沐蘭湘的右腕。

這一下帶得沐蘭湘的手腕微微一動，本來準備劃過自己喉管的這一劍出了偏差，沒有割斷喉管，但仍在粉頸上拉出一道深深的口子，鮮血如噴泉般地從這道傷口向外湧！

李滄行虎吼一聲，不顧一切地撲上去，摟住了沐蘭湘的蜂腰，他的右手出手如風，在沐蘭湘的胸部穴道連點，暫時止住了血液的大量噴發，同時探手入懷，摸出一個專治外傷的行軍止血散。

他顧不得拔開瓶塞，直接右手一用力，把這青瓷小藥瓶生生捏碎，黃色的粉末混合著他手掌上被劃破的血液，灑在沐蘭湘的傷處上，瞬間凝成一道黃色的傷疤。

李滄行眼淚如斷線的珠子，不停地滴在沐蘭湘的臉上，哭道：「師妹，你不要嚇我！」

沐蘭湘眼睛微微地張開了，長長的睫毛上掛著晶瑩的淚滴，居然笑了起來：「師兄，在你……懷裡的感覺……真好。」

她一說話，脖子上的傷處一牽動，又開始滲出血絲來。

李滄行連忙掩住沐蘭湘的櫻唇：「別說了，什麼都別說了，你不會有事的。」

他一把把沐蘭湘緊緊地摟在懷裡，小師妹的腦袋緊緊地貼著他的胸膛，就像多年前奔馬山莊外的那個晚上一樣。

沐蘭湘臉上掛著笑意，囈語道：「大師兄，我其實……是假……結婚，我想……引你出來，你……一走這麼多年，我見不到你……我在武當一個人，空虛寂寞，我……不能沒有你，對不起。」

李滄行淚如泉湧：「別說了，都怪我，都怪我不理解你，當年在後山沒有帶你走，是我的錯。」

沐蘭湘吃力地睜開了眼睛：「後山？什麼後山？」

李滄行訝道：「師妹，你怎麼了，連這事都記不得了？」

他以為沐蘭湘已經到了油盡燈枯的地步，因而連思過崖絕情之事也不記得了，心中一陣悲痛，連忙抱緊了沐蘭湘，生怕就這麼一鬆手，小師妹就會離自己而去。

沐蘭湘輕聲道：「大師兄，我，真的不知道什麼後山，你在說什麼？」

李滄行覺得有些不對勁，看著沐蘭湘的雙眼，這對美麗的大眼睛裡雖然無神，卻是寫滿了疑慮，他很瞭解自己的小師妹，知道她這個樣子絕對不是在騙自己。

李滄行擦了擦自己的眼睛，柔聲道：「師妹，你真不記得了嗎？你大婚的前一夜，在思過崖，你說，你為了保護武當，要和徐師弟結婚，還要我以後永遠不要來找你，這，你都不記得了嗎？」

沐蘭湘眼中閃出一陣驚異的表情，也不知道哪來的勁，坐直了身子，說道：「不，不，沒有的事，那天夜裡，我一直在你以前的房間裡等你，等了整整一夜，我根本沒去過什麼後山，大師兄，事情，不對！」

徐林宗在一旁聽了道：「大師兄，我可以為師妹作證，她一整夜都在你的房裡，我們說好了，如果你回來的話，掌門之位就給你，如果你不出現，我們才在第二天假結婚，你怎麼可能在後山見到小師妹?!」

李滄行猛的一回頭，看向裴文淵，厲聲道：「文淵，這是怎麼回事？」

裴文淵激動地說：「不可能，當年我受了滄行的委託去找沐姑娘，我現在還記得清清楚楚，沐姑娘當時帶了一隊弟子在山道上巡視，我見到沐姑娘後，你就讓我回來跟滄行說，讓他來後山思過崖找你，你難道忘了嗎？」

徐林宗面沉如水：「那時紫光師伯剛死於非命，武當上下人心惶惶，山上的弟子不是守靈，就是分頭駐守藏經閣、丹藥房之類的重要地方，哪有可能再分出人手巡視山道？裴大俠，只怕你是上了奸人的當了！」

李滄行搖著頭，臉上盡是不信：「不可能的，我不信，我，我跟小師妹見面的時候，還對了暗號的，怎麼可能是別人！」

沐蘭湘一把抓住了李滄行的手：「暗號？什麼暗號？」

李滄行震起胸膜，對沐蘭湘密語道：「就是我們在奔馬山莊邊的樹林裡說的情話，你說天上的月亮好白，我說沒有你白；你又問我月餅我喜歡吃甜的還是鹹的，我說你身上的月餅，自是甜過了蜜糖。」

沐蘭湘的臉頓時紅得如關公一般，手也變得滾燙起來，輕捶著李滄行的胸膛，聲音低得像蚊子哼：「你，你好壞，這種話也好意思說，我不理你了。」

李滄行奇道：「當真不是你嗎？」

沐蘭湘搖頭：「我不是說了嘛，我一直在你的房裡待著，你說過會來武當接我的，所以我就穿著新娘服一直在等著你，想不到，你真的沒來，大師兄，你知道嗎，我的心都要碎了！」

李滄行想到那天大婚的禮堂上，沐蘭湘如行屍走肉般的模樣，終於明白過來，**原來那不是前一天晚上要跟自己斷情絕愛後的傷心欲絕，而是因為自己一直沒有出現，讓她對愛情從此絕望。**

李滄行木然地鬆開了手，自己這十幾年來的所有苦難，竟然全都是一場誤會，他深恨自己沒有弄清楚事情的真相，甚至事後這麼多年也不找小師妹問上一句，陰差陽錯，陌路至今，真是害人害己，貽誤終生。

想到這裡，李滄行狠狠地一個耳光打在了自己的左臉頰上，這一下他雖未用內力，但出手快如閃電，臺下的數千英豪也聽到了這一聲脆響，嚇了一跳，只見李滄行的半邊臉頰高高地腫起，血水順著他的右嘴角流下。

沐蘭湘嚇了一跳，顧不得自己脖子上的傷口也在冒血，哭道：「大師兄，你別這樣！」

李滄行恍若未聞，這會兒他完全陷在自己的世界裡，滿腦子都是自責與悔恨，恨自己為什麼平白浪費多年青春，與小師妹誤會至今，小師妹不知道自己人在何方，可自己知道她人在武當，也不止一次地聽人說過她一直在找自己，只因為他的自以為是和剛愎自用，害得愛人虛度年華。

他越想越是悲從中來，甚至對沐蘭湘的哭求也置若罔聞，左手本能地一揮，左臉頰上也是一巴掌拍過，這回他的左臉也腫成了一塊大饅頭。

肉體上的痛苦擋不住李滄行心中的苦悶與憤怒，他一把推開在懷中的沐蘭湘，雙掌連環擊出，一掌又一掌，不停地向著自己的臉上招呼，以他的功力和速度，只一眨眼的功夫，就打了自己幾十個耳光，臉腫得像個豬頭一樣，鼻孔和嘴角的鮮血長流，仍是沒停下手來。

沐蘭湘一聲悲呼，投進李滄行的懷中，緊緊地抱著他的虎腰，環住他的兩條臂膀，哭道：「大師兄，別這樣，你真的別這樣，都怪我，是我不好，我不應該用這種法子讓你誤會我的，你要打就打我吧，千萬別傷到自己了，千萬別啊！」

李滄行悲憤莫名，只覺得胸口一陣氣悶，爆裂的真氣幾乎要把他整個人炸開，他仰天長嘯，聲音淒厲，如同狼嚎，透著無盡的憤怒與悔恨，聽到的每一個人都被深深地震撼到，甚至不少人都感同身受，熱淚盈眶起來。

李滄行向天怒吼：「死老天！賊老天！**為什麼要這樣戲弄我，為什麼！是誰！到底是誰做的，是誰這樣害我?!**出來，站出來啊！」

李滄行只覺得幾十年的委屈和憤怒，在自己的眼前一幕幕地閃過，他掙開沐蘭湘，把自己穿著的黃色勁裝扯得粉碎，露出裡面的天蠶絲軟甲，周身的紅色天狼勁氣一爆，軟甲的扣子被硬生生崩掉。

這件上好的烏金天蠶絲軟甲瞬間脫落在地，露出了他精赤的上身，古銅色的皮膚遍是傷痕，濃密的胸毛滿布滿了整個胸膛，如同一頭威風凜凜的雄獅，如天神下凡般的剽悍勇武。

李滄行狠狠地用手一抓自己的胸膛，在眾人的驚呼聲中，胸膛上一下子現出了五道血淋淋的傷痕，只有這樣，才能讓李滄行覺得胸中的怒氣能有一個發洩的管道，不至於讓他瘋狂地迷失本性，變身成嗜血瘋狂的天狼，在這裡大開殺戒。

沐蘭湘這會兒已經站不起身了，她緊緊地抱著李滄行的大腿，聲嘶力竭地叫道：「大師兄，大師兄，你冷靜點，別這樣，千萬別這樣！」

李滄行已經聽不進任何話，他的雙眼一片血紅，一爪一爪地在自己的胸前抓著，直抓得這練過十三太保橫練的前胸一片血肉模糊，既然找不到是誰陷害自己的，他只有這樣極度的自虐，才能保持片刻心靈的寧靜。

此時，一個不高但非常清晰的聲音傳進李滄行的耳中：

「天上的月亮圓又圓。」

這句話猶如一道閃電，瞬間滑過李滄行的大腦，剛才還渾沌一片的大腦，變得無比地清晰，他猛的一轉頭，朝向聲音的來處，卻看到鳳舞的眼中盡是淚水，站在他身後兩丈左右的距離，火紅的朱脣微微地發著抖，面具下的臉一片慘白。

李滄行和沐蘭湘同時看向鳳舞，李滄行怔在當場，一句話也說不出來。

沐蘭湘發著抖問：「你，你怎麼會知道這句話？」

兩行清淚從鳳舞的眼中流出，在她雪白的臉上流淌著：「月餅你是喜歡吃甜的，還是吃鹹的？」

李滄行終於明白了，自己和小師妹在奔馬山莊外樹林裡定情，互訴衷腸的時候，陸炳正在附近偷聽，以他的功夫，聽到這些情話毫無困難，鳳舞作為他的女兒，不僅精於易容打扮，以此來騙取自己的信任，更是順理成章的事。

鳳舞木然地走上前，輕啟朱脣道：「為什麼，你一去兩年還無音信，為什麼，你要在這個時候回來？我已經答應嫁給徐師兄了，你難道不知道嗎？」

她說著，轉過頭，一手掩著心口，一邊躲避著李滄行的目光，儘管她戴著蝴蝶面具，可是那副痛苦萬分、欲拒還迎的神態，和那個在思過崖上跟自己斷情絕愛的「小師妹」，完全一模一樣。

李滄行一張嘴，一口血噴了出來。

鳳舞本能地想要上前，卻被沐蘭湘擋在李滄行的身前。

沐蘭湘杏眼圓睜，幾乎要噴出火來，她左手扶著李滄行的腰背，右手舉著七星劍，聲音中透滿了殺氣：「**你究竟是什麼人，為什麼要這樣害我大師兄，為什麼要這樣害我？**」

李滄行咬牙切齒，眼珠子都要給瞪得蹦出眼眶了，厲聲道：「鳳舞，摘下你的面具！那晚的小師妹，絕不是普通人易容、抹些香粉、對上暗號就可以騙過我的，她的一切表現，就連小師妹的心思和所有的細節習慣，都和我的小師妹一模一樣，世上就算是親生姐妹，也不可能如此相似，**你究竟是如何學得跟我的小師妹這麼像？**說！」

鳳舞編貝般的玉齒緊咬著自己的朱唇：「狼哥哥，你真的想知道嗎？」

李滄行不怒反笑：「你這個邪惡歹毒的女人，騙我這麼多年，**事到如今，真相大白，你就不能跟我說這最後的實話嗎？**」

鳳舞慘然一笑，左手輕輕抬起，就在所有人神情複雜、各有期待的眼光中，緩緩地摘下了臉上的面具，人皮面具應手而下，露出她真正的本來面目。圓臉大眼，柳葉眉，瓊鼻瑤口，可不正是峨嵋派的二師姐：「花中劍」柳如煙！

李滄行幾乎驚得下巴都要掉到了地上，沐蘭湘同樣睜大了眼睛，嘴再也合不攏，一邊的林瑤仙更是驚得站起了身，滿臉不信，三人異口同聲地說道：

「怎麼會是你?!」

柳如煙的一雙大眼睛裡，早已是熱淚盈眶，珠淚不停地溢出，化為片片雨點，灑在臺上的木板上。

她的嘴角勾出一絲複雜的笑容：「李師兄，這麼多年來，你不是一直想看到我的真面目嗎？這就是我的本來面目。」

沐蘭湘喃喃地道：「原來是你，怪不得，你能扮得和我一無二致。」

柳如煙點點頭，面無表情地說道：「不錯，當年我爹費盡千辛萬苦，讓我打入峨嵋，甚至不惜以畫眉作為我的掩護，可謂用心良苦，可是，我並不是沒有感情的殺人機器，李師兄，當年我第一眼見到你，是在落月峽之戰，你為了保護沐姑娘，捨命打死向天行，那次我就愛上了你，我沒有見過任何一個男人，可以為了自己所愛的女人犧牲到這種程度，我需要這樣的保護。」

李滄行本來恨極柳如煙，但她的話娓娓道來，彷彿昨日，讓李滄行也啞口無言。

只聽柳如煙繼續說道：「後來我知道你被趕出武當，別提有多高興了，當時你在那山下的酒樓裡打了三個月的工，我每天都會偷偷地看你，我聽到你每天晚上都在夢裡喊沐姑娘的名字，滄行，你知道我有多痛苦嗎？但不知為什麼，我更喜歡你了，喜歡到發瘋，甚至連我爹給我的任務，我也無心去完成。

「之後你上了黃山，學了武功，又去奔馬山莊，你跟沐姑娘定情的那個晚上，我跟我爹一直在樹上偷聽，所以你跟沐姑娘的所有私語，我都一清二楚，後來你來了峨嵋，我知道你終歸會走的，即使你留在峨嵋，也不會看我一眼，但是滄行，你知道嗎，你在我房裡的那段日子，是我這輩子最快樂的一段時光，如果有可能，我願意用我的生命去換回那樣的日子哪怕一天而已。」

沐蘭湘手中的劍緩緩地放了下來，幽幽地嘆了口氣：「原來你也是這樣癡情苦命之人，柳姑娘，你我一見如故，你是我在峨嵋最好的姐妹，性格相近，我去峨嵋的時候，與你同住一屋，每天同居共起，吃飯洗浴都在一起，所以你對我的一切瞭若指掌，這一切，都是你刻意為之的嗎？」

柳如煙慘然一笑：「是的，是我刻意的，沐蘭湘，我有無數的機會可以取你的命，但我都沒有下手，你可知為什麼？」

沐蘭湘一臉茫然。

只聽柳如煙說道：「因為我知道，如果你真的死了，滄行一定會傷心難過一輩子，再也不會愛上別人了，我得到滄行唯一的機會，只有讓你移情別戀，讓你嫁給別人，這樣才能打消他心中最後的幻想，我才有跟他在一起的可能！

「滄行，你離開峨嵋之後，長達兩年的時間下落不明，我爹找遍大江南北，也沒有你的下落，皇天不負有心人，就在徐林宗現身之後，你也跟著在江南出現，你知道我的心有多激動嗎？」

沐蘭湘咬牙切齒地說道：「我想起來了，我在武當做過一個夢，夢見我爹和我說，要想讓大師兄再次出現，只有跟徐師兄假結婚，大師兄如果真的愛我，就一定會出現的，難不成，難不成這也是你搞的鬼?!」

柳如煙點點頭：「不錯，是我在你的房裡再次下了迷魂香，然後把你背到了後山，易容成你爹跟你說的，你以為是夢，但實際上是我的計畫，我知道你一定會真的選擇這條路，而徐林宗也會為了斷絕跟屈彩鳳的關係，助你成事，只有這樣，才能讓滄行徹底絕望，從此不再想你念你。」

李滄行喃喃地說道：「於是你就故意放出這風聲，兩頭欺瞞，誘我來武當，然後假扮小師妹，把我引到後山思過崖上，跟我斷情絕愛，對不對？」

柳如煙閉上眼睛，兩行清淚流下：「不錯，我就是這麼做的，滄行，我，我真的不想這樣傷害你，看著你那樣傷心欲絕的樣子，我恨不得自己能撲到你身上，變成沐蘭湘，溫暖你這顆千瘡百孔的心。」

李滄行仰天大笑：「哈哈哈哈，你還真的是愛我啊，千方百計地設計我，陷害我，造成我和小師妹的誤會，誘我加入錦衣衛，然後處處地刻意模仿我師妹，想要把我的注意力完全吸引到你身上。柳如煙，在這個世上，**我自以為你爹才是算路深遠，謀略最深的人，可想不到，你才是真正的青出於藍而勝於藍**，我李滄行栽在你的手上，無話可說！」

陸炳的聲音嚴厲地響起：「鳳舞，這麼大的事情，你怎麼從來不向我彙報？當年你密信讓我來武當，說是徐沐大婚上可能有情況，原來是你的自作主張！**想不到你居然連我也背叛！**」

柳如煙幽幽地說道：「爹，我太清楚你了，你是不可能因為想要收服滄行而冒著得罪整個武當的風險的，這件事只有我自己做才行，不過，最後我還是讓滄行相信沐蘭湘背叛了他，能跟滄行這幾年生活在一起，我已經死而無憾了！」

陸炳臉色一變，旋即又恢復了一貫的冷厲神色：「就算是死，在死之前，你也得給我說清楚一件事，**你和誰合作？那些裝成武當巡山弟子的人是誰？李滄行重新現身江湖的事又是誰告訴你的？還有，你是不是和那個武當的內鬼有聯繫，**你既然把這些事都說了出來，那就索性說個徹底吧！」

李滄行心猛的一沉，這才意識到自己剛才只顧著陷入感情的漩渦，卻失掉了最重要的冷靜和判斷，陸炳雖然絕情，但立刻想到了最關鍵的事，那就是**柳如煙的這些算計謀劃，不可能沒有外援，**她在錦衣衛處處受陸炳的指派與制約，從來都是孤身一人，**那麼她的合作者又是誰？**她能在武當這樣假扮沐蘭湘，顯然是對沐蘭湘的情況一清二楚，**除了那個隱藏多年的內鬼外，還會有誰對這一切如此熟悉？**

李滄行的理智被陸炳這番話又找了回來，身上的傷口火辣辣地疼，鮮血順著優美的肌肉曲線向下流，可這種感覺讓他的思維變得異常敏銳，對柳如煙厲聲道：「**是不是一聽說我當年在東南一帶現身，你就勾結了那個武當內鬼，下手害了紫光道長，對不對？**」

柳如煙臉上現出痛苦的表情，捂著自己的心口，吃力地說道：「滄行，你，你怎麼會猜到的？」

李滄行哈哈一笑，聲若厲鬼，他萬萬沒想到，**鳳舞不僅害得自己感情悲劇，**

甚至還參與了那個內鬼對紫光道長的陷害。

悲憤之餘，他突然感覺到無比的輕鬆與暢快，那個折磨了他一生的秘密，一下子變得無比接近於真相，只要柳如煙繼續開口說下去，一切都將大白於天下。

李滄行一動不動地盯著柳如煙，道：「鳳舞，你真的有你說的那樣愛我嗎？願意為我做一切嗎？」

柳如煙哭著道：「事到如今，你還對這一點有所懷疑嗎？我的良心被折磨了這麼多年，一邊是對你無盡的愛，一邊是對你無比的愧疚，每天晚上都只能戴著面具睡覺，夢裡都是你發現了真相後親手殺了我，這麼多年來，我不敢在你面前摘下面具，就是不敢把這些秘密告訴你，**因為我太愛你了，我無法想像失去你的那一天。**」

李滄行冷冷地說道：「既然如此，**你為什麼今天又要主動說出這些？就算我跟師妹相認，你只要自己不說，我也懷疑不到你頭上。**」

柳如煙抹了抹眼淚，泣道：「滄行，你太聰明了，和沐蘭湘相認後，一定會追查當年的事，早晚你會懷疑到我和我爹頭上的，我沒法對你說謊，我把這些事都說了出來，現在我的心裡終於輕鬆了，再也不用受良心的折磨。」

李滄行點點頭：「那好，既然如此，那你就全說出來吧，我不怪你，我知道你確實是愛我，所以才會一時誤入歧途，受人愚弄，任人擺布，鳳舞，我不恨你，甚至很感激這些年來你對我的一片真情，感激你能伴我度過我最黑暗最痛苦的那段日子，**但我希望你能把這個幕後的黑手說出來**，你如果真的愛我，請說出來，他不僅害了我，也害了你，我們應該找他報仇，你說呢？」

柳如煙的大眼睛裡閃著驚恐，道：「滄行，不是我不想告訴你，而是這個人太厲害，太可怕，你是絕對鬥不過他的，就是紫光道長、林鳳仙也被他玩弄於股掌中，我不想你有什麼三長兩短，你還是不要知道得好。」

李滄行斷然道：「鳳舞，你跟了我這麼多年，應該瞭解我，即使我的仇家是玉皇大帝，我也願意做那石猴孫悟空，殺上天庭，打他個天翻地覆！**殺師之仇，奪情之恨，還有讓我這顛沛流離二十年的苦難，無論是誰，我都要向他親手復仇**，何況現在不止是我一個人的事，此人暗殺紫光師伯，挑戰了整個伏魔盟，又逼你背叛錦衣衛，你爹也不會放過他，難道我們加起來的力量，還不足以對付他嗎？」

柳如煙直搖頭道：「滄行，沒用的，你不知道你的對手有多可怕，今天在場的所有人，包括我爹，加起來也不是他的對手，放下你的執念吧，你有什麼仇恨，就全衝著我來好了。」

李滄行柔聲道：「鳳舞，你應該相信我，我不是有勇無謀之人，如果敵人太強大，我會潛伏不動，等待時機再報仇，而不是意氣用事，輕易地以卵擊石，若是我自己沒這個本事報仇，我會讓我的子孫後代去報仇，總有成功的一天，但是，我希望你能給我這個機會。」

柳如煙不為所動地道：「你永遠是這樣自以為是，可是，這股豪氣也是我最欣賞的一點，滄行，你過來，這個仇家，我只跟你一個人說。」

李滄行心中一陣激動，但有些奇怪，為什麼鳳舞明明可以和自己傳音入密，卻不用這個方法，但當他看到柳如煙背後陰沉著臉，一言不發的陸炳，就明白了一二，只怕這傳音入密之法，這個錦衣衛頭子還是有辦法知道的，若是那個仇家真的有鳳舞說得這麼可怕，那陸炳最可能的選擇就是轉而與此人合作，反過來對付自己。

於是李滄行點點頭，上前幾步，正待開口，鳳舞突然大叫一聲：「當心！」雙掌一錯，一股陰柔之力生生從她的右掌中吐出，擊向李滄行的前胸。

事發突然，李滄行沒想到鳳舞會在這種情況下攻擊自己，甚至來不及提氣抵抗，鳳舞的掌勁就擊中了自己的前胸，把他生生地擊出了兩丈左右，與此同時，一聲火槍擊發的巨響傳入天狼的耳裡，這聲音他再熟悉不過，三眼轉輪炮，就是徐海用過的利器。

還在空中飛行的李滄行本能地抽出斬龍刀，化為三尺長度，向著槍響的方向擲去，這種火槍的擊發速度很快，能連發三槍，絕不能讓凶手有再次出手的機會！

第二聲火槍聲響起，緊接著就是斬龍刀擊中人體的聲音，一聲慘叫聲和東西落地的聲音幾乎同時響起，李滄行扭頭看去，只見一個穿著土黃色制服，看起來像是黑龍會弟子的人，正倒在一團血泊之中。

戚繼光的寶劍架在他的脖子上，厲聲喝問道：「姓蘇的，你究竟是什麼人，是誰派你來的！」

血泊中，這個「蘇副將」的一隻斷手還扣著三眼轉輪炮的扳機，他的嘴角流著血，掛著一絲殘忍的笑意：「哈哈哈哈，**你們全都得死，沒有人能鬥得過主上，背叛主上的人，就是這個女人的下場！**」

說到這裡，他的脖子猛的一動，戚繼光的寶劍一下子割開了他的喉管，鮮血從喉管和他的嘴裡狂噴出來，眼見是活不成了。

李滄行看著鳳舞，只見她還直直地站著，只是左胸口和腹部已經被打出了兩個大血洞，鮮紅的血液不停地從這兩個傷口裡如噴泉般地湧出，臉色一片慘白，可是兩隻大眼睛卻是看著李滄行的臉，嘴角邊還掛著一絲微笑。

李滄行狂吼一聲：「鳳舞！」

他明白了，鳳舞是看到自己身後的蘇副將在掏槍，這才會發掌把自己推開，那個蘇副將鐵定是幕後黑手派來的黨羽，為了掩蓋身分，想要在這最關鍵的時刻暗殺自己，若不是柳如煙的捨身相救，這會兒命懸一線的，一定是自己了！

李滄行顧不得去管那蘇副將，直接從地上彈起，飛撲向鳳舞，鳳舞的臉上還帶著幸福的微笑，身子卻是緩緩地向下倒去。

李滄行一手攬住鳳舞的纖腰，這具濕熱的身子，他是第一次這麼迫不及待地想擁進自己的懷裡，就在片刻之前，他還恨不得把這個女人碎屍萬段，可這一瞬間，這個鍾情自己，如同精靈一樣的女子就要永遠離開自己了，**一切的恨意都煙消雲散，剩下的只有無盡的憐愛。**

李滄行坐在地上，鳳舞的背無力地靠在他的膝上，被打穿的血洞中流出的鮮血，染得李滄行滿身都是。

他伸出手，運指如風，試著點了鳳舞周身的幾處穴道，卻無法止住血，三眼轉輪炮的威力之大，在這十餘步的距離內擊中毫無內力護體的身子，就是大羅金仙也救不了鳳舞了。

鳳舞緩緩地睜開眼睛，嘴邊的那抹微笑是如此的燦爛，她的聲音小得像蚊子哼，李滄行卻聽得一清二楚：「滄……滄行，你沒事，真的是……真的是太……太好了。」

李滄行泣不成聲，用手緊緊地壓著鳳舞的傷口：「別說了，我為你止血，鳳舞，**你是我的女人，我不會讓你死，我，我不許你死，我一定會救你回來！**」

他將天狼戰氣源源不斷地輸進鳳舞的體內，卻封不住那洶湧如泉的血河，反而加速了血液的流逝。

鳳舞喃喃地說道：「滄行，我無數次地夢到過你知道真相後的結局，每一次，你不是趕我走，就是親手殺了我，比起這種……這種結局，我……我好喜歡這樣的結局。」

李滄行放棄徒勞的嘗試，緊緊地把柳如煙抱在懷裡，吼道：「別說了，我不怪你！鳳舞，你不會有事的，不要胡思亂想，這麼多高手在這裡，一定能救你。」

李滄行高聲叫道：「有誰能救她，求你們救救鳳舞啊！」

陸炳那柄東皇太阿劍不知什麼時候搭在李滄行的脖子上，鋒利的劍鋒把李滄行的頸子割出了一道長長的口子，李滄行卻是渾然不覺。

看著陸炳，他彷彿看到了希望，大叫道：「陸炳，求你救救鳳舞，你要我做什麼我都願意，她是你的女兒啊，我求你救救他！」

陸炳鬚眉皆張，雙目盡赤，吼道：「李滄行，你這混蛋，害死我女兒，我，我殺了你！」

柳如煙氣若游絲的聲音再次響起：「爹，我求你，求你不要，不要動天狼，這……是女兒自己的……命，就當是女兒……背叛錦衣衛的，報應吧。」

陸炳咬牙切齒地說道：「你到死也要維護這個負心漢嗎？好，好，你們一個個都有出息，好極了！」

陸炳的手腕一抖，身子凌空而起，跳到那蘇副將的屍體前，一爪擊出，正中他的胸口，把那顆心臟生生掏了出來，長嘯一聲，一個御風萬里，從眾人的頭頂飛了出去，飄然不知所蹤，他那勢若瘋癲般的狂嘯聲，卻一直在眾人的耳邊迴蕩。

李滄行無力地癱軟在地，連陸炳也無法救自己的寶貝女兒，自己更是無計可施了，他深深地自責起來，為什麼要這樣逼問柳如煙那個內鬼是誰，才會讓柳如煙遭此大難，這會兒他把自己殺了的心都有了，肉體上所有的疼痛，包括脖子上給劃出的血痕，都無法讓他內心的愧疚減去半分。

柳如煙的嘴角邊現出了一個酒窩，這時候的她，在李滄行的眼裡，比她以前所有的笑容都要美麗，都要燦爛。

她的胸口處的血液居然停住了，臉色也如同一張蠟紙一樣，那是她的血幾乎流光的徵兆，聲音已經低得聽不見：「滄行，**不要去查那個黑手，不要報仇，這是我，最後的願望**，你，你能答應嗎？」

李滄行只能違心地點著頭，這個時候，柳如煙無論提任何要求，他都不會拒絕，手中伊人的體溫在迅速地下降，那雙美麗眼睛中的光彩，也開始漸漸地消散。

「滄行，對…對不起，我…我耽誤你和……沐姑娘這麼…多年，你以後……一定要好好對她，最好…退出江湖，別再……當什麼大…大俠了。」

李滄行已經說不出話來了，只是緊緊地摟著柳如煙，不停地點著頭。

柳如煙用盡最後的力氣說道：「滄行，我…我好懷念……懷念你在峨嵋的…日子，我們…我們都不用戴面具，我可以每天看著…看著你，看著你……」

她的頭突然一歪，手也無力地垂了下來，一縷香魂就此玉殞。

李滄行絕望地慘叫一聲：「不！」他的眼前終於一黑，人也暈了過去，再也不省人事。

迷霧，看不清的迷霧，李滄行不知道自己身在何處，只覺得前方一個若隱若現的倩影在孤獨前行，熟悉的鳳仙花的味道淡淡傳來，正是鳳舞的幽香。

他的心中一陣刺痛，不管怎麼說，對這個騙了自己這麼多年，害得自己與小師妹誤會重重的女人，他卻是恨不起來。

李滄行失聲道：「鳳舞，是你嗎？」

前方的女子回過了頭，美目朱唇，沖天馬尾，可不正是鳳舞！

她那張瓜子臉上，這回卻是寫滿了笑容：「滄行，你好。這是我第一次不用戴著面具來面對你，這感覺真好。」

李滄行衝上去，想要抓住鳳舞的手，可是手剛剛觸及鳳舞的身體，她卻如一縷清煙一樣地消散不見。

李滄行怔在了原地，鳳舞的聲音卻從另一個方向傳來：「別這樣，滄行，我已經離開了，這樣，對你對我都是最好的結局。」

李滄行眼中淚光閃閃，扭頭看向另一邊，鳳舞的臉上仍然掛著笑容，眼神卻變得無比清澈，再沒有往日那種心事重重的樣子。

李滄行嘆道：「為什麼，為什麼要這樣？這個結局並不好，鳳舞，我原諒你，不再恨你。」

鳳舞搖搖頭，柔聲道：「就算你原諒我，我也不能原諒我自己，滄行，事到如今，我終於可以跟你說說心裡話了。我從小就沒了娘，又不能入陸家之門，而後被我爹訓練成殺手，一輩子缺乏愛，缺乏人保護，而你，是第一個給我這種保護和愛的男人。」

李滄行奇道：「是嗎？可是，在峨嵋的時候，你還是柳如煙，我好像沒有保護過你啊。」

鳳舞一動不動地看著李滄行，秀目中光芒閃閃：「不，我說的保護和愛，但那不是對我，而是對沐蘭湘，在黑水河的時候，在落月峽的時候，我看到一個男人這樣捨命地保護自己心愛的女人，突然之間，我好羨慕和嫉妒，我覺得自己好像就成了沐蘭湘，能那樣地躺在你的懷裡，那樣被愛和保護，哪怕只有一瞬間，這輩子也值了。」

李滄行說不出話，卻聽到鳳舞幽幽地嘆了口氣，繼續道：「後來，我一路奉命暗中監視你們，看到你被趕出武當，卻始終對你的小師妹念念不忘，看到你們在奔馬山莊定情，我卻在樹上淚流滿面，回去之後，我就發瘋似地向我爹請求，不管用什麼樣的辦法，我都要得到你。滄行，對不起，因為我的衝動，我的自私，害了你這麼多年，有這樣的結局，也是我自作自受。」

李滄行咬了咬牙：「鳳舞，我不怪你，情這一事，沒有緣由，你的心情我理解，對於徐師弟，我也是這樣的感覺，甚至我都不知道如果不是因為他掉落山崖的話，我會不會也像你一樣出手害他。」

鳳舞轉過了頭，一滴珠淚從她的眼角落下：「滄行，後來我用盡了手段，終於讓你和沐蘭湘因為誤會而分開，我也借著機會接近了你，我的一舉一動都在模仿她，從她用的香粉到她的一舉一動，我希望你能把我當成她，最終接受我，我的計畫幾乎要成功了，若不是因為屈彩鳳的關係，你也許早就會和我在一起。可是我知道，這個謊言終究會被揭穿，只要沐蘭湘還活著，你們終有見面的時候。」

李滄行安慰她：「你終究沒有下手去害她，心中仍然存有良善，鳳舞，就算衝著這個，我也不會再怪你。」

鳳舞卻道：「不是我不想害她，而是因為某個原因，我不能害她。滄行，我在這個世界的使命已經結束了，不管怎麼說，我不後悔走這一遭，能認識你，能在你身邊這麼多年，這感覺真好。耽誤了你這麼多年，我很抱歉，希望這條命能作彌補。」

李滄行突然意識到鳳舞可能會永遠地消失，他一下子躍上前去，想要抓住這個精靈般的女子：「不，鳳舞，不要離開，不要離開我們，我不要你走！」

可是鳳舞的笑容還掛在臉上，身體卻已經漸漸地變成了煙霧：「滄行，好好珍惜身邊人，**你的愛，應該給那個值得被你愛的女子，有緣的話，我們來世再見，忘了我，忘了我，忘了我……**」

李滄行大吼一聲，雙膝一軟，跪在地上，鳳舞的身形連同那聲音一起消散在迷霧之中。

他知道這回這個精靈般的女子再也不會回來了，淚水在他的臉上流淌著，甚至與沐蘭湘的重逢，都無法讓他再高興起來，也不知道哭了多久，他的意識漸漸地模糊，再次陷入了昏迷之中。

等到李滄行醒來的時候，已經是深夜了

一盞搖曳著的燭火首先映入了他的眼簾，緊接而來的，就是渾身上下的疼痛。

這種感覺已經很久沒有了，自從練成十三太保橫練以來，這樣周身上下如同給生生撕裂開來的痛感再沒有出現過，即使一時不能自控，在身上抓出道道血痕的時候，也沒有像現在這樣疼過。

李滄行幾乎要「哎喲」一聲叫出來，一陣蘭花的幽香鑽進鼻子裡，他眼珠子一轉，發現沐蘭湘還是穿著那身天藍色的武當長老道袍，趴在床邊。

他只要舉手，就能碰到她那張清秀美麗的臉蛋，她的呼吸很沉重，甚至發出了輕輕的鼾聲，就跟當年在武當練武練到睡著時一樣。

李滄行扭頭看了下身處的環境，這裡是一處禪房，一切的布置都很簡單，只有自己睡的這張臥榻，和一張小桌子，牆邊書架上放著一些經書卷軸，除此之外，屋子裡的香爐中燃著檀香，房外傳來一陣陣的誦經禮佛之聲還有木魚敲擊聲，這一切都讓李滄行瞬間明白了自己所在的位置——南少林。

李滄行確認了自己所處的位置後，眼神不自覺地落在沐蘭湘那清秀可人的臉上。

這是他十幾年來第一次能這樣端詳自己夢中的愛人，高高的雲髻，烏雲般的秀髮從左肩處繞過，搭在前胸，眉如柳葉，膚似凝脂，略厚的嘴唇輕輕地一張一合，似乎是在夢囈，而這回李滄行聽得真切，小師妹說的分明是「大師兄」三個字。

李滄行心中一陣寬慰，遙想當年落月峽之戰後，自己也像現在這樣，全身上下纏著繃帶，不能動彈，小師妹也是如現在這般守在自己的床頭，可是那時她夢到的卻是徐師兄，事易時移，近二十年的歲月彈指一揮間，這回小師妹的心裡，卻只剩下了自己，即使是這十餘年來的別離，也沒有抹掉自己在她心中的位置。

李滄行轉而又想到了鳳舞，眼睛不禁又變得濕潤起來。

第五章

宮廷鬥爭

這種宮廷鬥爭之事沐蘭湘不是很懂，問道：
「澄光師叔不是錦衣衛麼，怎麼又成了亂黨了？
不對，他不是建文帝的後人嗎？
那應該是我大明皇室成員才是啊。
為啥又要推翻現任的天子呢？」

沐蘭湘緩緩地抬起頭，李滄行的響動讓她從夢中驚醒，她眼裡也滿是紅絲，臉上的淚痕仍在，看到李滄行醒過來，又驚又喜，一下子扶住了李滄行的肩：「大師兄，你終於醒了！」

李滄行問：「我這是暈了多久了？」

沐蘭湘一邊扶著李滄行躺回到枕頭上，一邊幫李滄行蓋好被子，說道：「你已經暈了兩天兩夜了，這回你傷得好重，那些傷口我看了都心疼，大師兄，你答應我好嗎，以後不要再這樣傷害自己了，好嗎？」

李滄行嘆了口氣：「師妹，自從莫名其妙地學會天狼刀法之後，有的時候我根本控制不住自己，我現在是身處南少林嗎？」

沐蘭湘點點頭，緊緊地握著李滄行的手：「是的，你傷成這樣，又暈了過去，哪兒也不能去，我們只能把你留在這裡治傷，戚將軍和盧將軍回軍營去了，那個蘇副將是嚴世蕃派來搞鬼的，想要誣陷我們聚眾謀反，為了不給賊人口實，各位掌門已經帶著弟子們下山，分頭散去了，你的部下也換上了官軍的裝束，跟戚將軍合軍一處，擋在盧鏜部隊的前面，下午的時候，聽說盧將軍的所部也已經退走了。」

李滄行閉上眼：「本來我想通過宣布迎娶鳳舞，好把這次大會的責任攬到自己的身上，沒想到會是這麼個結果。」

說到這裡，李滄行的眼前又浮現出鳳舞死在自己懷裡時的那副情景，淚水再次沿著眼角淌下。

沐蘭湘掏出懷中的羅帕，默默地為李滄行擦拭著臉上的淚水，一言不發。

李滄行喃喃說道：「小師妹，**在昨天之前，我這輩子最對不起的是你，可出了這事之後，我這輩子最對不起的卻是鳳舞**，如果她有什麼對不住你的地方，還請你能看在我的份上，原諒她，好嗎？」

沐蘭湘幽幽地道：「大師兄，我的心思和你一樣，剛知道是如煙害我們生出這麼多年的誤會，我恨不得一劍刺死她，但我看到了她對你的深情，尤其是最後捨命救你，我對她再也恨不起來了。

「不管怎麼說，我們曾姐妹一場，她說得對，她有無數次機會可以取我性命，但她沒有這樣做，我想她不止是想著要得到你的心，還顧及了我們的姐妹情分，如煙本性善良，這點我清楚，她為了愛情一時誤入歧途，我也能理解，現在我一點也不恨她了。」

李滄行看著沐蘭湘：「謝謝你，小師妹。現在鳳舞葬在哪裡了？」

沐蘭湘搖搖頭：「陸炳後來派人把屍體取走了，他說鳳舞死也是錦衣衛的人，你既然沒有遵守婚約，那他就要把鳳舞帶回去。」

李滄行的鼻子一酸：「都怪我，陸炳說得沒錯，是我害死了鳳舞。」

沐蘭湘眼中也不禁淚光閃閃：「不，大師兄，你要怪就怪我吧，若不是因為我的任性，不是因為我非要跟你最後共舞一回，真相也不會這樣被揭露，如煙她也不會這樣死了。」

李滄行長嘆了口氣，緊緊地握住沐蘭湘的手：「這一切也許都是命吧，也許正如鳳舞她說的那樣，這才是最好的結果。」

沐蘭湘半晌無語，久久才道：「大師兄，徐師兄已經帶著武當的弟子們回去了，我想要留下來陪你，這回無論如何，我再也不想離開你了，你也別趕我走，好嗎？」

李滄行突然想到一個嚴重的問題，昨天的事情發生得太快，讓他來不及細想，現在靜下心來，混亂的思路也變得清晰起來。

李滄行看著沐蘭湘，正色道：「師妹，雖然真相已經大白，可是，你我這樣恐怕不太好吧，畢竟，畢竟你還是徐師弟的妻子，我……」

沐蘭湘堅定地道：「大師兄，別說了，昨天我就說得很清楚，我跟徐師兄只不過是假結婚，如煙設了個局，讓我相信只有我跟徐師兄結婚的消息傳遍江湖，才能誘你出來，而徐師兄也需要這麼一場婚禮讓屈彩鳳死了心，所以，我們才出此下策。」

李滄行嘆了口氣：「可是不管怎麼說，此事也弄假成真了，江湖盡人皆知你是徐夫人，現在你不跟著徐師弟回武當，卻在這裡陪我，這樣對武當的聲譽是巨大的傷害，我不能這樣。」

沐蘭湘道：「大師兄，難道當天我的心意你還不明白嗎？我已經為武當犧牲了太多，如果婚禮的當天你出現，我直接就會扔下一切跟你走了，不為別的，只因為我的人和我的心早就屬於你一個人，如果如煙不是那個害我們的人，你昨天宣布娶了她，我也只有以死殉情這一條路了。」

李滄行目光落在沐蘭湘的粉頸上，一道長約三四寸的劍痕上，灑了行軍止血散，黃色的膏藥如同一條蜈蚣似的，在雪白的肌膚上顯得十分明顯，即使痊癒，只怕以後也會留下一道疤痕。

李滄行又想到那天見到沐蘭湘右臂上的那枚守宮砂，這一幕讓他一時失神，使得小師妹誤以為自己絕情棄愛，這才在絕望下舉劍自刎，引出了之後的一連串事情。

李滄行嘴脣動了動，終於開口道：「小師妹，你手臂上的那個痣，又是怎麼回事？」

沐蘭湘先是微微一愣，轉而粉臉通紅：「你說什麼呀，大師兄，你怎麼盯著人家那裡看。」

李滄行急道：「我是說那天我們合使兩儀劍法的時候，我突然看到你手臂上的紅痣，這才一時失神的，那顆，是守宮砂嗎？」

沐蘭湘的臉熱得發燙，不好意思地低下頭，輕輕地點了點，聲音也低了下去：「大師兄，人家這麼多年來一直等著你，守護著我們的愛情，也守護著我的身子，因為，你說過會回來，你讓我等，我就會一直等下去，等到你回來找我的那一天。」

李滄行喃喃地道：「可是，你分明嫁給徐師弟了呀，這又怎麼可能……？」

沐蘭湘笑了起來，玉指一點李滄行的腦門：「大師兄，你還真是死腦筋呢，我早就說了，那場結婚是假的，婚禮之後，我和徐師兄仍是住自己的房間，我和徐師兄之間也只是那種師兄妹關係，怎麼，難道你到現在還不相信我嗎？」

李滄行羞愧得無地自容，其實這是很明白的事，徐林宗的心裡明顯只有屈彩鳳，自己還以為徐林宗是個花心大蘿蔔，想要收盡嬌娃，自己莫名其妙地對徐林宗一通臭罵，還故意說屈彩鳳是自己的女人來打擊他，現在想來，實在是太過分了。

李滄行嘆道：「都怪我疑神疑鬼，誤會了你和徐師弟，我這個人實在是太失敗了，冤枉了這麼多人，又害了這麼多人，實在是個天煞孤星，根本不應該活在這個世上。」

沐蘭湘緊緊地拉著李滄行的手，溫柔地看著李滄行的雙眼：「大師兄，別說傻話了，**不管你到哪裡，此生休想再甩掉我。就算你不想在這個世上活了，那我也一定會隨你而去。**」

說到這裡，她的表情異常地堅定和決絕。

李滄行心知這個小師妹外柔內剛，一旦拿定主意的事，十頭牛也拉不回來，從她癡等自己十幾年便是最好的證明，於是道：「師妹，我答應你，這次再也不跟你分開了。」

一想到鳳舞臨死前也希望自己和小師妹在一起，他便豁然明白一個道理，**與其痛惜亡者，不如珍惜眼前的美好**，這十幾年來，自己一直沒做到這點，才徒負佳人，誤人誤己，這個錯誤再也不能犯了！

沐蘭湘臉上現出喜色，拭了拭眼中的淚水，說道：「大師兄，你傷還沒有好，先靜養幾天，不用擔心你的部下，錢大俠和裴大俠他們說了，讓你放心養傷，他們就駐紮在山下，等你好了以後再帶大家回浙江，你們是朝廷正式的官軍，即使是嚴世蕃那惡賊，也不敢動你們的。」

李滄行聽了道：「那，徐師弟那邊怎麼辦？」

沐蘭湘微微一笑：「徐師兄在你昏過去的時候，就向全天下的俠士們言明，當年和我只是假結婚，並無夫妻之實，既然你已經出現，他就和我解除這個名義上的夫妻關係，從此我只是武當派的妙法長老沐蘭湘，不再是什麼徐夫人了。」

李滄行自責道：「徐師弟如此仗義豁達，我卻那樣對他，真是讓我無地自容，小師妹，等我好了以後，一定要親自上武當向他致歉才是。」

沐蘭湘憂心地說：「我想，那個武當的內鬼這回被揭發了出來，想必不會善罷甘休，也許他會向徐師兄下毒手，大師兄，我們能不能早點回武當去幫他？」

李滄行想到鳳舞臨死前一再強調不要自己去報仇，從她的眼神中，他看到了深深的恐懼，自己從未在鳳舞的眼中看到過這樣的神色，即使是嚴世蕃也沒有讓她怕成這樣，**難不成這個黑手比皇帝還要可怕嗎？**

「那個幕後黑手當真是可怕之極，鳳舞是萬裡挑一的錦衣衛殺手，我從沒有見她被人嚇成那樣過，死了都不願意讓我為她報仇。我當時雖然答應過鳳舞，可是這件事我無論如何也不可能就此放過，我一定會想方設法挖出這個內鬼來。」

沐蘭湘高興地說：「大師兄，我會幫你的。」

李滄行沉吟了一下道：「等我傷好之後，留下錢胖子他們在這浙江一帶經營，我和你回武當，那個黑手應該會向你我下手，到時候我們再想辦法誘他現身。」

說到這裡，李滄行突然渾身一抖，陸炳拿出的那個金蠶蠱實在是嚇人，這蠱卵無色無味，肉眼難認，**那個內鬼若是採用下毒等手段來對付自己或者是小師妹，又該如何防範？**

沐蘭湘秀目流轉：「大師兄，你可是擔心那金蠶蠱？」

李滄行點點頭：「師妹果然聰明，居然能想到這點，不錯，那內鬼明著來，我是不怕他的，大不了打不過戰死罷了，何況我根本不信有什麼人可以在武當派一個人消滅所有武當弟子。」

沐蘭湘聞言說：「可能如煙說的是這個人勢力強大，並非說他一個人真有這麼厲害吧。」

李滄行語中一陣豪氣飛揚：「沒什麼可怕的，師妹，**從今以後，有什麼事，我們一起面對。**」

沐蘭湘眼中閃過濃濃的愛意，把頭埋進李滄行的胸前，嬌聲道：「我什麼都聽你的。」

三天後。

南少林後山的一處林間空地，一團天藍色的真氣和一團紅色的真氣，如行雲流水般，在山林間追逐，碰撞。

伴隨著天藍色真氣的一道道劍圈光環，還有紅色真氣發出的一道道狼形光波，陣陣風雷之聲震得林中飛鳥驚起，走獸遠竄。

兩團真氣乍合又分，最後一次碰撞震得一邊的地面上給炸出六七個小坑，可見二人氣勁之強。

淡藍色的真氣慢慢散去，露出沐蘭湘那清秀脫俗，雲髻高挽的臉，細長的脖頸下，修長的身材把她女性柔美的身姿顯露出來，而這身天藍色的道袍也被汗水浸濕，緊緊地貼在她身上，曼妙的曲線顯露無遺。

另一邊的紅色天狼戰氣也漸漸地收起，李滄行一身黑色勁裝，戴著頭箍，束著那一頭亂髮。

沐蘭湘臉上現出驚喜之色，顧不得擦去臉上和鬢角邊的香汗，七星劍化為一道飛虹，落進她背後劍鞘，驚道：「大師兄，你的傷真的全好了呀，我不是在做夢吧，這麼重的傷，怎麼三天就好了呢？」

李滄行哈哈一笑，斬龍刀一閃而沒，也不見他怎麼收，就鑽進了自己的袖中：「我皮糙肉厚嘛，自從練了天狼刀法和十三太保橫練之後，我的身體復元的速度和能力比以前要強上許多，想當年落月峽之戰，我可是足足在床上躺了兩個月，這次可就快多啦。」

沐蘭湘笑著走到李滄行的面前，從懷中摸出一塊繡帕，擦起李滄行額頭上的汗水，一陣淡淡的蘭花香傳進李滄行的鼻子裡，李滄行聞著這熟悉的味道，禁不住又想到了鳳舞，臉上神情也變得黯淡起來。

沐蘭湘理解地道：「師兄，你是不是又想到如煙了？」

李滄行嘆了口氣，捧起沐蘭香的臉道：「師妹，這幾天我儘量不想去想她，但今天跟你練劍之後，卻又想起她這些年陪我在一起的時光，我，是不是太濫情了？」

沐蘭湘正色道：「不，師兄，人非草木，怎能無情，更何況如煙雖然設計陷害我們，但畢竟替我照顧了你這麼多年，我真的不恨她，在我的心裡，她仍然是我的好姐妹，如果她還活著，你想要娶她，我是不會介意的。」

李滄行勉強擠出一絲笑容：「好了，不說這些，師妹，你的武功這些年來怎麼進步這麼多，實在是讓我刮目相看，以你的劍法，即使跟展慕白和林瑤仙相比，也是不相上下呢。」

沐蘭湘頑皮地擠了擠眼睛：「你不是說要我待在武當等你麼，武當山上又沒什麼好玩的，我除了練劍還能做什麼呢？你學了這麼多門派的厲害武功，我卻沒這麼多可學的，而且你也知道，我最笨了，多的劍法招式也學不來，就一門心思學這兩儀劍法，練著練著，對這劍法的領悟體會也就多了，就連徐師兄，他現在的兩儀劍法也比不過我呢。」

李滄行哈哈一笑，拍了拍沐蘭湘的肩膀：「武學一道，貴在精而不在多，我以前雖然流浪各派，學了許多招式，但是真正用得多的，還是那天狼刀法，唉，雖然這天狼刀法邪惡殘忍，可能對身體也有不小的傷害，但我就是情不自禁地想用它，這十幾年下來，早已經是我練得最多最純熟的招式了。」

沐蘭湘秀眉一蹙：「對了，師兄，你還沒告訴我，這天狼刀法你是如何學來的呢，我記得在武當時，你根本不會這本事，就是在峨嵋的時候，你好像也不會，那次渝州城外跟屈彩鳳的一戰，還是和我合用兩儀劍法呢。」

李滄行從沒和沐蘭湘說起這些年的事，乾脆趁今天把這些年的經歷和奇遇全部對沐蘭湘說了。

他拉著沐蘭湘的手，到一邊坐下，運起胸膜震動道：「師妹，這種用肚子說話的本事，你還記得嗎？」

沐蘭湘瞪大了眼睛，道：「呀，這不就是當年你在那渝州城外小樹林的時候，抓著我的手，卻能讓我聽到你在說話的本事嗎？」

李滄行正色道：「是的，這叫震腔傳音術，你先跟著我學一下震腔的法門，氣運丹田，功行帶脈……」

李滄行把這震腔傳聲之術的法門向沐蘭湘說了幾遍，又親自示範做了幾次，沐蘭湘的天分不算特別突出，而且習慣了武當的玄門正宗心法，內力幾乎全是以純陽無極功作基礎，學習起別派的其他運氣法門有種天生的抵觸，連試了四五遍，仍然無法震腔出聲，最後還是李滄行說是要運氣入她體內，輔助其導氣行脈之術，沐蘭湘才紅著臉答應了。

李滄行和沐蘭湘相對而坐，四掌相抵，李滄行運起純陽無極的武當內力，把功力慢慢地導入到沐蘭湘的體內，行遍她全身的奇經八脈。

內力在經過沐蘭湘任脈的時候，在會陰穴上遇到了不少的阻礙，他猛的醒悟過來，沐蘭湘仍是處子之身，此穴不通，而這一下有點強烈的衝激讓沐蘭湘幾乎叫出聲來，體內的真氣也有些失控亂竄，嚇得李滄行趕緊換了峨嵋派的冰心訣，才把她體內有些失控的真氣重新控制住了。

李滄行震起胸膜，暗道：「師妹，對不起，我以為你任脈全給打通了呢。你不要慌，我現在已經導好了氣，你跟著我學就行，氣運丹田，功行帶脈……」

沐蘭湘甜美的聲音突然在李滄行的心中響起：「師兄，是這樣嗎？」

李滄行嚇了一跳，連忙定了定神，運氣暗道：「你怎麼一下子就會了？」

沐蘭湘的聲音透著得意，「嘻嘻」一笑：「其實，剛才你第三遍說這口訣的時候，我就差不多學會了，但我就是要你這樣手把手的教我嘛。」

李滄行苦笑道：「怎麼過了這麼多年，你還是這麼調皮啊。」

沐蘭湘道：「師兄，你是不是嫌我老了？」

李滄行愕然道：「師妹，你瞎想什麼呢，我比你還要大上幾歲，若我嫌你老，那不就是嫌自己老嗎？」

沐蘭湘氣呼呼地道：「你就是嫌我老了，哼。」說完，連內力也不運了，將頭扭過一邊，小嘴嘟了起來，居然發起了脾氣。

李滄行想去捧住沐蘭湘的臉，沐蘭湘把頭扭向另一邊，李滄行轉到另一邊想哄她，她又飛快地掉頭轉回原來的那一邊。

如此反覆幾次，李滄行想到個辦法，先是轉向了偏向右邊的小師妹，然後迅速地把頭扭向左邊，沐蘭湘的腦袋果然本能地轉了過來，正好與李滄行四目相對，她轉而笑著捶打起李滄行的胸口：「你壞死了。」

李滄行哈哈一笑，攬著沐蘭湘入懷，沐蘭湘的髮香沁著李滄行的心脾，這會兒的小師妹，像隻小貓似地倚在李滄行的胸口，幽幽地說道：「師兄，我這年紀，都是中年婦人了，我只恨，我沒有在最好的年華跟你在一起。」

李滄行在沐蘭湘的腦門上親了一口：「追憶以前，不如珍惜現在，不管怎麼說，我們以後再也不會分開了。」

沐蘭湘感慨地道：「要是能重回小女孩的時光就好了，無憂無慮，不用經歷這麼多坎坷的事。」她忽然想到了什麼，道：「師兄，你這個用肚子說話的辦法真好玩，是誰教你的？」

李滄行回道：「這還是當年在峨嵋的時候，我跟林掌門在水下合練那冰心訣的時候，她怕我心性太急，在冰泉之下待不住，才教我的辦法，若不是學會了這個，我只怕也練不成這冰心訣。」

沐蘭湘微微一笑：「原來是這樣……」她的話到嘴邊，突然又停了下來。

李滄行笑道：「你又想到什麼了？」

沐蘭湘拉著李滄行的手，表情變得嚴肅起來：「我看得出，林姐姐也很喜歡你，這些年她一直不嫁人，也不入道，我想她也是和我一樣，在等你呢。」

李滄行想到那天和林瑤仙在巫山的相會，這個冰山美人的內心是如此的奔放火熱，大大地出乎了自己的意料，若不是這些年她不知道自己身在何處，只怕早已扔下峨嵋，和自己千里相隨了。

想想自己耽誤的好姑娘實在是太多，自責道：「這次我重出江湖後，她曾向我表白過，但我拒絕了，在我眼裡，瑤仙只是妹妹，並無男女之情，師妹，我心裡永遠只有你一人，即使是鳳舞這些年長伴身邊，或是彩鳳跟我一起出生入死，我也沒有對她們動過心，更不用說瑤仙了。」

沐蘭湘心中一熱，道：「傻瓜，我當然知道你對我好，只是，我覺得我不能太自私，只考慮自己而不顧別人，這些天我也在想，如果，當年我不是這麼任性，不是這麼自私，你走到哪裡我就要跟到哪裡，也許如煙也不會那樣敵視我，和我非要你死我活了。」

說到柳如煙，她的心情又低落下來，臉上的笑容消失，眼圈也濕潤起來。

李滄行心疼地伸出手，幫沐蘭湘拂著眼中的淚水，沐蘭湘卻輕輕地推開了李滄行的手，暗道：「師兄，我是認真的，**我不想看到如煙的悲劇再次上演，那些喜歡你的癡情女子，無論是林姐姐還是屈姑娘，你若是喜歡，就一併娶了好了，**

我不會吃醋的。」

李滄行臉色一變，沉下了臉：「師妹，你這說的是什麼話，我對瑤仙和彩鳳並無男女之情，此生只想跟你雙宿雙飛而已，這話以後不要再說了。」

沐蘭湘似乎還想開口，李滄行正色道：「好了，師妹，我知道你心腸軟，但感情之事是勉強不來的，瑤仙和彩鳳，一個就像我的妹妹，另一個是我的紅顏知己，生死兄弟，為了她們，我可以豁出性命不要，但這不代表我會愛她們。如果沒有感情，硬要在一起，只會更加痛苦的，小師妹，現在我們已經在一起了，跟她們更無可能，我想瑤仙和彩鳳也不會再有什麼不切實際的想法的。」

沐蘭湘眼中一顆豆大的淚珠滾下：「師兄，你對我的愛，讓我如何報答？我沐蘭湘何德何能，可以承受你這樣的愛情！」

她感動不已，情之所至，再次撲到了李滄行的懷裡，帶有濃烈男子氣息的溫暖胸膛，在此刻的她看來，是如此的珍貴，讓她願意用自己的一切來交換。

李滄行輕撫著沐蘭湘的秀髮：「好了，不說這些，師妹，你剛才明明已經學會了這種暗語術，為什麼還要我的內力進入你體內呢？」

沐蘭湘臉微微一紅，道：「因為，因為人家有點吃醋了嘛，你跟林姐姐以前可是互相功行全身，跟屈姑娘也有這種經歷，所以我就想你的內力也進入我體內一回。」

李滄行哈哈一笑，道：「你還擔心這個啊，以後我可得天天和你雙修呢，到時候跟你可不僅僅是內力互通這麼簡單的事啦。」

沐蘭湘羞得嬌顏滾燙，嚶嚀一聲，狠狠地捶了李滄行兩下：「師兄壞死了，還是這樣欺負我。」

李滄行今天和小師妹這樣歡喜冤家一回，彷彿又回到了青澀的少年時代，心胸間無比的暢快，幾天來因為鳳舞之死而一直壓在胸中的大石也消失不見，終於可以直舒胸臆了，林中春色滿滿，而懷中佳人如玉，看著沐蘭湘緊閉的雙眼，那微微張合的朱脣，讓他不覺有些癡了，情不自禁地就吻了下去。

四片火熱的嘴脣碰到一起，沐蘭湘的兩隻手臂也緊緊地環在李滄行的脖頸處，呼吸變得急促沉重起來。

久久，脣分，沐蘭湘眼睛仍然緊緊閉著，滿臉都是幸福，李滄行看著沐蘭湘那嬌美清秀的臉蛋，又在上面親了兩下，沐蘭湘這才紅著臉睜開了眼，脫離了李滄行的懷抱，坐起身，整理起因為親密接觸而有些散亂的頭髮。

兩人之間陷入了一陣沉默之中，剛才的舉動雖是李滄行情之所至，應景而發，但畢竟十餘年來沒有和小師妹這樣親密接觸了，還是有些陌生，兩人雖然年近中年，但心性卻如少年男女一般不諳情事。

還是李滄行先開了口：「師，師妹，我，對不起。」

沐蘭湘不敢回頭看李滄行，手指撥弄著自己從肩頭垂下的秀髮，聲音低得幾乎聽不見：「沒，沒什麼，我也……」

李滄行突然哈哈一笑：「你也想要，對不對？」

沐蘭湘臉紅到了耳根處，回頭嗔道：「你壞死了，我再也不理你了。」粉拳在李滄行的胸口狠捶了幾下。

李滄行一把捉住她的手，把她拉進懷裡，再次吻上了她的雙唇，這回沐蘭湘卻是沒有絲毫的抗拒，甚至主動迎合起李滄行的攻勢來。

這回兩人終於找到久違的默契，周圍的一切都變得不再重要，只願此情此景能永遠持續下去。

也不知過了多久，兩人再次分開，沐蘭湘像隻小貓似地依偎在李滄行的懷裡，震起胸膜暗道：「師兄，這樣的快樂時光，能一直持續下去嗎？」

李滄行微微一笑：「怎麼，你害怕什麼嗎？」

沐蘭湘幽幽地道：「一想到我們以後要面對的那個可怕敵人，我就怕得睡不著覺，師兄，當年你我面對的是陸炳，他雖然武功蓋世，權勢遮天，但畢竟身在明處，我們那時候還年輕，還有衝勁，有時間，甚至不知道輸的結果，靠著一腔熱血就跟他鬥下去，可是，可是……」

李滄行接過話頭：「可是現在這個沒有露面的對手，卻比陸炳要可怕得多，鳳舞認為我們滅魔盟加上陸炳都不是他的對手，甚至死前都要我立誓不向他尋仇，所以你害怕得要死，對不對？」

沐蘭湘沒有說話，抬起了頭，一雙水汪汪的大眼睛直勾勾地看著李滄行：

「師兄，我知道你英雄蓋世，也知道你無論如何都想要追查出真凶，為紫光師伯，為如煙報仇，可是師妹我還是要說，**我們已經錯過了這麼多年，浪費了大好的青春，非要追求那些遙不可及的東西嗎？前方的路通向何方完全是未知的，強大的敵人隱藏在黑暗之中，我們真的能贏嗎？**」

李滄行撫著沐蘭香的臉蛋，表情卻是無比的堅定：

「師妹，我當然想和你扔下一切，過那無憂無慮的日子，但只怕這樣的日子是可求而不可得，那個黑手是不會放我們這樣離開他的視線範圍的，即使我們不想跟他為敵，他也不會放過我們，現在我好不容易能聚集起這麼多英雄豪傑，甚至可以說有了一支軍隊，在東南一帶也開宗立派，如果皇帝昏暴不仁，想向我下手的話，我也可以毫不猶豫地起兵反他，**難道這個幕後的黑手比皇帝的勢力更強，權力更大嗎？」**

沐蘭湘秀目流轉，纖手撫著李滄行的臉，高聳的胸部微微地起伏道：

「師兄，我喜歡你的豪氣，也欣賞你這種天不怕地不怕的氣概，但是，畢竟這個內鬼和皇帝不一樣，皇帝如果要對你下手，他會明著來，可是這個內鬼卻是躲在陰影之中，他可以永遠不動，或者通過下毒、暗殺這些手段，即使對付不了我們，也會對付我們的親人，我和你兩個人怎麼都不會怕，你無論要做什麼，我，我都會跟著你的，只是，只是……」

李滄行心中一動：「只是你擔心你爹，是嗎？」

沐蘭湘兩行清淚不自覺地流了下來：「作為女兒，沒辦法保護自己的父親，讓他傷成這樣，二十年躺在床上無法行動，甚至連神智也慢慢失去，連我也認不出來，每次看到爹這個樣子，我都心痛得吃不下飯，睡不著覺，師兄，我們就算能防得了自己，能防得了他對爹下手嗎？」

李滄行深吸一口氣：「師妹，現在不是我們不去跟那內鬼對著幹，他就能放過我們的，紫光道長為了不讓這個內鬼向你我二人下手，這才讓我離開武當，暗查各派的陸炳臥底，當時他的行動也並沒有查到這個內鬼頭上，但是這個內鬼還是對他下了毒手，所以不管我們要不要跟這個內鬼戰鬥下去，他都會害到我們頭上的，現在我們要顧及你爹，以後我們要是有了孩子，還要顧及自己的孩子，永遠都是有顧慮的，那永遠也要受制於這個內鬼了，對嗎？」

沐蘭湘憂心道：「那，師兄有什麼好辦法對付這個內鬼嗎？他為什麼始終要纏著我們武當不放？」

李滄行道：「你先別急，我跟你說我的身世，你大概就會知道這個內鬼為什麼要衝著我來了。」

沐蘭湘奇道：「身世？師兄你不是個孤兒嗎？是澄光道長抱你上山的，難道，你還有什麼身世之謎？」

李滄行的表情變得異常嚴肅：「師妹，你有所不知，我師父澄光道長，他的真正身分是錦衣衛龍組殺手，陸炳最好的朋友。」

沐蘭湘驚得差點要跳起來，以手掩口道：「這，這怎麼可能！難不成，澄光道長就是陸炳派在我們武當的臥底？」

李滄行嘆了口氣：「這也是我加入錦衣衛的最重要原因，師妹，你不是不知道以前我有多恨陸炳，怎麼可能一下子就加入錦衣衛呢。」

沐蘭湘定了定神，看著李滄行：「澄光師叔怎麼可能會是錦衣衛？可是，如果他真的是壞人，為什麼又會捨命救我們？」

李滄行想到師父死時的樣子，心中一陣傷感，半晌才道：

「師父雖然奉了錦衣衛的命令打入武當，但他的目的是為了監控武當，而不是挑起武當內亂，實際上，陸炳在各派的臥底，執行的也多是監控的任務，並非是主動地禍害各派，這點我在錦衣衛這些年來，也基本上可以確認，包括三清觀的那次事情，主要也是魔教通過自己的臥底而發動的，陸炳只是順勢而為，真正害死雲涯子前輩的，還是下了毒的冷天雄。」

沐蘭湘咬了咬牙：「這麼說，以前我們還真是錯怪了錦衣衛？」

李滄行道：「也不完全是，錦衣衛的核心利益就是維護皇帝的統治，皇帝只想一心修道，不理政事，但又怕江湖武人起來造反，所以需要錦衣衛對正邪各派加以監控，如果一方的勢力過強過大，那可能就會施以各種手法，將之分化瓦解。

「但落月峽之戰前，正邪雙方的實力是旗鼓相當的，如果一次大戰分出勝負，那得勝的一方可能會勢力迅速增長，變得無法控制，這是陸炳和他背後的皇帝都不願意見到的，尤其是魔教，骨子裡比起伏魔盟各派，更有起事謀反的可能，他們更希望加以削弱和控制，據我所知，前幾年魔教總護法慕容劍倚和冷天雄的衝突，就是陸炳一手策劃的。」

沐蘭湘恍然大悟：「怪不得澄光師叔從小並沒有教你任何奸邪之道呢，這麼看來，他是個好人。」

李滄行嘆了口氣：「我師父的第一個身分是錦衣衛派往武當的臥底，至於第二個身分，則是建文帝的後人，想要推翻自成祖以來的歷代大明皇帝的亂黨。」

沐蘭湘這回倒是沒有像剛才那麼吃驚，這種宮廷鬥爭之事她不是很懂，眨了眨美麗的大眼睛，困惑地道：「澄光師叔不是錦衣衛麼，怎麼又成了亂黨了？咦，不對，他不是建文帝的後人嗎？那應該是我大明皇室成員才是啊。為啥又要推翻現任的天子呢？」

李滄行沒想到沐蘭湘對國事一無所知，忍不住在沐蘭湘的鼻子上刮了一下：「你啊，真該翻翻史書了。」

沐蘭湘小嘴嘟了起來：「這些皇帝家事，爭權奪利的，我又怎麼可能會知道。」

李滄行拉起小師妹的手，暗道：「好了，那我就從頭說起，本朝太祖是洪武皇帝朱元璋，你這總該知道吧。」

沐蘭湘點點頭：「這個我自然知道，太祖皇帝驅逐韃虜，恢復我漢人天下，而且把那些腐敗官員都剝皮填草，實在是個不世出的大英雄、好皇帝呢。如果現在的皇帝像他這樣，這世道也不會如此黑暗了。」

李滄行嘴角勾了勾：「太祖皇帝自然是一代雄主，要不然也不會開我大明江山至今，只是太子，也就是皇長子朱標在他駕崩前就早死了，所以最後太祖皇帝死後，皇位傳給了皇長孫朱允汶，也就是建文帝。」

沐蘭湘雙眼一亮：「大師兄，你說到這裡我就有點印象了，這個建文帝是不是後來重用奸臣，殘害他的各位皇叔，所以燕王朱棣聯合各家王爺起兵造反，最後攻下南京，奪了這朱允汶的位子？」

朱棣起兵的事被江湖藝人編成各種評書段子，沐蘭湘走江湖的時候聽過，這會兒聽李滄行說起，便想了起來。

李滄行笑道：「不錯，那朱棣就是成祖皇帝，他奪得江山之後，就遷都到原來當王爺時的領地北京，也就是現在的京師，而洪武皇帝的京城南京，就成了陪都。」

「那建文帝好像後來是逃掉了對嗎，你說澄光師叔是他的子孫？怪不得念念不忘要奪大明的江山呢。」沐蘭湘道。

「其實成祖起兵，是靠了太祖皇帝留下的一樣寶貝，就是太祖錦囊，有這錦囊，可以號令天下的軍戶，赦免他們世代當兵為奴的身分，所以成祖起事之初，以此迅速召集了大批軍隊，最後才能奪取天下。」

沐蘭湘激動地道：「師兄，這個太祖錦囊，是不是就是巫山派的那個？」

李滄行奇道：「你怎麼會知道？」

沐蘭湘道：「徐師兄告訴我的嘛，他說那東西是巫山派的保命符，還說巫山派收養了不少孤兒寡母，並不是十惡不赦的邪魔外道。」

「他說得不錯，這東西就是林鳳仙從皇宮大內裡盜出的，有了這個，就等於有了合法造反的證明，當年寧王起兵，正是因為有了這個太祖錦囊，才敢搏一把，可是他缺了另一樣重要的道具，導致功敗垂成。」

「不是有這東西就可以號令天下了嗎？還缺什麼？」沐蘭湘不解地道。

李滄行解釋道：「皇帝的詔書向來不可能只有一道聖旨，在宮廷大內一定還要留下一個副本，只有兩樣都在，才是合法詔書，要是只有一份，那就是矯詔。當年成祖起兵時，只有錦囊而無那道副本詔書，所以不敢公開示人，只能口頭打著清君側的名義起兵。」

沐蘭湘恍然悟道：「原來如此，這麼說來，這道副本詔書是在建文帝後人手上？」

李滄行微微一愣：「你怎麼會這樣想？」

沐蘭湘得意地看著李滄行道：「那詔書副本既然在建文帝手上，他最後逃亡的時候肯定會帶著這東西，以圖自己或者子孫後代有朝一日可以取得太祖錦囊，然後兩樣東西合在一起後東山再起。」

李滄行讚許道：「師妹真聰明，不錯，正是如此。每代建文帝的後人為了避免當年的教訓，都只留一個嫡子繼承傳人位置，其他的兒子則投身江湖門派，伺機通過控制江湖，或者進入錦衣衛之類的部門來取得江湖上的武人支持，並刺探朝廷的重要情報，所以林鳳仙靠著超人的武學和朝中一些大臣的暗中支持，取得了這太祖錦囊，而那建文詔書卻是在建文帝後人的手上。

「本來寧王起兵，就是希望能和建文帝後人達成協議，把這兩樣東西湊在一起，奪取天下，可是建文帝後人卻在關鍵時刻猶豫了，因為萬一手有兵權的寧王如果不願意按約定把皇位在死後相讓，那建文帝後人就再無希望了，所以最後寧王起兵之時，只有錦囊而無詔書，就是矯詔，天下的士大夫和軍戶都認定他是亂臣賊子，不願跟隨，他也很快就失敗了。」

沐蘭湘長出一口氣：「原來是這麼回事，那這麼說來，這太祖錦囊並沒有太大的用處，即使拿在手上也不能成事，既然如此，朝廷為何還是不敢對巫山派下手呢？」

「師妹，你想，就算巫山派完蛋了，這太祖錦囊就能確保一定交到朝廷手中嗎？若是林鳳仙，或者是屈彩鳳，一咬牙把這東西送給那建文帝後人，豈不是反而助人成了事？」李滄行道。

沐蘭湘聞言道：「是啊，那建文帝後人只怕是最想要這太祖錦囊的人，估計也是對林鳳仙威逼利誘過，可是她根本不吃這套，這個道理就是我都清楚，只要這太祖錦囊一交出來，巫山派就再沒有讓朝廷害怕的東西，被剿滅也是遲早的事了。」

李滄行嘆了口氣：「只可惜後來彩鳳三番五次地為了幫我，跟嚴世蕃作對，這個奸賊懷恨在心，把巫山派給消滅了。」

沐蘭湘安慰李滄行：「師兄，人算不如天算，我們都盡力了，只能說嚴世蕃太過殘忍狠毒了。對了，澄光師叔就是那個建文帝後人嗎？」

李滄行平復了一下自己的情緒，道：「不，他是建文帝後人的師弟，所以依照規矩，被送到別派學藝，而後伺機進入錦衣衛組織，皇天不負他的苦心，終於讓他等到了一個機會，那就是我。」

沐蘭湘奇道：「師兄，你？難道？」

她突然收住了嘴，用異樣的眼神看著李滄行。

李滄行點點頭：「不錯，**我並不姓李，而是姓朱，我的父親是正德皇帝，母親是前任蒙古大汗達延汗的妹妹，我是大明皇帝和蒙古公主的私生子。**」

沐蘭湘驚得差點暈了過去，饒是她的想像力再豐富，也沒有想到李滄行居然真的是皇子，好一陣子才回過神來，馬上又想到了另一個問題：

「不對啊，師兄，如果你真的是皇子，又怎麼可能流落民間呢？我聽說正德皇帝沒有皇子，重臣們才找了個宗室王爺當皇帝，就是現在的嘉靖皇上，再說了，如果你娘是蒙古公主，又怎麼會是私生子呢？」

李滄行想到自己的悲慘身世，苦笑道：「我爹並不是一個好皇帝，任性衝動，很喜歡跟蒙古打仗，就是在戰爭中認識了我娘，我娘本想潛入中原打探大明虛實，甚至刺殺皇帝，卻陰差陽錯地愛上了我爹，但當時的蒙古畢竟是敵邦，大臣們都反對我爹和娘的婚事，甚至還派了殺手去刺殺我娘，所以我爹沒法給我娘一個名分，只能私建豹房以安置我娘，我也是在那裡出生的。」

沐蘭湘咋舌道：「那個豹房不是正德皇帝淫亂美女，豢養猛獸的地方嗎？想不到這個不理國事，荒誕無行的皇帝，對你娘卻是一片深情，看來外界的傳言不能全信啊。」

「有些傳言是那些反對我爹娘在一起的大臣們故意放出來，以醜化我爹的形象，達到他們的目的，那些說書人在我爹活著的時候不敢說這種評書，死了以後便任由他們怎麼潑髒水了，反正我爹也沒有後人繼承皇位，嘉靖皇帝巴不得他的名聲越臭越好呢。」

沐蘭湘追問道：「我還是不明白，你畢竟是成祖皇帝的直系後人，澄光道長跟你應是死仇，又怎麼會救你呢？難不成……」

說到這裡，沐蘭湘突然停住了嘴。

李滄行嘆了口氣：「你猜得不錯，建文帝後人其實是要去殺我母親的，不過，等他找到我母親時，我母親已經傷重難治，只剩下一個剛剛出生的嬰兒，所以他乾脆把我給帶走。由於沒法帶著嬰兒到處行走，所以借我師父上武當的機會，把我帶去。

「他的本意是希望能利用我跟我父親作些交易，可是我父親因為過度憂傷，加上寧王的反叛，急火攻心下，一年多就身亡了，那些重臣們另外迎立了嘉靖皇帝，我這個沒有身分證明的皇子自是沒了任何作用。然而師父看我骨骼清奇，是上好的練武材料，從小就教我武功，在我身上寄託了全部的心血，師妹，你說我師父這麼多年來對我的培養，難道是抱有目的的嗎？」

第六章

萬蠱門

見癡大師道：「傳說以前苗疆有個厲害的行蠱門派，
名叫萬蠱門，專門研究各種殘忍歹毒的蠱蟲之術，
其養蠱用蠱的方法手段凶殘，以活人養蠱，喪盡天良，
即使是以邪門聞名的苗疆各派，也不齒於其行徑。」

沐蘭湘搖頭：「不，澄光道長對你，就和我爹對我一樣，把你當成了親生的骨肉，我小時候看到澄光道長對你的愛護，有時候都會生出些嫉妒呢。」

李滄行道：「這就是我的身世，因為我的身上兼具了朱明皇室和蒙古大汗的雙重血統，所以才能駕馭斬龍刀和莫邪劍這樣有劍靈刀魄的神兵利器。」

沐蘭湘笑道：「是啊，前天聽你說這刀裡有刀魂，我還不信呢，結果我拿這刀，差點沒給凍死，不過，我看這斬龍刀也不比我這七星兩儀劍厲害到哪裡去嘛，硬碰硬的話，我這劍也不會落下風，那這刀靈又有何用呢？」

李滄行道：「刀靈劍魄可以在打鬥時吸取對方的鮮血或者內力，轉成內力供給我，所以我在戰鬥時可以肆無忌憚地發出威力巨大的招數，越是在群架中越是不怕，因為只要我不停地殺人，就不斷地有內力可以補充，但若是一對一，殺不了人的話，就只能白白消耗了，比如和師妹這樣打，最多一兩個時辰就不行了。」

沐蘭湘臉上現出得意之色：「那是我占了兩儀劍法的便宜，可以後發制人，以柔克剛，把你的來勢化解於兩儀氣勁之中，不過，說老實話，師兄的力量還是在我之上，我知道你只用了九成的力，如果全力施為的話，我是擋不住的。」

李滄行握著沐蘭湘的手道：「我畢竟有不少奇遇，而且在機緣巧合下學到了兩儀劍法和天狼刀法這樣的蓋世神功，少了我幾年苦練的時間，而師妹你是一招一式自己練出來的，到這種程度更是不簡單。」

「對了，師兄，你說澄光道長並不是建文帝後人，那真正的建文帝後人是誰？這個人會不會對你不利？」沐蘭湘又問。

李滄行一想到那個神秘可怕的黑袍，心中一動，道：「此人在巫山派毀滅時才現身，我的身世也是他告訴我的，為了印證他的話，我特地到蒙古去追查我的身世，更用滴血認親的方法證實了我和蒙古的黃金家族有血源關係，那個武當的內鬼很可能也知道此事，所以，與其說他是對武當感興趣，不如說是對我感興趣。」

沐蘭湘睜大了眼睛：「師兄，你的意思是他看中的是你，而不是武當？」

李滄行冷哼一聲：「不錯，對於志在天下，想要篡權奪位的亂臣賊子來說，武當又算得了什麼，不過是一個江湖門派罷了，面對朝廷的大軍，毫無取勝的可能，**他之所以長年潛伏武當，我想是因為知道了我的皇子身分，想在我的身上做些什麼手腳。**」

沐蘭湘秀眉一皺：「這麼說來，**那個黑袍就是武當的內鬼了？**」

李滄行卻搖頭道：「不，在我看來，此人雖然武功高絕，但是他的眼界心胸卻不像一個能隱忍幾十年的陰謀大師，而且從他活動的時間來看，他一直是在嚴世蕃的身邊，所以我觀察一段時間之後，把他是武當內鬼的可能性給排除了。」

沐蘭湘倒吸一口冷氣：「什麼，終極魔功？就是那個靠那個……來練功的邪惡內功嗎？」

沐蘭湘畢竟是黃花大閨女，又出身正道，涉及隱諱的事有些說不出口。

李滄行點點頭：「不錯，就是靠那些慘無人道的方法來練功，嚴世蕃一向有淫邪之名，但他不全是為了好色，而是出於要用採陰補陽的邪術來修練終極魔功的需要，鳳舞也慘遭他的毒手。」

沐蘭湘嬌軀一震，失聲叫道：「鳳舞！竟有這種事？」

李滄行想到鳳舞的悲慘往事，感慨道：

「鳳舞其實是個可憐的女子，她母親是陸炳的同門師妹，也是陸炳的最愛，但陸炳為了家族，迎娶別的官家女子，所以這個師妹鬱鬱而終，留下鳳舞這個不能進陸家之門的女兒，由於酷似生母，陸炳對其傾注了極大的心血，把她訓練成最好的殺手，也希望她能嫁個好人家。

「當年陸炳被夏言發現了他秘密訓練殺手，打入正道各派的事後，遭到了夏言的嚴厲斥責，甚至有意罷他的官，陸炳跪地求饒才保住了烏紗帽，但大受羞辱的他轉而和嚴嵩父子聯手，向夏言報復，作為聯盟的條件，陸炳也把鳳舞嫁給了嚴世蕃。

「起初我以為陸炳是為了女兒的幸福，後來才知道，陸炳早就通過黑袍知道嚴世蕃在練終極魔功，所以想讓鳳舞偷學魔功，沒想到偷雞不成，反而助嚴世蕃成此魔功，事後鳳舞忍辱偷生，在黑袍的幫助下才逃出嚴府，陸炳和嚴氏父子的聯盟也才告一段落。」

沐蘭湘不可置信地道：「天底下竟然有如此無良的父親，把女兒往火坑裡推，我要是鳳舞，死也不答應這種事。」

李滄行嘆道：「鳳舞是個極為孝順的姑娘，就像她雖然愛我，仍然遵照陸炳的命令監視我。後來陸炳知道我身上有龍血，才同意鳳舞嫁給我，只不過我出於對你的愛，一直無法接受別的女人罷了。」

沐蘭湘把頭埋進李滄行的懷裡，幽幽地道：「我看得出來，如煙她是真心喜歡你，而不是因為你是皇子或者別的原因，相比她那個冷血無情、權欲薰心的父親，她的追求要單純得多，所以她最後肯為你而死。」

李滄行摸著沐蘭湘的秀髮，柔聲道：「我知道師妹你也會的，現在鳳舞已經走了，以後我們和錦衣衛的關係也會變得複雜起來。」

沐蘭湘道：「你是說，陸炳怪你害死了鳳舞，所以有可能與我們轉而為敵嗎？」

李滄行道：「陸炳知道我的身世後，原是想拱我起事的，可現在鳳舞死了，一方面他恨我造成了鳳舞的死，另一方面，他知道我跟他並不是一路人，或許有重新和嚴世蕃勾結的可能。」

沐蘭湘對陸炳很有些心理陰影，只要聽到這個可怕的特務頭子，心臟便撲通撲通地跳個不停，顫聲道：「師兄，你教我傳音密術，是為了防止陸炳的偷聽嗎？」

李滄行微微一笑：「除了陸炳之外，也許還有別的人會這種密術，我們上次在奔馬山莊外的小樹林裡，那些情話不就被鳳舞聽到了嘛。」

沐蘭湘的臉立時變得通紅無比，捶了一下李滄行：「師兄，這麼難為情的事你還說，丟死人了。」

她一想到鳳舞在大庭廣眾之下，居然把自己和李滄行的那些肉麻情話也說了出來，就羞得粉臉滾燙，再也不敢抬起頭。

李滄行笑道：「好了，這回我們這樣直接暗語，總不可能有人再聽到了，咱們再對個暗號好了，免得以後有人易容成你，再造成憾事。」

沐蘭湘紅著臉，聲音小得像蚊子哼：「我想不出來該用什麼暗號，你說什麼，我記著就是了。」

李滄行思索了一下，說道：「師妹，我記得你小時候很喜歡一隻小狼，對不對？」

沐蘭湘抬起頭，一雙黑白分明的眼睛如夜空中的星星一樣閃亮：「是啊，不過後來那隻小狼不是被你和徐師兄放生了嘛，害我還傷心難過了好久呢。」

李滄行回想起自己和徐林宗年少無知，私放小狼，那狼最後傷了當年殺牠母親的那個獵戶，紫光道長震怒之下，不僅重罰徐林宗，更逼他親手殺了那隻小狼。

李滄行想了想，對沐蘭湘道：「這樣好了，以後我們的暗號就叫『小狼小狼，你中午吃什麼？』，回答就是：『我省下了中飯的饅頭給牠吃』。」

沐蘭湘高興地拍著手說：「好，這個好，沒人會知道我們小時候的秘密，而且就算說出來，也沒什麼丟臉的。」

李滄行點點頭：「好，那我們就約定這個作為暗號。對了，師妹，我一直有個問題想問你，徐師弟失蹤那麼多年後又突然出現，這段時間他到底去哪裡了？」

沐蘭湘道：「這個嘛，我也多次問過徐師兄，但他只說是被一個來路不明的高手偷襲，不敵落崖，在那裡碰到一個異人，傳給他武當失傳多年的**達摩三劍**，他學成後，這才出山的，但是他在那個異人面前發過誓，絕不把此人的經歷和達摩三劍的來歷說出來，此事他也只告訴我一個人，對外更是從來沒有用過那達摩三劍，只有某次我跟他過招時他使過一次，我勉強能接第一招，第二招就不行了，如果徐師兄使出第三招，還不知道威力有多大呢。」

李滄行深知沐蘭湘的實力與屈彩鳳、林瑤仙相當，那達摩三劍竟有如此威力，大大出乎他的意料，看來徐林宗的武功比起自己毫不遜色。

沐蘭湘見李滄行想得出神，雙手攬住李滄行的胳膊，道：「師兄，你的傷既然好了，那我們明天就出發吧，我對武當始終有些放心不下，不管怎麼說，你已經公開身分了，咱們就先回武當，再跟徐師兄商量一下接下來的計畫。」

李滄行點頭道：「嗯，這次滅魔盟成立後，魔教一定會蠢蠢欲動，我和冷天雄有約在先，黑龍會與他休戰三年，現在已經過去快一年了，還有兩年的時間，只怕他會先攻擊立足未穩的彩鳳，甚至……」

說到這裡，他的眉頭緊緊鎖了起來。

沐蘭湘接口道：「你是擔心嚴世蕃會再次出手使壞？」

李滄行嘆道：「嚴世蕃在東南被我大敗，栽贓誣陷我們謀反的計畫也被破解，他絕不會認輸的，一定會用各種方式反擊，**除了拉攏陸炳，還有一個，就是勾結英雄門，促成英雄門與魔教的合作。**」

沐蘭湘睜大了眼睛：「英雄門是番邦門派，怎麼會和魔教合作呢？再說，魔教的前身日月教，起事的時候可是打著驅逐韃子的旗號啊。」

李滄行冷笑道：「此一時彼一時，**沒有永遠的朋友，只有永遠的利益**。英雄門想要進入中原，但他們的勢力現在只限於北方，跟南邊的魔教沒有什麼關係，所以暫時不會有衝突，反過來，英雄門跟華山已是死仇，接下來展慕白一定會借著立盟的東風，請求各派聯手攻擊英雄門，奪回華山，英雄門在重壓之下，有充分的理由跟魔教合作。」

沐蘭湘臉色變得凝重起來：「師兄，我本來以為這次滅魔盟成立，我們可以一鼓作氣把魔教消滅了，然後就可以不問世事，雙宿雙飛，可是聽你這麼一說，前景還是一片迷茫，成敗猶未可知啊。」

李滄行憂心道：「就算消滅了魔教，也絕不是盡頭，洞庭幫的楚天舒是我認識的一個武林前輩，跟魔教有著不死不休的血仇，但他為了報仇已經沖昏了頭，不僅成了東廠的廠督，甘為朝廷清洗江湖的急先鋒，而且野心越來越大，做事不擇手段，消滅了魔教，只怕他的目的也是日後一統江湖，千秋萬代，早晚會和正道各派起衝突的。」

沐蘭湘驚詫道：「你說什麼？他是東廠的人？天哪，這怎麼可能！」

「此事千真萬確，東廠原來是控制在嚴世蕃的手上，皇帝對嚴世蕃既掌握魔教，又直接控制東廠大權有所警惕，所以換上自行入宮的楚天舒，楚天舒身負血仇，沒有任何外部勢力，這樣的人是皇帝最放心的，便利用楚天舒跟魔教的血仇，讓他借著皇家大內背後暗中的支持，在江湖上以洞庭幫的名義行走，也可以光明正大地打擊嚴世蕃的魔教。」

沐蘭湘不解道：「皇帝這是搞什麼名堂，嚴世蕃是他的臣子，如果他看嚴世蕃不順眼，撤掉就是，用得著這樣靠江湖人士來打擊魔教嗎？」

李滄行恨聲道：「皇帝的心思根本不在治國上，只想著修仙問道，但又捨不得退位，所以就挑動群臣互鬥，自己則隱身幕後，靠著陸炳的錦衣衛來監視和操縱，這些朝臣們互相攻擊，都想要拿對方的把柄，搞得一片烏煙瘴氣，也治不了這些人的罪。」

沐蘭湘忿忿地道：「國家就是被嚴黨這些貪官汙吏敗壞成這樣的，皇帝就沒有一點徹底根除他們的想法嗎？」

李滄行聞言道：「師妹，你想得太簡單了，我在進錦衣衛前，也是和你同樣的想法，後來才知道**這種非黑即白的想法太幼稚了，嚴黨固然刮地三尺，可清流派朝臣又好到哪裡去？照樣是三年清知府，十萬雪花銀。**」

沐蘭湘不信地道：「不會的，徐閣老他們不會像嚴黨那樣當官只為撈錢，我不相信。」

李滄行嘆了口氣：「無論是嚴黨還是清流派的人，寒窗苦讀十年出來做官的，絕大多數都只是為了求個富貴罷了，地方的官員沒幾個能入朝為官，封相入閣，所以趁著為官一任，給自己撈錢，似乎是天經地義的事，而朝中的高官要維繫自己的黨派，也需要大量的錢財，下面的官員會給他們各種孝敬，這些錢便會以各種正當或不正當的理由分給伏魔盟的各派，這些年武當的各種開銷，招收弟子的開支，維持門派營運的錢，不都是徐閣老他們給的嗎，否則光靠山上的那點香火錢，怎麼可能維持下去？」

沐蘭湘若有所思地道：「聽你這樣一說，還真是這麼回事，以前我以為每年十幾萬兩的銀子是朝廷撥的，原來還有這樣的門道。」

李滄行道：「所以嚴黨和清流派都不算乾淨，**朝廷的政治鬥爭，就是要找貪**

汙腐敗這些藉口來打擊對方，兩派之間你來我往，有攻有守，這就是黨爭，也是皇帝最希望看到的結果。」

沐蘭湘眉頭緊皺道：「這樣鬥來鬥去，兩派的官員都大撈特撈，精力全用在對付另外一派身上了，這個國家還怎麼治得好？皇帝就不怕天下大亂，人民們起來造反嗎？」

李滄行長嘆一聲：「大明畢竟家大業大，底子還是有的，現在天下的形勢沒有惡化到民不聊生的地步，要是真的大家都吃上不飯了，那只要有人一挑頭，肯定會從者雲集。」

沐蘭湘看著李滄行，道：「師兄，有件事我想問你，你可要跟我說實話，好嗎？」

李滄行點點頭：「你問吧，我所有的事都不會騙你的，如果實在有不方便回答的地方，我就保持沉默，好嗎？」

沐蘭湘嚴肅地道：「你既然是皇子，難道就不想奪回自己的江山和天下嗎？」

李滄行料到小師妹一定會問到這個問題，坦承道：「老實說，母親給人害死，身為人子，自是想報仇，原本屬於自己的皇位卻被一個昏君占著，更是讓我不能服氣，但我並不是有權力欲的人，在我心裡，能和你相伴一生，白首不相離，比什麼皇帝老子的位子都重要，給我都不換呢。」

沐蘭湘芳心一陣竊喜，嘴角現出一個酒窩道：「可是，我現在已經在你的身邊，**有了我以後，你不想更進一步，奪取天下嗎？**」

李滄行搖搖頭：「奪取天下又有什麼好，忙著處理國事，忙著應付朝臣，哪有時間來陪我的小師妹呢？」

他說著，在沐蘭湘的鼻尖上刮了一下。

沐蘭湘笑道：「不是說事業就是男人的春藥嘛，師兄，你不是那種沉迷於兒女情長的人，再說，我已經是你的人了，你要奪取天下和陪我並不衝突啊。」

李滄行意識到這回沐蘭湘是很認真的，收起笑容道：

「師妹，要奪取天下，就得發動叛亂，那個太祖錦囊並不是拿到手就可以號令天下的東西，沒人會傻到聽一個死了快兩百年的開國皇帝的遺詔，就隨意地廢掉現在的皇帝。

「**真正能奪取天下的，還是要靠實力和民心**，就算我有皇子身分，但畢竟不是按大明祖制規定的合法繼承人，而且也沒有任何人能證明我的這個皇子身分，就跟建文帝的後人一樣，貿然起兵，只會被看成是亂臣賊子，無人會跟隨的。

「就算我能利用百姓對當今嘉靖皇帝的不滿，揭竿而起，但亂世一開就不是我能控制得了的，到時候打著各種旗號起兵的野心家將會遍及天下，最後無論我是不是能奪得天下，都會讓世上的百姓吃苦受累，那是我不願意看到的，**我不想因為我一個人的野心，卻禍亂蒼生，因為這和我們武當弟子一直以來的理念相違背。**」

沐蘭湘一臉崇拜地看著李滄行：「師兄，我果然沒有愛錯人，這麼多年過去了，你還是那個本心良善的武當大師兄，其實，我一直挺擔心你跟陸炳在一起這麼久，會不會也變得跟他一樣看重權勢，知道了自己的皇子身分後，就想要奪取天下。說實在，如果你真有這份心思，我也會一直跟著你，生死與共，但那樣會違背我的本心。」

李滄行笑道：「師妹，你是不是看我這回重出江湖後開宗立派，又建立起這麼大規模的陣勢，有些不安，覺得我回來就是想要有所作為的？」

沐蘭湘點點頭：「是的，看到你手下有四五千人，號令一方莫敢不從的時候，我一邊嘆服於你的本事，一邊又有些害怕，不知道你弄這麼多人想做什麼。」

李滄行正色道：「我建立黑龍會，只是為了要消滅魔教，魔教經過這二十年的發展，勢力越打越大，越打越強，加上外圍的弟子，人數只怕不下十萬，背後又有嚴世蕃這樣的重臣支持，如果再考慮到以後跟英雄門或者別的勢力勾結，那實力就超過了伏魔盟和洞庭幫。我不能把希望寄託在別人身上，想要報仇，只有自己足夠強大才行，所以我一定要自己組建一個門派，先控制東南的海運，招兵買馬，有可以與魔教一戰的實力，即使是皇帝想來阻攔，我也無所畏懼。」

沐蘭湘聽了，不禁說道：「這麼說，師兄，**你還是要做起事奪位的準備？**」

李滄行道：「我不會主動起兵叛亂，但如果皇帝知道了我的身分，想要像消滅巫山派那樣來消滅我的話，我絕不會像彩鳳那樣束手就擒，好比這次的南少林大會，當我知道盧鏜派兵前來圍剿的時候，便做好兩手準備，如果官軍故意挑起事端，我們也不能白白等死。」

沐蘭湘反問道：「這次你就不顧慮天下百姓了嗎？」

李滄行道：「這叫**官逼民反**，**民不得不反**，如果一個皇帝對自己的子民採取的是敵視和消滅的態度，那奪他的江山也沒什麼不可以的，如此暴君，天下也沒有幾個人會真心助他，到時候我只需要取出太祖錦囊，與那黑袍手上的建文帝詔書合在一起，即可號令天下的軍戶倒戈，我想如果到了那一步，還肯站在皇帝這一邊的軍隊也不會太多了。」

沐蘭湘嘴角勾了勾：「你確定要和黑袍聯手嗎？這個人不可信。再說皇位只有一個，他肯給你？」

李滄行凝思道：「這確實是個問題，黑袍心術不正，但他沒有子嗣，奪位按他的說法，也只是為當年的建文帝報仇而已，死後也會傳位於我，當然，我對這個皇位也不稀罕，功成之後身退也可，**我的目的很簡單，一是此生能與你相伴，二是親手消滅魔教，為師父報仇，至於江山皇位，並非我所想。**」

沐蘭湘這下算是徹底明白了李滄行的想法，道：「今天跟師兄說了這麼多，天色也不早了，舒服睡上一覺，明天我們就上路回武當。」

李滄行點點頭，正要說話，卻聽到一個熟悉的聲音響起：「二位果然已經破鏡重圓了，恭喜恭喜。」

一邊的大樹上落下一個大紅的身影，火紅的羅衫襯托著霜雪般的白髮，那絕美的容顏這時卻如罩了一層嚴霜，看著李滄行的眼神中神情複雜，又帶著一些哀怨，**可不正是那白髮魔女屈彩鳳?!**

李滄行其實剛才就感知到彩鳳的存在，牽著沐蘭湘的手道：「彩鳳，你來了啊。」

屈彩鳳冷冷地看了眼在李滄行身邊小鳥依人的沐蘭湘，說道：

「徐夫人，別人告訴我，說你拋棄丈夫，跟了你的大師兄時，我還有點不敢相信，可這回眼見為實，由不得我不信了，你們正道中人總是說我們綠林女子不守婦道，以色誘人，可今天你的所作所為，也一樣於禮教不合吧，徐林宗畢竟仍是你的丈夫，你在光天化日之下就棄他而去，我實在是佩服。」

李滄行知道屈彩鳳是在吃醋，那天她負氣而去，錯過了少林寺的大會，對後來發生的一切一無所知，大概是聽到了流言，急忙跑來，看到自己和小師妹你儂我儂，自然是妒火中燒。

李滄行平靜地道：「彩鳳，你先冷靜一下，事情不是你想的那樣。」

屈彩鳳叫道：「李滄行，以後別這樣叫我，枉我以為你是英雄男兒，沒想到也跟那人一樣，是個花花腸子，始亂終棄之輩，你明明說要娶鳳舞，沒想到一見到老情人就把她給無情拋棄，哼，師父說得不錯，這世上的男人沒一個好東西，全是負心薄情之輩。」

李滄行解釋道：「彩鳳，師妹和徐師弟是假結婚，他們從沒有真正地成為夫妻，不僅師妹守身如玉，就是徐師弟，也一直是忠於和你的愛情的。」

屈彩鳳臉色大變，重重地一甩袖子：「不，我不信，那人最是好色，我當年就是信了他的甜言蜜語才跟了他，結果卻被他拋棄，至於你的這個小師妹……」

屈彩鳳的眼光落在沐蘭湘的身上，冷笑道：「也算得上是國色天香的小美人了，我看了都會心動三分，那人和她朝夕相處，同床共枕，能忍得住？」

沐蘭湘紅著臉道：「屈姑娘，我理解你的心情，可你也別說得這麼難聽，我們是假結婚，結了婚以後都是各過各的，從沒有住在一起過。」

屈彩鳳微微一呆：「此話當真？」

沐蘭湘知道今天是解開屈彩鳳心結的時候，她自己得到了幸福，也希望屈彩鳳能和徐林宗重新走到一起，她捋起袖子，蓮藕般的玉臂顯現在屈彩鳳的面前。

屈彩鳳眉頭一皺，不解地道：「沐蘭湘，你手上有個痣給我看什麼？」

李滄行和沐蘭湘哭笑不得，李滄行轉念一想，明白過來，林鳳仙婚後出走，與達克林分道揚鑣，自是對貞潔、守宮之類的事情深惡痛絕，而巫山派內多是被惡霸土豪們霸占和糟蹋過的女子，對於封建禮教也非常排斥，只怕屈彩鳳和身邊的女子們從未點過守宮痣，自然也不明白這裡面的含義了。

沐蘭湘走到屈彩鳳的身邊，在她耳邊低語幾句，屈彩鳳的臉立即紅了起來，哼了聲：「你們可別騙我，此痣真是這意思？」

沐蘭湘拉起屈彩鳳的手：「屈姑娘，你若是還不信的話，可以用你的天狼真氣進入我體內，當年大師兄不就是功行你體內，才探出你和徐師兄的關係的?!」

這回屈彩鳳的臉也紅到了耳朵根，衝著李滄行啐了一口：「呸，臭流氓。」

但罵歸罵，屈彩鳳還是拉著沐蘭湘坐了下來，四掌相對，掌心相貼，陰陽兩極天狼真氣從丹田生出，緩緩地進入沐蘭湘體內，匯成一股溫暖的熱流，行遍她的奇經八脈。

一個周天過後，二人同時睜開眼睛，屈彩鳳長出一口氣，率先跳了起來，道：「你還真是處子之身，沐蘭湘，你剛才就不怕我趁這機會，以內力震碎你的經脈，取你性命？」

沐蘭湘嘴角梨窩一現：「屈姑娘為什麼要取我性命呢？」

屈彩鳳微一愣神：「你們不是處心積慮想要殺我，為武當的人報仇嗎？就是那個假結婚的時候，那人也是想要我的命吧，你不是也配合著他在作戲嗎？」

李滄行沉聲道：「彩鳳，你仔細想想，那天你一個人去武當，如果徐師弟真的有意取你的命，你豈能活到現在？巫山派毀滅的時候，他也全力幫助我們，若是存了歹心，我們那時候早就死了。」

屈彩鳳向後退了兩步，這個打擊太突然，讓她一時間無法接受，她的嘴裡喃喃地說道：「難道，**難道一切都是我的誤會嗎？林宗，林宗他真的沒有背叛我？**」

沐蘭湘誠摯地道：「屈姐姐，請允許我這麼叫你，徐師兄的心裡只有你一人，以前是這樣，現在也是如此，他沒有一天忘掉你，那次假結婚本是為了引出大師兄，除此之外，我紫光師伯被深藏的內鬼害死，我們為了穩定武當，只好傷你做給所有人看，徐師兄一直為此事自責不已，也一直想找機會向你解釋，可是他也知道傷你太深，而且武當內鬼不除，生怕那人會轉而向你下手，所以多年誤會一直至今，屈姐姐，我代我師兄向你說聲對不住了。」

屈彩鳳眼中已是淚光閃閃，儘管她嘴上連徐林宗的名字也不願意提，但那深藏於心中的愛，又怎麼可能割捨得了？

李滄行見屈彩鳳動心了，便打鐵趁熱地說道：「彩鳳，你放心，我們已經把那個內鬼的事公告天下了，很快我們就會和這個內鬼正式決戰，徐師弟此時很需要你的支持和幫助，也是消除一切誤會的時候了。」

屈彩鳳擦乾眼淚，對沐蘭湘道：「那我就托個大，喊你一聲妹子了。妹子，你真是好福氣，李滄行可是頂天立地的男兒，更難得的是，這麼多年來他對你癡心一片，再好的姑娘也無法走進他的心裡。」

屈彩鳳為人豪爽，與人一旦相交便是傾心以對，即使在沐蘭湘面前，也絲毫不掩飾自己欣賞李滄行的事。

沐蘭湘微微一笑：「是我要感謝姐姐這些年來幫了師兄這麼多忙呢，我跟師兄被人陷害，誤會多年，我知道師兄這些年吃了許多苦，若不是姐姐一直生死相依，只怕師兄現在也不會站在我面前了，無論從哪個角度，我都得多謝你才是。」

屈彩鳳轉向李滄行，道：「滄行，這麼說來，當年沐姑娘在武當後山跟你說的那些話，也是故意說給你聽的嗎？」

李滄行道：「不，那天出現在我面前的，根本不是小師妹，而是鳳舞假扮的，她曾經和陸炳偷聽到我和師妹的情話，加上易容術，才能騙過我，害得我這麼多年跟師妹誤會重重，不能相聚。」

屈彩鳳睜大了眼睛：「什麼，居然是鳳舞！天哪，怎麼會這樣。」

沐蘭湘幽幽地說道：「鳳舞是陸炳的女兒，打入峨嵋臥底多年，也就是你我所有熟悉的『花中劍』柳如煙，屈姐姐，你這次來南少林，沒聽到這些傳聞嗎？」

屈彩鳳只感覺一陣天旋地轉，出乎她意料的事一件接著一件，讓她有些反應不過來。

她鎮定了下心神，這才說道：「柳如煙？怎麼可能？她不是你最好的姐妹嗎？難不成她早就打定主意跟你爭奪愛人，才會跟你如此接近？」

沐蘭湘想到鳳舞之死，心中一陣淒然，苦笑道：「大概就是這樣吧，她知道師兄忘不掉我，就刻意地接近我，學習我的一舉一動，不僅是個人愛好，連使用的胭脂水粉，身上的氣味，飲食習慣都幾乎是一模一樣。」

屈彩鳳恨恨地說道：「想不到這個賤人竟然有如此心機，沐妹妹，我要是你，一定會親手殺了她，以洩心頭之恨。」

李滄行嘆道：「彩鳳，死者為大，這話還是不要說了。」

屈彩鳳一下子愣住了：「什麼，鳳舞死了？」

李滄行黯然道：「是的，南少林大會上，那個內鬼的手下為了掩蓋他的身分，想要衝我打那三眼轉輪手炮，當時我沒有防備，若非鳳舞捨命救我，只怕我這會兒已經成為槍下亡魂了。彩鳳，鳳舞雖然騙了我們這麼多年，但對我畢竟是一片真心，所作所為也不算大惡，恩恩怨怨，就都散了吧。」

屈彩鳳剛才也只是圖個嘴上痛快，她一向是滿嘴喊打喊殺慣了，心腸卻很軟，真要是鳳舞站在她面前，她也未必下得了手。

聽到這裡時，屈彩鳳不禁嘆了口氣：「我知道這鳳舞對你的愛非同一般，不然你也不會在和沐姑娘誤會的時候，最終還是選擇和她成親。滄行，接下來你有什麼打算？我能為你做些什麼呢？」

李滄行說道：「彩鳳，你這些年為我做了太多的事，而且一直處在危險之中，這次在南少林，更是為了幫我，把假意投靠魔教的打算給公諸於天下，這也斷了你繼續在魔教潛伏的後路，只怕現在冷天雄和嚴世蕃都要除你而後快，我想你現在最好不要單獨行動，帶著你的部眾和我們一起去武當。

「這回滅倭之戰中，魔教廣東分舵的舵主，海上巨盜吳平也被我們擊斃，一起授首的，還有兩千多魔教精銳，這一戰下來，魔教廣東分舵的精兵強將蕩然無存。接下來我們想要佔據廣東分舵，可謂易如反掌。」

屈彩鳳皺眉道：「但如此一來，你不是打破了和冷天雄休兵三年的約定了嗎，他若是盡起幫中高手來爭奪怎麼辦？」

李滄行笑道：「冷天雄一代梟雄，魔教之人又極重誓言，是不敢主動違約的，也正是因為這樣，冷天雄才會把吳平假意逐出門派，這回吳平是以個人名義帶手下跟倭寇會合的，並不算魔教的行為，所以我剿滅他是順理成章的事。

「吳平死後，冷天雄無法將勢力擴張到廣東，那裡成了空白地帶，我原來是想交給你的，但你現在臥底的身分暴露後，這計畫得改改了，不然，冷天雄這回吃了如此大虧，一定會向你報復，我又無法救援，那可就危險了。」

屈彩鳳勾了勾嘴角：「哼，我才不需要你來救我呢，我自己也能立足。」

李滄行正色道：「彩鳳，這不是賭氣的時候，楚天舒和冷天雄都以你為勁敵，必欲除之而後快，你還需要時間召集人手，而不是處在兩個強敵之間，那樣即使能勉強守住，也不得發展的。」

屈彩鳳幽幽地道：「滄行，我這次回來不是想重建巫山派，經過上次的事，我也看透了，這個世道裡，皇帝是不會允許我們的存在的，你既然無意取而代之，那我也不想重建巫山，只要向嚴世蕃報了仇後，我就解散部眾，回天山了。」

沐蘭湘道：「屈姐姐，徐師兄可是一直想著你呢，現在武當已經安定了，當年紫光師伯的事也說清楚了，你跟他重歸於好的障礙不復存在，還要回天山做什麼？」

屈彩鳳心裡一團亂麻，嘴上卻道：「哼，這個臭男人，上回設套害老娘，還刺我一劍，我這一頭的白髮就是給他氣出來的，要我這麼輕易地原諒他，做夢！」

李滄行勸道：「彩鳳，你不要意氣用事，倔強了這麼多年，大好的青春年華都浪費了，難道真的要到老得走不動路的時候，才悔不當初嗎？我已經吃夠了相思別離之苦，不希望你也這樣，徐師弟對你的感情，我很清楚，你還是跟我們一起回武當吧。」

屈彩鳳秀眉微蹙，沉吟起來。

李滄行跟屈彩鳳相處久了，知道這位女中豪傑實際上是極有想法的，絕不會因為一時情緒或個人好惡，便置幾千兄弟的性命於不顧，但另一方面，她確實一時難以接受徐林宗當年對她的傷害，對紫光道長強行拆散她和徐林宗的事，也一直耿耿於懷，要放下二十多年的心結，不是那麼容易的事。

想到這裡，李滄行便道：「彩鳳，如果你不想馬上去武當，也沒有關係，但是廣東那裡是不能再留了，這回我們拿下福建和浙江兩處，清掃了這裡所有的倭寇，一時間，在這兩個省分不會有江湖勢力與我們爭奪了，你和你的部下要不就在浙江的天臺山棲身，安頓下來之後，再作長久打算，如何？」

屈彩鳳聽了，不禁說道：「滄行，你是不是早就替我計畫好了？知道我在浙江幫你的時候，一直是以天臺山作落腳點？」

李滄行微微一愣，搖搖頭道：「那還真是巧，我真不知道你在浙江的大本營就是天臺山呢，只是我看這天臺山離台州很近，南邊靠著福建北部的門戶仙霞嶺，可謂扼浙閩兩省之要衝，我在浙江的正式基地是台州的軍營，以台州參將的名義，名為駐軍，實開分舵，在福建，則會以武夷山和橫嶼南北兩處要地經營，這樣浙江從台州、寧波出港的海貿商船，一路上都可以處於我們的控制之下。

「彩鳳，你若是能佔據天臺山，我就更放心了，嚴世蕃想要使壞，在海上是不可能了，唯一能做手腳的，就是在天臺山到仙霞嶺這一帶的兩省交界處，可是你在這裡的話，他就不可能再壞我們的事。」

屈彩鳳想到了什麼，秀眉微微一蹙：「可是這樣的話，朝廷會不會派官兵來剿滅我們？我們畢竟是占山為王的綠林，而且又是嚴世蕃的心腹大患，一旦給他知道了我們的存在，一定會像這次讓盧鏜帶兵攻擊你們這樣，派兵來對付我們的。」

李滄行搖搖頭：「現在的情況和以前不一樣了，這回我們大破倭寇，重新打通了海外的貿易通道，只要東南的稅賦可以恢復，皇帝就會高興，戚將軍和我已經是明確的清流派的門下，而這回雖然名義上由胡宗憲主持平倭，但真正坐鎮前線的，是浙江巡撫譚綸和福建巡撫游震，在京師負責錢糧調配的，是徐階高拱張居正這些清流派大臣，而立下大功的戚繼光所部，更是清流派現在的嫡系力量。

「這次順利平倭後，胡宗憲應該會被罷官，一方面嚴世蕃要出這口氣，一方面皇帝也要清掃浙江一帶的嚴黨勢力，這樣一來，浙江、福建兩省的官員都會多數換上清流派的人，有他們在，彩鳳你不用太擔心自己的安全問題，戚家軍在戰後可能會被裁撤，而我的部隊又只是掛個軍隊的幌子，可以私下暗中以商船護衛的名義發展，所以浙江、福建兩省也不會再有強大的軍隊對你構成威脅，巫山派上次的慘劇便不會再次上演了。」

屈彩鳳長舒一口氣：「聽你這樣一說，我就安心了，這陣子我一直是以天臺山為基地，秘密地派人持羅剎令去各分寨連接，有一些忠心的老部下已經前來投靠了，可大部分還是處於觀望之中，他們上次救援巫山的時候，損失也都不小，現在我剛剛回來，又打著魔教的旗號，他們暫不奉我號令也是可以理解的。

「滄行，現在我暫時沒有生財之道，也不能像以前巫山派全盛時那樣，靠著收取過路費來維持部下的生計，能不能先借我一些錢，助我度過難關，以後有了生財管道之後，我再想辦法還你。」

李滄行哈哈一笑：「彩鳳，跟我還用得著這麼客氣嗎？我早就給你準備好了，兩百萬兩銀子，就當是台州一戰、巫山分舵之役，還有這次南少林時你幫我忙的報酬了，等我穩定了浙江福建兩省的局勢之後，海上的貿易由我來把持，陸上運輸的抽成全歸你，這樣大家分工合作，一起發展壯大，你看如何呢？」

屈彩鳳臉上閃過一絲笑意：「很好，那就謝謝你了。」

李滄行道：「彩鳳，那我回頭跟錢胖子說一聲，讓他把錢儘快運到天臺山，你這陣子就好好用這錢來招兵買馬，相信你的舊部知道你又有了錢後，也會爭相來投的。」

屈彩鳳道：「錢你讓人送到天臺山好了，我已經作了安排，我的部下們會好好運用這些錢的，至於我自己嘛，還是跟著你們去武當好了。就算是我對你這三百萬兩銀子的答謝吧。」

李滄行先是一愣，轉而反應過來，屈彩鳳心中還是放不下徐林宗，想借這個機會去跟徐林宗再次見面，他笑了起來：「彩鳳，那我可多謝你的幫忙了。」

屈彩鳳道：「不過話說回來，那個武當內鬼的實力也實在是太可怕了，居然可以拉攏到鳳舞，還能在光天化日之下把人給滅口，鳳舞在死之前，就沒有來得及說這個內鬼的身分嗎？」

李滄行嘆了口氣：「這是我最無法理解的地方，鳳舞死之前是有充足的時間說出此人是誰的，但她卻一再地跟我說不要我去報仇，還說我們滅魔盟六派加上錦衣衛所有人都不是那個內鬼的對手，此人能把鳳舞嚇成這樣，一定是個極為厲害，極為可怕的人，現在徐師弟公開他的存在後，只怕這個內鬼會惱羞成怒，對徐師弟下毒手。」

屈彩鳳聽了緊張起來，急問道：「你是說林宗他有危險？」

李滄行正色道：「我認為此人肯定會施以報復的，如果他光明正大的來，我相信徐師弟不會怕他，但**明槍易躲**，**暗箭難防**，尤其是那個金蠶蠱，實在是防不勝防，用銀針試毒之法也不可能查得出來，彩鳳，你身在巫山，手下有不少苗疆女子精通巫蠱之術，可有化解之法？」

屈彩鳳道：「我們在苗疆的姐妹裡確實有精於此術的人，但巫山派毀滅後，我就跟雲貴兩省的苗家姐妹失去了聯繫，你給我些時間，我走一趟苗疆，一定能找到克解之法的。」

一個洪亮的聲音從遠處響起：「阿彌陀佛，善哉善哉，李施主可是想要尋那對付金蠶蠱的法子？」

李滄行轉過身，拱手回禮道：「見過見癡大師，晚輩在此議事，叨擾到大師的清修，罪過罪過。」

白眉白髯的見癡大師哈哈一笑，合十回禮道：「李施主和沐檀越都是我們南少林最尊貴的客人，聽沙彌說李施主今天的傷好得差不多了，正和沐女俠在這裡熱身切磋呢，老衲等了許久不見二位回歸，這才過來看看，正好聽到幾位議到這金蠶蠱，一時按捺不住，出聲相擾，還請三位見諒。」

屈彩鳳回了個禮：「老禪師，晚輩不請自來，你不會怪我私闖少林吧。」

見癡大師笑了笑：「屈姑娘乃是女中豪傑，又跟李施主有舊，不必拘於俗禮，只是下次大駕光臨的時候，最好還是能走正門，我們也好開門灑水相迎。」

屈彩鳳不客氣地回道：「那還是免了，我最怕你們這些名門正派的這個禮那個節了，聽著就麻煩，還不如我自己直接來找我想見的人呢。」

李滄行知道屈彩鳳對正派的成見頗深，趕忙岔開話題：「見癡大師，您剛才話中之意，是您有對付這金蠶蠱的辦法？」

見癡大師道：「阿彌陀佛，罪過，罪過，想不到這等邪物絕跡天下兩百多年後，竟又重出江湖了，老衲也只是年少遊歷苗疆時，聽人提及過此物。

「**傳說以前苗疆有個厲害的行蠱門派，名叫萬蠱門，專門研究各種殘忍歹毒的蠱蟲之術**，由於其養蠱用蠱的方法手段過於凶殘，往往以活人養蠱，喪盡天良，所以即使是以邪門外道聞名的苗疆各派，亦不齒於其行徑，往往群起而攻之，這個萬蠱門無法公開立足，就轉入地下，不設總舵，成為秘密的組織，但練蠱的辦法，卻是一脈相承。

「我們都知道，蠱這東西，是把上百種毒蟲邪物放到一起，讓其互相吞噬，厲害的毒物才能活下來，活到最後的，就是這種蠱蟲，所以蠱有百毒之首的稱呼。而萬蠱門為了在蠱蟲中找出最厲害的，雲集了三百六十七種最厲害最邪惡的蠱蟲，包括魔教三屍腦神丹裡的蠱蟲，還有各種屍蠱、毒蠱、靈蠱放在一起，讓其互相吞噬，最後剩下來的，就是這種脫胎於金環蛇身上的金蠶蠱蟲。

「這種金蠶蠱蟲極難獲得，一隻成形的金蠶蠱，只能產三個蠱卵，蠱卵無色無味，刀砍火燒皆不能除掉，由於在相互吞噬的過程中，金蠶蠱吸取了屍蠱的特性，可以在人體內長期潛伏，靠吸食高手的精氣血液以及內力來讓自己長大，如果放在尋常人的體內，這東西沒內力可吸，幾個月下來就會把人的內臟吞噬一空，然後變成一個大蟲卵排出體外，尋找下一個宿主。」

沐蘭湘和屈彩鳳都聽得花容失色，尤其是沐蘭湘，小手緊緊地抓著李滄行的手，掌心盡是汗水，就連她的心跳聲也「撲通撲通」地格外明顯。

李滄行第一次聽陸炳說起這東西時，也是毛骨悚然，這回倒是沒那麼害怕了，他一邊撫了撫沐蘭湘的玉腕，讓她安心，一邊說道：「這麼說來，這東西只能放在頂尖甚至絕頂的高手體內，吸其內力，才能長期潛伏，對不對？」

見癡大師的白眉無風自飄：「不錯，正是如此，所以這金蠶蠱可以吸食頂尖高手的內力，產下的蟲卵也就會變得越來越厲害，像陸施主所說的那樣，可以凌空飛行，如同御劍之術似地攻擊他，只怕就是吸取了紫光道長內力後才有的本事。」

李滄行長嘆一聲：「這東西竟然如此邪惡，也難怪苗疆各派都要聯手消滅養這邪物的萬蠱門了。」

見癡大師點頭道：「苗疆一帶，本是極不開化的蠻荒之地，盛產各種毒物，唐朝時南詔建國，到唐末宋初時，政權又被段氏所竊取，建了大理國，那段氏本是關外的鮮卑人，出自白山黑水的古鮮卑種族，精通各種巫法厭勝之術，後來五胡亂華時進入中原，又因為在中原戰敗，只好遠遷到關中巴蜀，最後南下到了雲南一帶，與當地蠻夷結合。」

李滄行道：「想不到大理段氏的祖上還是出自於塞外的遼東。」

見癡大師嘆道：「本來苗疆之地，多毒蟲瘴氣，當地人深畏這些毒蟲無法役使，但段氏過去以後，憑著他們在草原上學到的巫術，卻能役使毒蟲，使之為自己所用，尤其是驅蠱下降之術，更是精通，所以才能在當地以外來民族身分迅速地成為當地豪門，最後奪取政權，建立國家，**這就是典型的先武林後天**

下的節奏。」

李滄行雙眼一亮：「這麼說來，這金蠶蠱也是段氏所產的了？可是大師前面說過，金蠶蠱是什麼萬蠱門弄出來的，又和段氏有什麼關係呢？」

「大理段氏最有名的就是六脈神劍，國內的天龍寺也是護國大寺，歷代段氏宗室子弟甚至皇帝都有入寺為僧的情況，這些事世人皆知，但世人不知的是，段氏也有自己的陰暗一面，就如同我大明有錦衣衛一樣，**段氏的皇帝也有一支見不得人的力量，專門從來刺探，暗殺，破壞的活動，這就是萬蠱門。」**

李滄行喃喃道：「想不到萬蠱門竟然是段氏的官方情報組織，我還以為是類似雲南五毒教之類的土生門派呢。」

見癡大師笑道：「那五毒教、點蒼派之類的，都是雲南一帶蠻夷人自古以來的門派，我前面說過，段氏是強龍硬壓地頭蛇，以外來戶的身分統治了當地的土人，所以對於這些苗人的結社組織更加警惕，既不敢大規模地屠殺和摧毀，也不能讓這些門派自由發展，因為這些門派裡也有不少當地的部落頭人，甚至是前南詔國的遺老遺少，很容易借這種民間幫派組織的力量來煽動復國。」

李滄行恍然道：「這就跟我朝防範魔教和白蓮教的餘黨是一個道理，這麼說來，萬蠱門不受苗疆各派的待見，也是順理成章的事了。」

見癡大師接著道：「大理國的統治在雲南持續了兩百年，南宋末年，蒙古大舉攻宋，四川經過了幾十年的抵抗還是陷落了，但荊州重慶一帶，蒙古軍卻是久攻不下，當然，那多虧了襄陽大俠郭靖率領天下的俠士對抗蒙古大軍達三十年，蒙古軍見正面無法突破，就派大將率軍從四川進入雲南，兩年的功夫，就消滅了大理國，大理國王兵敗被俘，而段氏大理作為一個武林門派，也不復存在。

「大理國亡之後，大理國的末代國王為了保命，答應蒙古人的條件，解散大理段氏，換取蒙古人對段氏子孫的赦免不殺，蒙古人答應了段氏的要求，封段氏世代為雲南總管，處於世襲鎮守雲南的梁王監管之下。

「但是萬蠱門這個地下組織卻被保留了下來，一些不甘亡國，準備東山再起的段氏忠臣和宗室，就轉入了陰暗之中，以武林門派的形式存在，由於蒙古人和那些苗疆門派對其都欲除之而後快，所以這個萬蠱門也不敢公開活動，甚至不敢設總舵分舵，即使是在苗疆的武林中，也是屬於詭異陰森的邪派組織了。」

李滄行想到白蓮教，黑袍這些懷著復國之夢，幾百年來都見不得人的隱秘組織，內心已經極度地扭曲，毫無人性可言，想來這萬蠱門跟他們也是一樣的，人性在權力和復仇的雙重作用下會變得如此可怕，他也只能一聲嘆息。

第七章

美人出浴

沐蘭湘解下自己粉色的鴛鴦胸圍，
連同自己中褲一起放到角落，一雙修長美腿盡顯無遺，
她的身材高挑，從細長脖頸開始，有一份輕盈之美，
與豐滿健美的屈彩鳳相比，可謂春蘭秋菊，可擅勝場。

見癡大師繼續道：「萬蠱門精通段氏傳統的巫術，又學了許多雲南苗疆本地的毒術，把這兩者一結合，就是非常厲害的毒蠱術，當年苗人靠百毒相鬥，互相吞噬的辦法挑出了蠱是萬毒之王，而萬蠱門更進一步，讓萬蠱相鬥，最後產生了金蠶蠱這樣可怕的東西，最初往往是捉到各門派的首腦人物後，強逼其吃下金蠶蠱卵後放回自己的門派，讓其提供更多的情報，如若不聽，三年後蠱蟲長大，破卵而出，啃食宿主的內臟，那可真是要受萬蠱噬心之痛了，足足要痛個三四天才會死去，其痛苦非人所能承擔。」

李滄行沉聲道：「大師，這萬蠱門行事如此邪惡歹毒，轉入地下後被人圍攻也是情理之中，這些事情您又是如何得知的呢？」

見癡大師嘆了口氣：「老衲年輕的時候，四處修行，曾在苗疆居住過二十餘年，也聽說過這萬蠱門的傳說，蒙古消滅大理之後，萬蠱門雖然被元朝的梁王和各苗疆門派所追殺，但仍然受到段氏的暗中包庇，因為段氏清楚，一旦萬蠱門這個牽制元朝的力量不存在，他們隨時會被消滅，所以百餘年間，萬蠱門雖然元氣大傷，鮮有所聞，但一直沒有被消滅。

「可到了我大明建國後，大將沐英出兵雲南，消滅了元朝在當地的勢力，梁王自殺，大理段氏也丟掉了百餘年來的世襲總管之職，大明開國以來，沐家一直在雲南開府為王，世襲罔替，而那萬蠱門，也失掉了最後的保護傘。

「當年明教失去了光明頂之後，一路南遷，到了雲南黑木崖落腳，得到了大明朝廷的默認，而萬蠱門也被魔教、錦衣衛和雲南當地的土著門派聯手追殺，末代掌門戰死，金蠶蠱聽說也被他毀掉，魔教只得到了一些還沒有完全被養成的蟲卵，而三屍腦神丹就是這樣來的，只是比起了金蠶蠱，這東西的威力就差了太多了。」

李滄行長出一口氣：「想不到江湖人人談之色變的三屍腦神丹，竟然是金蠶蠱未養成的蟲卵所煉成，這金蠶蠱難道只有一隻嗎？為什麼不能多培養些？」

見癡大師微微一笑：「金蠶蠱的培養極為不易，每五十年才能從蟲卵中養成三枚可以成為金蠶蠱的，其他的卵即使孵出，也只能做三屍腦神丹那樣的蠱蟲，雖然在蠱中也算是極厲害的東西，但跟只靈性，可以吸取高手內力的金蠶蠱相比，還是差了許多，金蠶蠱吸取了頂尖高手的內力之後，役蠱者若是能得到這金蠶蠱，將之磨成粉，混以一種珍貴藥酒吞服的話，可以盡得死者的內力修為。」

李滄行吃驚地張大了嘴：「還有這種神奇而邪惡的功能啊，那只要服下這蠱，豈不是差不多能天下第一？」

見癡大師說道：「正是如此。」

屈彩鳳突然開口道：「既然如此，那個下蠱之人為何不去把紫光道長棺材裡的金蠶蠱取出自己用呢，卻讓陸炳占得了這便宜？」

沐蘭湘也道：「是啊，幸虧陸炳不知道吃了這東西能增長幾十年的功力，不然他若是把金蠶蠱給吞了，不是天下無敵了嘛？」

見癡大師微微一笑：「二位女俠說對了一半，只能說冥冥中自有天意，沒有讓惡人徹底得逞，金蠶蠱只有生食宿主的心肝五臟之後，才能盡得其功力，當即可服食，可是陰差陽錯間，紫光道長是在與屈姑娘交手的時候蠱發而亡的，由於他催動了內力，使五臟中的毒素發作，這樣當場身亡，金蠶蠱不能馬上吸取內力，又重新轉入了半潛伏狀態，只不過以前是蟲卵，這回是幼蟲形態罷了。

「所以這幼蟲在紫光道長的屍體中又過了三年，這才再次長成，而紫光道長的內力就無法吸取了，所以陸炳只是找到了一隻凶殘狠毒的金蠶蠱蟲，卻並不可能將之服食後得到內力，也正是這個原因，那個真凶乾脆就不收回這個蠱蟲了。」

李滄行嘆了口氣：「原來如此，我今天才算明白這其中玄機了，這麼說，那萬蠱門的後人並沒有隨著當年萬蠱門被滅而徹底消亡，還是有人帶著金蠶蠱逃出來了，對嗎？」

見癡大師正色道：「正是如此，可以肯定的是，那個武當的內鬼跟此金蠶蠱有關，即使他不是萬蠱門的後人，也跟此人有極緊密的聯繫，不然他是得不到這金蠶蠱的卵蟲的。」

沐蘭湘突然說道：「這麼說來，那金蠶蠱的蠱蟲只有三個，一個在紫光師伯的體內，所以世上只有兩個了，對嗎？」

見癡大師點點頭：「正是如此，金蠶蠱的幼蟲培養起來極為不易，即使是一次產三個，也要花五十年以上的時間來培養，存活期只有三十年，過期不用，其卵自亡，所以就算三個蟲卵都存活可用，最多也只有兩個在世。」

沐蘭湘笑了起來：「哈哈，太好了，我還以為這東西有很多個呢，如果只剩下兩個，那倒是不用太擔心了。」

李滄行突然問道：「如果中了這個金蠶蠱，有什麼辦法可以解蠱？又有什麼辦法能測出自己有沒有中這東西呢？從紫光師伯的情況來看，他像是中了許多年的蠱，還有，彩鳳的師父林鳳仙林前輩可能也是中了此邪物。」

屈彩鳳睜大了眼睛：「滄行，你有什麼證據說我師父也是中了這金蠶蠱？」

李滄行眼中神光閃閃：「這一點我稍後向你解釋，但我基本上可以確信，這個金蠶蠱的蠱卵已經用掉了兩個，最多還剩一個了，而且，而且我想這個賊人應該已經下了蠱。」

說到這裡時，李滄行扭頭看向了見癡大師，「大師，**有什麼辦法能檢測人體內是否有金蠶蠱？又有什麼辦法能殺滅體內的蠱卵？**紫光師伯中蠱多年，那個內鬼好像就是靠此物來控制紫光師伯，而他手中應該有什麼秘藥可以延緩那蠱蟲的破蠱而出，不然紫光師伯早就給他害死了。」

沐蘭湘聽了，失聲道：「大師兄，你是說，**紫光師伯早就知道這個內鬼是誰了？**」

李滄行沉聲道：「還有別的解釋嗎？落月峽之戰是我武當一力發起的，紫光師伯對此出力最多，這點我們當年都親歷過，若不是被這賊人所控制，又怎麼可能甘為驅使？」

「紫光師伯當時可能不知道魔教居然會早有準備，布下了陷阱，落月峽之戰後，武當的精英長老損失殆盡，這種情況下，他不可能反抗那個內鬼，只能保下武當最後的希望，趕我下山，我當時還以為紫光師伯真的是要我查內鬼，其實從一開始他就知道，武當並沒有錦衣衛的內鬼，我猜他一直很清楚那個可怕的內鬼是誰。」

「徐師弟再次出現後，武當慢慢恢復了元氣，所以紫光師伯在考校了徐師弟的武功之後，想要把這個秘密告訴徐師弟，寧可一死也要揭發這個內鬼，但這個內鬼先下手為強，利用了屈姑娘上山的時機，提前發動金蠶蠱，致使紫光師伯當場橫死，從他連吸取紫光師伯多年內力的金蠶蠱也甘心放棄來看，他是下了很大的決心，可謂壯士斷腕。」

所有人都靜靜聽著李滄行的分析，一言不發，**一直以來錯綜複雜的真相，經過了這番梳理之後，一切真相都大白。**

沐蘭湘嘆道：「怪不得，那次迷香的事情，紫光師伯沒懷疑大師兄，原來是他早就知道內鬼並不是大師兄了。」

見癡大師說道：「我多年前在苗疆的時候，曾聽說過一個法子，可以檢測體內是否被下了金蠶蠱，那就是泡在熱水中，以陰陽兩極的內力運遍體內所有的經脈，金蠶蠱卵會排出一種毒素侵入人的肝臟，使人內部麻醉，對那蟲卵吸取他血肉的行動沒有察覺。但陰陽兩極內力可以把肝臟中的遺毒給排出，這毒很特別，是綠色的，一看便知。」

李滄行緊跟著追問道：「那有什麼辦法能殺滅此蟲卵呢？」

見癡大師搖了搖頭：「由於萬蠱門和金蠶蠱已經兩百年沒有現身了，我也不知道這個殺滅之法，你們如果有意查殺這個邪物的話，可以試著走一趟苗疆，屈姑娘的舊部有不少是雲南貴州一帶的用蠱高手，也許他們會有解決辦法。」

屈彩鳳咬了咬牙：「好的，我到時候會去苗疆一趟，不管怎麼說，不能讓這東西繼續害人了。」

李滄行轉頭看了眼樹林外的一間單獨的小瓦房，說道：「見癡大師，不知是否能麻煩您在這小瓦房裡讓我們三人暫居一夜？」

沐蘭湘和屈彩鳳的臉瞬間變得通紅。

見癡大師也微微一愣：「李施主，你這是……」

李滄行趕忙澄清：「是我沒說清楚，大家別想多了，我的意思是，此處在寺外，算是一處幽靜之所，還煩請大師能給借我們一個大木桶，我們三人都有可能被那賊人下過蠱，所以今天我們最好檢查一下。」

沐蘭湘鬆了一口氣，說道：「師兄，你又怎麼能肯定我們有中蠱的疑慮呢？」

李滄行道：「我有這種感覺，那個蠱卵不能長期地放置，落月峽之戰離現在也有二十年了，那個內鬼什麼事都做得出來，我們三個先自我檢查一下，回武當後再檢查一下徐師弟，這回滅魔盟不能重蹈當年落月峽之戰的覆轍，首腦人物先要做到沒問題才行。」

見癡大師同意道：「老衲這就去準備，三位還請稍等。」說著，轉身大步而去。

李滄行看著見癡大師遠去的背影，一言不發，若有所思。

屈彩鳳開口道：「滄行，你還沒有回答我呢，你如何能確定我師父也是被這金蠶蠱所傷？」

李滄行看了一眼二妹，走向了那個小屋：「咱們還是過去再說吧。」

這個林中小屋，本是南少林的僧眾看守這片樹林的一個臨時小屋，在這個時節並無人居住。

李滄行推開木門後，一股濃重的黴味撲面而來，看起來已經很久沒人來了，小屋的一側有一張木榻，另一個角落裡有兩個小蒲團，除此之外，別無長物。

屈彩鳳和沐蘭湘也進了屋子，兩人不覺地皺了皺鼻子，女性天生對味道的感覺要比男人強出不少，李滄行拖過兩個蒲團，放在床前，雙姝也不客氣，坐了上去，李滄行則坐到對面的床板上，用手在地上寫起字來。

「彩鳳，我記得你師父在落月峽之戰前，就讓各地分舵的人提前在巫山派集結，對不對？」

屈彩鳳點點頭，也在地上寫道：「不錯。正是如此，有什麼不對嗎？」

李滄行嘆了口氣：「這就是最好的證明了，正派伏魔的舉動雖然經過了長期的串聯和提議，但是從真正集結到聯軍出發，也就是不到一個月的時間，林前輩若不是和冷天雄一樣早早地知道正道聯軍的這次行動，又怎麼可能提前號召各地的屬下來巫山呢？」

屈彩鳳秀目流轉：「對啊，本來我還覺得奇怪呢，當時三個月前師父就派人持羅剎令到各地分寨徵調屬下了，似是早就知道了聯軍的行動，我們當時還有些奇怪，她老人家只說跟峨嵋和唐門的事情要有個了斷，老實說，直到你們的人大舉經過巫山時，我才領會到師父的深意是要我們攻擊伏魔盟呢。」

「這就是了，而且你以前跟我說過，你師父死之前就給你下過令，說若是她有所不測，就要你全力攻擊伏魔盟，對不對？」李滄行道。

屈彩鳳雙眼一亮：「你是說師父早就跟人聯手要對付伏魔盟嗎？可是這未必代表她給人下了金蠶蠱啊。而且當天晚上約她出去的人是峨嵋的道姑，也就是王念慈王姑娘假扮的，並不是那個內鬼。」

李滄行推論道：「你師父武功蓋世，又有幾個人能殺得了她？若是被人殺害，不問仇家，只讓你攻擊伏魔盟，這不就代表了她料定向她下手的那個人一定是伏魔盟中之人嘛！除了那個內鬼，還會有何人？峨嵋派跟你師父並非生死之仇，有什麼理由要對她下這種毒手？」

屈彩鳳咬了咬牙：「可是後來的真相卻是達克林和陸炳約她出去的，陸炳雖然後來一再否認是他下的手，但我總覺得他還是有問題。」

李滄行寫道：「陸炳沒有殺你師父的理由，就像他並不想挑起正邪大戰一樣，這對他沒什麼好處，一旦有一方取勝，勢將無法控制，這些年來他其實是在極力抑制魔教的勢力擴張，可以說這都是在彌補當年落月峽一戰的遺憾。」

屈彩鳳質疑寫道：「可是我師父身上的那麼多劍傷又是如何解釋？造成這創口的，明明就是倚天劍。」

李滄行想了想，寫道：「陸炳的劍法雖高，但不以快見長，尊師當年的傷口我見過，完全是被快得不可思議的劍法所傷，只要是既輕又薄的快劍，以絕頂的內力在人身上施為，也可以達到這樣的效果，未必只有倚天劍。像楚天舒、展慕白的天蠶劍法都可以做到。」

屈彩鳳皺眉道：「你意思是我師父實際出來要見的，不是那陸炳，而是後面出現的那個神秘內鬼？」

李滄行點點頭：「我想正是如此，而這個內鬼所圖的，只怕不僅僅是讓巫山派攻擊伏魔盟，我一直在想這個內鬼的企圖，現在漸漸地已經有思路了，他想要的，只怕還是太祖錦囊。」

屈彩鳳瞪大了眼：「你的意思是說，這個內鬼還是要起兵奪天下？」

李滄行搖了搖頭：「不，我的判斷是，**他想要我起兵奪天下！**」

屈彩鳳和沐蘭湘同時驚得跳了起來：「這，這怎麼可能，他瘋了嗎？做這麼多事，是為了逼你起兵？」

李滄行咬了咬牙：「只怕這個賊子早早地就知道了我的皇子身分，他一介野心家，沒有名分，起兵也不太可能成功，但是如果把我推向前臺，那可就不一樣了，還有一個細節可能我們一直沒有注意，彩鳳，如果我記得不錯的話，你好像以前說過，那個錦囊只有大明的皇子，身具龍血之人拿到，才能讓遺詔重見天日，對不對？」

屈彩鳳勾了勾嘴角：「這又有什麼問題嗎？」

李滄行嘆了口氣：「我突然想到了這個龍血，只有龍血才能駕馭刀靈劍魄，普通的血就不行，太祖留下遺詔的時候，會不會也用了什麼手段，要讓這詔書只有龍血才能使之展現，不然若是一個外姓人得了此詔書，再取得副本，不就可以堂而皇之地奪取大明江山，改朝換代了嗎？太祖皇帝可以允許江山在自己的子孫之間轉換，但絕不可能把這江山送給外姓人的。」

屈彩鳳和沐蘭湘同時露出了恍然大悟的神情，沐蘭湘寫道：「師兄，那按你的意思，這個賊人是想逼你一步步地走上起兵奪位的道路，然後再通過控制你來取得江山嗎？」

李滄行雙目中神光炯炯：「還有更好的解釋嗎？**此人的目的絕不只在一個武林，一定是看中了天下，不然不會通過蟲害林前輩來取得太祖錦囊**，而紫光師伯把我趕出武當，只怕也是此人的意圖，他需要把我逼得走投無路，在江湖上各門各派都待過一圈，完全成長之後，知道自己的身世，然後走上起兵奪位的道路。」

屈彩鳳若有所思地道：「聽你這一說，還真是這樣，那你要我們查看是否中蠱，也是跟這個猜想有關嗎？」

李滄行點點頭：「這蠱蟲應該不會在彩鳳身上，因為現在的你對他並沒有大的利用價值，也不可能下在我身上，因為此賊應該知道我寧死也不會受制於他，最大的可能……」

他的眼光落在了沐蘭湘的身上，收住了話。

沐蘭湘眼中閃過一絲恐懼：「師兄，你，你別嚇我，那可怕的東西，怎麼會跑到我身上？」

李滄行緩緩地寫道：「我也不希望會到這一步，但現在我們必須要徹底清查，萬一我們中有人中了那蠱，那這個內鬼一定也會很快找上門來跟我們談條件的，到時候我們只能先一邊答應他的條件，一邊潛入苗疆，去尋找徹底驅逐金蠶蠱之法了。」

沐蘭湘的表情突然變得堅毅起來：「師兄，如果我真的中了那東西，你千萬不要因為我去答應人家的條件，師妹不怕死，只怕我心愛的大師兄為了我而受人擺布，為禍蒼生，真要是那樣的話，我，我就一死了之！」

屈彩鳳連忙拉住了沐蘭湘的手，柔聲道：「好妹子，你可別說傻話，你和滄行分別了這麼久，老天怎麼會捨得把你們再分開呢，別胡思亂想了，沒事的。」

李滄行搖了搖頭：「所以今天查看一下也好安心，彩鳳，我們的天狼刀法都是陰陽兩道真氣可以自己產生，而師妹的純陽無極功卻只能產生一道陰極真氣，所以一會兒還有勞你來幫她運功探查。」

屈彩鳳點了點頭：「沒有問題。」

入夜，樹林中的小木屋內，一片騰騰的熱氣，門窗已經被關得死死的，一道白色的紗幔把這小木屋一分為二，幔中各自擺好一個巨大的木桶，裡面盛放著熱水，上面還撒了些桃花的花瓣，香氣氤氳。

紗幔中，兩位美女已經把衣服脫了個七八成，外衣和刀劍都放在屋子的一角，頭髮也披散下來，一道如水銀瀉地的瀑布，另一道如烏雲一般的雲團，披在兩人只剩下一道胸圍包裹住前胸，散發著一股別樣的誘惑。

沐蘭湘的臉有些微微地發紅，儘管她多次跟峨嵋的好姐妹們，包括當時化名柳如煙的鳳舞在一起沐浴過，但這樣和人在一個大木桶裡洗澡，還是第一次，而且剛才見癡大師送水過來時還特意強調，由於那毒素是在心肺肝臟處積累，所以陰陽兩道真氣行功時最好是從前胸進入，走遍手太陰手太陽的四條大周天經脈即可，也能更好地試出是否中了蠱。

但沐蘭湘還有些難為情，畢竟讓別人的手按在自己的胸部，即使對方是個女子，也感覺怪怪地，衣服脫了已經有好一會兒了，可現在的她還是緊緊地咬著嘴脣，蹲在地上低頭不語，甚至不好意思抬頭看屈彩鳳一眼。

屈彩鳳微微一笑：「怎麼了，沐姑娘，你要是再這樣等下去，只怕熱水都涼了啊。」

沐蘭湘咬了咬牙，站起身：「屈，屈姑娘，能不能，能不能改天再試？我，我有點，有點難為情。」

屈彩鳳先是一愣，轉而笑了起來：「妹妹是不是怕查出真被下蠱了？」

沐蘭湘連忙道：「不不不，我，我才不怕那個，只是，只是真有些不好意思。」

屈彩鳳笑著搖了搖頭：「都是女子，有什麼不好意思的，或者，或者我現在穿上衣服出去，讓滄行來給你運功檢查？」

沐蘭湘的臉一下子紅到耳朵根上：「哎呀，屈姐姐，你，你壞死了，師兄怎麼可以，怎麼可以……」

屈彩鳳笑著拉起了沐蘭湘的手：「你們反正已經是天下公認的情侶了，也不需要拜堂成親這一節了吧，無非是個形式罷了，怎麼，連面對自己的愛人，也要難為情嗎？」

其實沐蘭湘心裡倒是希望李滄行能為自己做這次檢查，她的心裡早就把李滄行當成自己的丈夫了，所以李滄行說讓屈彩鳳幫忙的時候，她的心裡還多少有點小失望，不過現在已經到了這步，再說也沒用，沐蘭湘只好搖著頭道：

「好了好了，你別尋我開心啦，我是真的不好意思，要不，我們改天再試好嗎？」

屈彩鳳道：「改天？改天只怕沒有這條件有熱水了，咱們行走江湖這麼多年，還不知道到客棧是多麼不方便呀。好了，你要是難為情的話，我先脫了。」

屈彩鳳說到做到，一解背後胸圍的繫扣，大紅的山茶花抹胸自落，她傲人的胴體立即展現在沐蘭湘的面前。

她的皮膚不是那種深居閨閣的千金小姐瑩白如玉的顏色，而是帶著一點粟色，閃耀著健康的光芒和青春的活力，由於習武多年，導致身上沒有一塊多餘的贅肉，曲線是那麼地苗條和柔美，白色的秀髮從兩側的肩頭披下，正好掩住胸前的兩抹春色，可那挺拔的山峰卻是呼之欲出，此情此景，如果哪個男人看到了，一定會渾身的血液都要倒流的。

屈彩鳳微微一笑，把中褲一脫，只留下一條粉色的內衩，坐在大水桶中，衝著沐蘭湘說道：「妹妹，我都進來了，你還猶豫什麼呢？」

沐蘭湘咬了咬牙，也解下了自己粉色的鴛鴦胸圍，連同自己的中褲一起放到了角落，一雙修長的美腿盡顯無遺，她的身材高挑，從細長的脖頸開始，別有一種輕盈之美，與豐滿健美的屈彩鳳相比，可謂春蘭秋菊，可擅勝場。

屈彩鳳直勾勾地看著沐蘭湘的身子，笑道：「妹妹可真的是國色天香，也難怪滄行這麼多年對你念念不忘，我若是男人，非給你迷死不可。」

沐蘭湘逃也似的跳進了那個水桶，這個木桶雖然容得下兩人，但畢竟盤腿坐在裡面，膝蓋小腿處也會碰到，屈彩鳳突然惡作劇似地捏了一下沐蘭湘的肚子，驚得沐蘭湘反射動作似地叫出了聲。

屈彩鳳哈哈一笑：「還真是個害羞的妹子呢，你這個樣子，以後碰到滄行這個不解風情的臭男人，可怎麼得了。」

沐蘭湘紅著臉道：「師兄他才不會像屈姐姐這樣呢，他最老實了，從不會亂摸亂碰。」

屈彩鳳取笑道：「好了，妹妹，我知道你的那個師兄最君子了，多的話也不說了，咱們這就開始吧。」

沐蘭湘點點頭，雙手上下掌心相對，置於丹田處，閉上了眼睛，運起純陽無極的心法，很快，她露在水面上的皮膚泛起了一層淡淡的天藍色，頭頂的百會穴處，也隱隱地有白氣騰起。

屈彩鳳也閉上了眼，靈臺清明，一股熱流從她的丹田處慢慢升起，淡紅色的氣息也緩緩地從她的玉肌中生出，她的右手掌心變得一片殷紅，漸漸地向前伸出，輕輕地按在沐蘭湘那團高聳的美乳之上。

觸手柔軟，又帶了三分彈性，那一抹粉色的所在，變得滾燙而堅硬起來，也不知道是因為沐蘭湘過於敏感，還是因為水中運功而造成的溫度上升，陽極的天狼戰氣順著這處穴道，緩緩地進入沐蘭湘的體內。

沐蘭湘感覺非常的奇特，甚至是這輩子從沒有經歷過的，如果要用一個字形容，那就是癢；如果用兩個字形容，那就是酥麻；如果要用三個字形容，那就是螞蟻爬，無論是胸口的感覺還是臟腑內的感覺，都是如此。

這個感覺讓她很想笑，本能地想把身子給縮起來，把那隻放在自己胸口的手給推開，但另一方面，這種強烈的刺激感又讓她非常地受用，欲拒還迎，也許是她現在最真實的感受。

灼熱的天狼真氣與沐蘭湘自己產生的純陽無極真氣在膻中穴那裡會合，變成了一道溫潤的暖流，流經沐蘭湘體內的四道大周天經脈，臟腑之間被這道暖流所浸潤，如同在寒冬臘月的時候，烈酒入喉後腹中的感覺，一半是火焰，一半是海水，而體內一些東西，也感覺透過皮膚的毛孔向外逸出。

沐蘭湘的額頭開始沁出了汗水，這種雙修合力，逼垢出體的方式，她還是第一次運用，也許這就是傳中的那種採補之術的奧義吧，吸取另一個人與自己極性相反的內力，混合在一起，不僅可以排毒出垢，還可以沖穴洗脈，使功力大增。

不知不覺間，沐蘭湘只覺得自己的五臟六腑被這道溫潤的內力一次次地清洗著，而本來因為浸泡了不少鮮花花瓣而變得花香四溢的香湯，也漸漸地變得有了各種異味，甚至可以說越來越腥氣難聞了。

沐蘭湘的心裡從剛才的舒坦變得有些害怕起來，已經功行了兩個半周天了，她不敢睜眼，生怕自己一睜眼，就看到一片綠油油的樣子。

屈彩鳳的素手從沐蘭湘的胸部移開了，可是她卻沉默無語，房屋裡靜得只剩下沐蘭湘沉重的呼吸聲，還有順著她的額角，那一滴滴也不知道是被熱的，還是緊張而滲出的汗水滴到水面的那聲聲嘀嗒聲。

沐蘭湘企圖用儘量平靜的聲調說話，但仍然話音裡微微地發起抖來：「屈，屈姐姐，什麼情況，你倒是說呀。」

屈彩鳳幽幽地說道：「妹妹，你，你一定要有心理準備啊。」

沐蘭湘的心猛的一沉，整個人都要癱下來了：「不，不會的，不可能的，老天不會這麼殘忍，不會的！」

屈彩鳳忽然哈哈一笑：「想不到鼎鼎大名的兩儀仙子也會怕成這樣，連眼睛也不敢睜呀，妹妹，你大膽地睜開眼吧，沒事了。」

沐蘭湘連忙睜開眼睛，只見水面變得一片漆黑，是一塊塊黑灰相間的汙垢，這讓她一陣噁心，幾乎要吐了出來，一邊掩著鼻子一邊說道：「這，這些是什麼東西呀。」

屈彩鳳笑道：「妹妹看來是沒有這樣用陰陽合一的內力行遍全身經脈過啊，這也難怪，這些都是體內的一些雜質和練功時鬱積於穴道經脈之中，沉於五臟六腑之間的各種汙物，隨著這回的運功，全從你的各個穴道裡排出來了，妹妹，恭喜你，這回還幫著你衝開了三個大周天的穴道呢，你的內力可又增強了不少。」

沐蘭湘又驚又喜，剛才她完全是順著屈彩鳳的內力跟著走，加上心裡總有些害怕，甚至都沒有想到居然能如此輕易地衝開穴道。

雖然現在沐蘭湘的功力已經接近絕頂高手，但大周天穴道衝開的難度遠比小周天的要高，那三個一直沒衝開的穴道也是她多年無法突破的，沒想到今天兩股內力冷熱一合，居然這麼輕而易舉地衝穴成功了，甚至沒有什麼特別的感覺。

沐蘭湘試著一運內力，果然三個穴道已經暢通無阻，她高興地一把抱住了屈彩鳳：「哈哈哈哈，屈姐姐，真的是太謝謝你啦。」

屈彩鳳微微一笑，在沐蘭湘的耳邊輕語道：「只是還有一個穴道，我可幫不了你啦，只有你的大師兄能幫你這個忙啦。」

沐蘭湘的臉一下子又紅得像團燃燒的火焰，不好意思地說：「哎呀，屈姐姐，你畢竟是個女兒家，這種話怎麼能隨便說嘛。」

屈彩鳳拍了拍沐蘭湘的肩頭：「好了好了，這回你可以放心了，這盆水已經太髒了，沒法再用，你既然沒事，接下來，該我啦。」

沐蘭湘點點頭，從桶中站了起來，此刻她的皮膚完全可以用瑩白如玉這四個字來形容，排除了體內雜質後，整個人也變得神清氣爽，精氣神都不一樣了。

屈彩鳳看著沐蘭湘在那裡擦拭著身上的水滴，這位兩儀仙子的樣子，連她都心動不已，有這樣的玉人兒陪著李滄行，也許能彌補她心中最後的遺憾了吧。

沐蘭湘白天和李滄行也過了很多招，一身衣服早已濕透，所幸她早有準備，長年出門在外，身上總是帶著一套換洗衣服，擦乾身子後，她從裡到外全部換了一套衣服，下午那種汗水緊貼肌膚的難受感徹底消除，整個人輕鬆無比。

屈彩鳳吹了個口哨，片刻後，李滄行就從林外走了過來。

屈彩鳳打趣道：「滄行，你好福氣。」

李滄行哈哈一笑：「彩鳳，還得多謝你幫我，不然我還真不好幫師妹檢查這個金蠶蠱呢。」

屈彩鳳秀目流轉，看了一眼正心猿意馬的沐蘭湘：「哦？可是我覺得沐姑娘好像更希望的是你陪她一起查呀。」

沐蘭湘一跺腳，本能地出手扣向屈彩鳳的脈門，裝出一副惱怒的樣子：「死姐姐，看我不打你！」

屈彩鳳調皮地一眨眼，一閃身躲過了沐蘭湘的這一招擒拿：「行啦，老娘現在要自己泡湯檢查啦，你們要談情說愛，最好離老娘遠點。」

李滄行拉過了沐蘭湘，對屈彩鳳點了點頭：「好，我們就在林外，有急事就招呼。」

屈彩鳳一轉身，紅色的羅衫和粉色的飄帶揚起，帶起一陣清新的香風，身影瞬間就消失在門內。

李滄行轉向沐蘭湘，正要開口說些什麼，小師妹卻一下子掙脫了他的手腕，向林子深處跑去。

李滄行在後面緊追不捨，二人都沒有用輕功，一會兒便跑進了密林中。

沐蘭湘停住腳步，李滄行站到她的身後，緊緊地摟著沐蘭湘的腰肢，做出一副很陶醉的表情：「哎呀，我的小師妹，怎麼變得這麼香了。兩極真氣入體的滋味如何，舒服嗎？」

沐蘭湘想到剛才那種全身內外酥麻的感覺，紅著臉，點點頭。

李滄行道：「各種邪教外道的武功都有這種雙修合修之法，即使是玄門正宗，往往為了走捷徑而這樣做，兩個人的內力畢竟比一個人要強上許多，對於衝穴這種事，當然是更容易了。」

沐蘭湘突然想到李滄行以前和林瑤仙、屈彩鳳都有這樣的經歷，心裡又微微起了一陣波瀾，怪不得這兩個姑娘都對李滄行如此念念不忘，自己僅僅一次，就有如此強烈的反應，那林瑤仙和屈彩鳳被李滄行多次運功入體，又怎麼可能忘卻得了。

沐蘭湘念及於此，幽幽地嘆了口氣：「師兄，你真的不考慮把林姐姐和屈姐姐都一併娶了嗎？」

李滄行微微一愣：「不是已經說好了，怎麼又提這事？」

沐蘭湘眼中水波流轉：「那陰陽兩股內力合流、通經走脈的感覺，我今天算是嘗到了，真的是難以忘懷，這還只是跟屈姐姐這樣的女子，如果是師兄你這樣的錚錚男兒，只怕天底下沒有一個女子能拒絕這種感覺，師兄，你這樣對人家，師妹覺得有點殘忍，**女人的感情會和身體的感覺聯繫在一起，那樣互相功行體內，無異於做了夫妻啊，又怎麼能讓人忘得了呢。」**

沐蘭湘念及於此，幽幽地嘆了口氣：「師兄，你，你真的不考慮把林姐姐和屈姐姐都一併娶了嗎？」

李滄行微微一愣：「不是已經說好了，怎麼又提這事？」

沐蘭湘眼中水波流轉：「那陰陽兩股內力合流、通經走脈的感覺，我今天算是嘗到了，真的是難以忘懷，這還只是跟屈姐姐這樣的女子，如果是師兄你這樣的錚錚男兒，只怕天底下沒有一個女子能拒絕這種感覺，師兄，你這樣對人家，師妹覺得有點殘忍，女人的感情會和身體的感覺聯繫在一起，那樣互相功行體內，無異於做了夫妻啊，又怎麼能讓人忘得了呢。」

李滄行眼中閃過一絲無奈：「在峨嵋時，我還沒有天狼真氣，瑤仙的內力也進入過我體內，和現在的那種感覺無法相提並論，而且我是在寒泉之底，會大大地壓制這種欲火，我想瑤仙是可以放下的。」

沐蘭湘緊跟著問道：「那屈姐姐呢，你說你救過她，她也救過你，難道這種靈肉相交的關係能說放就放嗎？我看得出屈姐姐也喜歡你。」

李滄行咬牙承認道：「我和彩鳳確實有一兩次差點就真的成了夫妻，但是關鍵的時候，我和她還是保留了清醒的意識，沒有更進一步，她心裡愛得最深的還是徐師弟，而我心裡則只有你，而且，照你說的，女人忠於自己身體的感覺，彩鳳早就是徐師弟的人了，她跟徐師弟才是真正的靈肉相合，而我，和她只是精神互相支持罷了，現在是時候結束這種關係了，不然當斷不斷，對她對我都不是好事。」

沐蘭湘還是有些不放心：「可是……」

沒等沐蘭湘說下去，李滄行手指封住了沐蘭湘的嘴唇：「現在彩鳳馬上要和徐師弟重拾舊情了，我們更不應該給她增加任何不該有的念頭，師妹，我知道你對我好，但你難道就不體恤一下徐師弟嗎？我們終於圓滿收場了，可徐師弟和屈姑娘卻還在飽受相思之苦，這樣對他們公平嗎？」

沐蘭湘道：「大師兄，我只是從一個女人的角度來想，那真氣入體的感覺實在是太奇妙了，沒有哪個女人能拒絕，尤其是在一個蓋世英雄的懷裡。」

李滄行摟著沐蘭湘的香肩，眼中透出無比的溫柔，道：「我的師妹最善良了。」

沐蘭湘不禁在李滄行的臉頰上回報了一個香吻。

李滄行握住沐蘭湘的手，道：「師妹，趁這個時間，我們該談談接下來的事了。」

沐蘭湘微微一愣：「接下來，不就是回武當幫徐師兄嗎，還有什麼事呢？」

李滄行道：「剛才我一直在想見癡大師的話，這個內鬼不會這麼快暴露出馬腳的，但是現在我們有了新的辦法，也許能間接找到這個內鬼。」

沐蘭湘雙眼一亮，抓緊李滄行的手：「你的意思是，去苗疆查這個內鬼的下落嗎？」

李滄行著捏了一下沐蘭湘的臉蛋：「師妹果然冰雪聰明，不錯，與其等他現身，不如主動出擊，這個人跟萬蠱門有關係，那我們只要查到這個萬蠱門，就能摸到這個內鬼了，在我看來，這個萬蠱門的傳人即使不是這個內鬼，也跟他有著極重要的關係，不然不可能把這個金蠶蠱拱手相送。」

沐蘭湘問：「師兄，你對苗疆熟悉嗎？這次要不要我們跟屈姐姐一起去？她對那裡該比較熟悉。」

李滄行聽了說：「苗疆的雲貴之地是魔教的老巢所在，彩鳳現在跟魔教翻了臉，這時候一個人到苗疆實在是太危險了，我本來是想讓林宗和她一起易容過去但又覺得有些不妥，林宗現在不坐鎮武當的話，只怕有了急事無人作主，所以回武當後，我的意思是我們三個人一起到苗疆探查那萬蠱門的消息。」

沐蘭湘微微一笑：「這樣當然最好啦，只不過，如此一來的話，又要把屈姐姐和徐師兄再次分開一段時間了，是不是有些不太好？」

李滄行微微一笑：「所以這件事要徵求他們的意見，如果彩鳳不想離開林宗的話，那我們就自己去，師妹，你願意和我一起去嗎？」

沐蘭湘的大眼睛閃出一絲愛的光芒：「我說過，你這回再也別想扔下我，你要去哪兒我就跟去哪裡！」

李滄行看著沐蘭湘在月色下那張美麗清秀的臉龐，情不自禁地正要吻上去，忽然臉色大變，一把推開懷中的沐蘭湘，厲聲道：

「黑袍，出來！」

一陣陰森可怖的怪笑飄過，黑袍那枯瘦頎長的身影詭異地從十丈外的一處大樹落下，就像一個可怕的幽靈，無聲無息，在這春天的夜裡顯得格外的陰森。

沐蘭湘柳眉一豎，一聲嬌叱，渾身天藍色的戰氣暴起，本能地想要拔出背上的七劍兩儀劍，剛一駢指，就被李滄行捉住了玉腕：

「師妹，這個人是我的一個故人，並不是敵人，我跟他有點事情要談，你先回避一下。」

說到這裡，他鼓起胸膜暗語道：「此人就是我跟你說過的黑袍，應該是有要事來找我，你去小木屋裡，彩鳳在運功，萬一有賊人這時候發難就糟糕了。」

沐蘭湘點點頭，收起純陽無極真氣，對著李滄行說道：「師兄你當心，我在那裡等你。」

說完，她看了那黑袍一眼，兩個起落就消失在林間。

第八章

四大家將

沐英身邊有四大家將，分別為劉、蘇、方、白，
劉蘇方這三家是跟著沐英入滇的親兵護衛，
白家則是雲南當地的大族，見沐英大軍入滇，
族長為了保全家族，派自己兒子白炳德隨軍效命，
最後占了四大護衛的位置。

黑袍冷笑道：「滄行，恭喜你啊，隔了這麼多年，終於能抱得美人歸啊，啥時大婚可別忘了叫我啊，老夫也想討杯喜酒喝呢。」

李滄行冷冷地道：「我就是真的給你下了請帖，你敢來麼？」

黑袍哈哈一笑：「有何不敢?!我最近也有意正式脫離嚴世蕃父子而自立，到時候也許我還要請你介紹我加入滅魔盟呢。」

李滄行沉聲道：「黑袍，你葫蘆裡究竟賣的是什麼藥？我上次就說過，現在還不是起事的時候，你要繼續潛伏一段時間才行，在這之前，不要輕易暴露自己的實力。」

黑袍一雙眼睛閃著精光道：「不，情況有變，我們的計畫也得改一改，我不能任由你這樣牽著鼻子走。」

李滄行道：「情況有什麼變化了？我不覺得有任何變化，一切都在我的意料之中，我跟師妹久別重逢，對我們的大事並沒有什麼影響，滅魔盟的成立也讓我們能更快地擊敗魔教，打倒嚴世蕃，嚴賊一倒，就算是起兵，也會容易許多。」

黑袍冷冷地說道：「**那個武當內鬼，還有他的什麼破金蠶蠱，才是我說的變數**，出了這麼大的事，你還能這樣無動於衷？李滄行，你是不是被最近一連串的勝利沖昏了頭腦，連最起碼的警惕性都失掉了？」

李滄行心中一動，問道：「金蠶蠱還有那個內鬼的事，你究竟知道多少，有什麼要告訴我的？」

黑袍意味深長地道：「我和你一樣，也是在這次南少林大會上才知道了這金蠶蠱的事，滄行，當天我易容改扮，隱藏在人群中，所有的一切我都看得清清楚楚，但你知道我為什麼隔了好幾天才來找你嗎？你不會以為我是特意給你幾天時間走出失去鳳舞的悲傷吧。」

「這麼說，你是去查那萬蠱門和金蠶蠱的底細了，說吧，你有什麼新發現？」

黑袍笑了起來：「其實這幾天你肯定也想到了，那個萬蠱門的傢伙和武當那個深藏多年的內鬼關係絕非一般，甚至也許就是同一個人，如果你的腦子沒有因為女人的關係而停止轉動的話，你應該看出來，那個內鬼的目的和我們是一樣的，都是志在天下。」

李滄行微微一笑：「何以見得？就因為他給紫光道長下了蠱？他就算奪取了武當，也不過是個江湖門派罷了。」

黑袍冷笑道：「行了，你不用在這裡跟我裝傻充愣了，我不想再跟你玩這種互相試探的把戲，你很清楚，落月峽之戰就是這廝搞起來的，紫光道長和林鳳仙早就被他下蠱控制了，就是要大敗正道聯軍，他的目的，一來是林鳳仙手上的太祖錦囊，估計林鳳仙寧可蠱發，受那萬蠱噬心之痛也不願意交出此物，這才會被他殺了滅口，至於紫光，留他活了這麼多年的原因只有一個，那就是你這個朱明皇子。」

李滄行佩服道：「黑袍，你果然夠聰明，還是給你想到了，不錯，我的看法和你一樣，他要的是天下，或者說得明確一點，他需要我主動起兵，讓我為他打天下，推翻大明皇帝。」

黑袍哈哈一笑：「然後他再在你的寶貝小師妹身上種下最後的一個蠱，因為他算準了你就是個為了小師妹，江山、性命都可以不要的癡情種子，是不是？」

李滄行咬了咬牙：「不錯，值得慶幸的是，檢查後，師妹一切正常。」

黑袍質問道：「你是不是用熱水泡澡，然後陰陽內力衝開四條大周天經脈的辦法來檢測有沒有綠色的毒液排出？」

李滄行不禁說道：「看來你還真是做足了功夫，連這個也知道，那你知道殺滅體內蠱卵的辦法嗎？」

黑袍長舒了一口氣，搖搖頭：「要是我三天時間就能打聽出殺滅金蠶蠱的辦法，這萬蠱門也不用混了，多虧我以前為了起事，對天下各門各派的奇毒異蠱都有些研究，萬蠱門雖然消失了近二百年，但作為天下至蠱，還是留下了不少可怕的傳說，當然，也有些檢驗的方法，可是控蠱和殺蠱的辦法，只有那萬蠱門傳人才有，別人都不知道。」

李滄行心中一陣失望，本以為黑袍能帶來更多的消息，但看來他對此也是無能為力。

「那對這萬蠱門，你知道多少？」

黑袍娓娓說道：「萬蠱門是一個神秘而可怕的組織，當年大理國建立，段氏篡奪了南詔國的江山，第一要務就是防備朝野內外反抗自己的人，無論是南詔宗室還是雲南本土門派，都對外來的段氏人心不服，所以段氏建立了這個可怕的萬蠱門，以萬蠱互相吞噬，最後留下了金蠶蠱，靠這個可怕的東西來控制和操縱一些敵對勢力的首腦人物，迫使其為己所用，所以如果不是蒙元入侵，段氏江山還不知道可以持續多少年。」

「後來元朝滅了大理國，但萬蠱門和其他的段氏餘黨都分散在民間，雲南之地，到處是森林，瘴氣橫行，縱橫天下的蒙古騎兵也在此極難施展，雖然靠著蒙古興起之初稱霸天下的強大武力勉強滅了大理國，但自己也是外來民族，難以統治這裡，所以蒙古人和段氏做了一定的交易，萬蠱門轉而效忠蒙古的梁王，大理段氏繼續成為世襲的雲南總管，和蒙古的梁王一起共治雲南。」

「這種情況又持續了一百年，本朝建立，洪武皇帝一統中原，自然也不會放過雲南這塊土地的蒙古餘部，他派了大將沐英帶領征服川藏的得勝之師，開進雲南，蒙古梁王和大理段氏聯手相抗，還是不敵我大明虎狼之師，先後敗亡，當時隨明軍一起行動的，還有大批日月教的武林高手，當然，還有五軍親軍都督府高手，也就是錦衣衛的前身。除此之外，少林和武當的高手也有參與。」

「就跟你現在的這個黑龍會一樣，軍隊負責在正面打仗，日月教的徒眾則負責偵察、暗殺、反偵察、偷襲等行動，尤其是與大理段氏和萬蠱門，還有忠於段氏的各雲南本土門派對抗，最後成功地消滅了大理段氏為首的十幾個雲南本地門派，這才使得沐英能順利地平定雲南。」

李滄行道：「看來用江湖人士隨大軍作戰的點子，不是我想出來的，太祖皇帝就用過了。大理段氏既然完蛋了，按說萬蠱門也應該隨之滅亡才是，我聽說那萬蠱門的掌門人也被日月教和錦衣衛，還有中原正派的高手圍攻至死，怎麼事隔兩百年之後又冒了出來？」

黑袍嘆了口氣：「只怕當年那個萬蠱門主也是使了**金蟬脫殼**之計，萬蠱門一向是由段氏嫡系子孫所掌管，首任的門主就是大理國的開國君主的弟弟，可謂最純正的宗室血脈，這個門派自建立以來，獲得了大理國和蒙古梁王的全力支持，那金蠶蠱的培養，煉製，以及普通的屍蠱、腦蠱的配製，都需要大量的上等藥材，尋之極為不易，若無王公貴族的支持，是根本不可能維持的。

「大明軍隊滅梁王時，隨軍的高手們也找到了萬蠱門的總壇所在，人可以逃跑，但是那些積累了幾百年的藥材和蠱池卻無法帶走，萬蠱門的最後一任掌門，帶著幾十個弟子，被數百名高手圍攻至死，在他臨死之前，曾立下毒誓，說如果上天有眼，他一定會轉世為魔，親手毀掉大明的江山。」

李滄行能想像到當時情景的慘烈，他自己見過徐海夫人王翠翹在死前發的那個毒誓，想來就心驚肉跳。

黑袍繼續說道：「萬蠱門主臨死前，放火燒掉了門中所有的蠱卵和飼蠱之法，日月教眾在一路的征戰過程中，見識過這些邪惡蠱術的可怕，所以那次是教主親自帶隊，想要把萬蠱門的練蠱之法據為己有，可是在大火之中，最後他們也只搶到了腦蠱和屍蠱的飼養辦法，以後便根據這個辦法培養出自己的三屍腦神丹，雖然威力遠不能與金蠶蠱相提並論，但足夠以此法一級級地控制成百上千名的堂主香主，以及江湖上的各路散人了。」

李滄行點了點頭：「確實裝得很像，只怕換了誰都會以為這種掌門戰死，幾百年的家當毀於一旦的樣子是被消滅得乾乾淨淨了，哪能想到這個掌門事先派了最後的種子，帶著金蠶蠱逃了出去呢。」

黑袍讚許道：「滄行，你和我想到一起去了。這個萬蠱門恨死了中原的武林人士，當然，也恨消滅了他們，又在雲南滇池黑木崖開宗立派的魔教，哦，對了，錦衣衛也逃不了，總之，所有中原武林的正邪各派和錦衣衛，他們都恨。不過，最恨的還是大明的皇帝，若非他下了這道命令，大理段氏也不至於身死國滅，萬蠱門也不會遭遇這種滅頂之災。」

「江山易主，國破家亡，無數的屍體背後是無邊的仇恨，這種恨意即使過一百年，兩百年，傳了五代十代子孫也無法化解，黑袍，你和這萬蠱門真是一路貨色啊，也許你找他們合作，比找我更要靠譜些。」李滄行譏諷道。

黑袍冷笑道：「李滄行，不用說這種酸不拉嘰的話，你我都是大明的皇族宗室，血管裡流的都是洪武皇帝的血液，在那萬蠱門餘孽的眼裡，都是他的復仇對象，看看他對你做的事情，**你師父可以說間接死在他手中，你的紫光師伯被他所害，你這些年的悲慘經歷，被人誤解，遭人陷害，與至愛別離二十年，深愛你的鳳舞也死於他手，難道對於這個人，你不想報仇嗎？」**

李滄行眼中寒芒一閃：「不錯，現在這個惡賊已經成為我的頭號復仇對象，我必殺他的決心，還要在冷天雄之上，哪天我捉住了這個賊人，一定把他挫骨揚灰，食肉寢皮，方解我心頭之恨！」

黑袍滿意地點了點頭：「好氣勢，這才是我所希望的滄行，也只有這種氣勢，才能先滅內鬼，再伐昏君，完成我們一統天下的偉業。」

李滄行冷冷地道：「黑袍，你今天來就是告訴我這個嗎？還有沒有別的事？」

黑袍笑了笑：「我今天來嘛，第一是恭喜你跟你多年的所愛有情人終成眷屬，那沐蘭湘臉皮也真是夠厚了，當著天下英雄的面，以徐夫人的身分就那樣宣布此生是你李滄行的女人，全然不顧徐林宗的面子，看來她絲毫不亞於你這個癡情種子啊。李滄行，有妻如此，夫復何求。」

李滄行面無表情地道：「我和師妹以後再也不會分開，也不會讓她受一點苦，那個內鬼以前不僅害我，也害過我師妹，所以我一定要跟他算這筆賬。黑袍，你我雖然理念不同，但對付這個內鬼的事，現在就可以聯手，你只需要提供情報即可，我要親手報仇。」

黑袍道：「也罷，你說得不錯，福建和浙江兩地你也是剛剛立足，還需要一段時間經營，我可以再等等，但你經營這裡可以交給手下，那個內鬼現在是我們最大的威脅，尤其是你李滄行的頭號敵人，這個人不除掉，我們就算起事成功了，也很難避免最後為他人做嫁衣的命運。」

李滄行點了點頭：「我有意這就回武當，然後到苗疆走一趟，你有什麼可以幫到我的地方嗎？」

黑袍微微一笑：「這你就找對人了，我這些年在魔教內部也有一些臥底，你如果到了雲南，倒是可以助你一臂之力，起碼讓你不被冷天雄發現，派出大批高手劫殺，這點還是可以做得到的。」

李滄行搖了搖頭：「這樣的話就算了，還是我自己來吧，我也有自己的門道，能查到萬蠱門的蛛絲馬跡，如果知道我行蹤的人太多，反而容易暴露。」

黑袍沉吟了一下：「那好，就按你說得辦，需要幫助的話，到這個地方找這個人，接頭暗號都在這裡面。」

說著，把一個小羊皮紙卷遞給李滄行。

李滄行接過紙卷，塞到自己的懷裡，對黑袍說道：「就這兩件事？」

黑袍搖搖頭：「不，還有第三件，也是非常重要的一件事。」

李滄行的眉頭一皺：「那就快說，別吞吞吐吐的。」

黑袍眼中精光閃閃：**「以後你準備如何應對陸炳還有楚天舒？能給我交個底嗎？」**

李滄行猜到黑袍要問的是這個，微微一笑：「楚天舒嘛，和我現在都是滅魔盟的盟友，而且他也答應了不會主動攻擊屈彩鳳，我也會安排彩鳳儘量離他遠點，所以他現在不是我的問題，當然，我會對他保持一定的戒備，不會讓他的洞庭幫借著和魔教作戰的過程中把勢力發展得太龐大。」

黑袍冷笑道：「看來你還真是個明白人，楚天舒也是個梟雄，我想他的野心可能不止是江湖，滅了魔教後就會想著當武林盟主，當上武林盟主後，又會想著奪取皇位，千秋萬代了，這次他不就是想提議在這次大會上比武奪帥嗎？滄行，你對這事怎麼看？」

這話說到了李滄行的心上，當時展慕白提出要選盟主的時候，他確實有些吃驚，因為展慕白新敗在自己的手上，無論以哪種方式挑選，都不可能輪到他，而楚天舒卻是和展慕白一拍即合，馬上出言相應，甚至在智嗔反對這個提議後還出言相問。

考慮到展慕白和楚天舒曾是師徒，又同時學了殘忍邪惡的天蠶劍法，楚天舒既然可以向自己坦白身分，以拉攏自己，那對於展慕白也沒什麼好隱瞞的，若是華山派與洞庭幫聯起手來，那在滅魔盟就占了三分之一的勢力，只要再爭取一派支持，那當上盟主也不是困難的事了。

李滄行又想到展慕白的個性雖然偏激，但以前不至於像現在這樣處處與自己做對，即使是在大漠的時候，也是幫了自己一回，可回到中原後，自己對他以誠相待，**此人表面上答應自己，卻在關鍵的時候一再為難自己，背後若是沒有楚天舒的挑撥與唆使，還有別的解釋嗎？**

想到這裡，李滄行沉聲道：「黑袍，你可知楚天舒的底細與來歷？」

黑袍道：「滄行，你這是在考我嗎？楚天舒出身東廠的事，只怕你也早就知道了吧，至於他的來歷，我確實不知道，但他能使天蠶劍法，和那展慕白如出一轍，甚至功力還有過之，我想此人跟展慕白，或者說跟華山派一定有很深的淵緣，是不是？」

「你還真能猜，連楚天舒是東廠首領的事都知道，這是嚴世蕃告訴你的吧。」李滄行問。

黑袍搖搖頭：「嚴世蕃也對我有所防範，他跟我名為師徒，實際也不過是互相利用罷了，要不然我也不會找你作為合作的對象。不過楚天舒接替那金不換為東廠廠公的事，卻是秘密進行，外界知道的人極少，東廠本身極少走動於江湖，更多的是監控錦衣衛，我若不是一次偶然的機會，也不知道此事，至於這楚天舒的身分，我猜得沒錯嗎？」

李滄行笑道：「黑袍，不用套我的話，你既然想要查，那就自己查，我沒有什麼好說的，這是我和楚天舒之間的約定，即使對小師妹，我也不會說的。」

黑袍點點頭：「那好，楚天舒的事，你心裡有數就行，看起來洞庭幫和華山派已經走到了一起，我知道你和武當、峨嵋現在的關係很好，但一切皆有可能，你這樣護著屈彩鳳，他們對你的支持總會打點折扣，關鍵時候不一定會完全聽你的，你自己當心點。至於另一個問題，陸炳這回因為失掉了愛女，跟你的合作應該也瀕臨破裂了，**以後你準備怎麼對付錦衣衛？**」

李滄行眉頭皺了皺：「這問題確實讓我頭疼，鳳舞的事，本是他父女騙了我多年，但現在搞得好像是我害死了鳳舞，他想必恨我入骨，那天走後，寧可派手下來要回鳳舞的屍體，也不肯見我一面，我估計他怒氣難消，還沒有決定以後如何應對我，所以我們目前處於一個很微妙的階段。」

黑袍白眉一揚：「滄行，我們的事，陸炳知道多少，你如實告訴我。」

李滄行回道：「幾乎無所不知，你的身分，他也能猜出個八九分，黑袍，你不要小看陸炳，**你的動作太大，又跟他合作了這麼多年，他怎麼可能不知道你的動機呢。**」

黑袍恨聲道：「唉，當初選擇跟他合作的時候，我就知道他會查到我是建文帝後人這一點，只是我很奇怪，為什麼這麼多年，他既不對我下手，也不跟我合作，他到底想要什麼？」

李滄行笑道：「黑袍，你為什麼不自己去問他呢？」

黑袍冷冷地「哼」了一聲：「滄行，你要一個反賊自己跑去錦衣衛總指揮使那裡去說什麼？如果陸炳肯助我成事，他就會主動找我，如果他想要向皇帝表功，也會向我下手，用不著我去找他。」

「好了，我也不跟你繞圈子了，陸炳確實是有養寇自重之意，皇帝並非良善之人，他也是如履薄冰，肯定也想給自己留條後路的，當然，如果你腦子不清楚，在沒有勝算的時候就起兵的話，他一定會把你給拿下，但如果皇帝敗局已定的時候，那他應該會加入你這一邊，尚不失新朝的王侯之封也。」李滄行道。

黑袍哈哈一笑：「這麼說來，就沒什麼好擔心的了，陸炳冷血無情，絕不會為一個女兒而廢了自己的全盤計畫，滄行，我覺得你應該主動找陸炳，一方面為鳳舞之事向他致歉，一方面跟他約定，保持長久以來的合作關係，如何？」

陸炳那金鐵相交般的聲音，此時清楚地傳進了二人的耳朵裡：

「黑袍，你的算盤打得倒是很精嘛，你是不是以為你很懂我？」

黑袍臉色微微一變，李滄行卻是面色不改，對著一邊的土裡說道：「陸總指揮，難為你這樣的尊貴之體在泥地裡等上一個多時辰，怎麼，聽到了你想要聽到的事了嗎？」

地面上突然裂出一個大洞，陸炳一身黑色的夜行衣，無聲無息地從地底鑽了出來。

陸炳雙目炯炯，拉下臉上的黑面罩，那張黑裡透紅，方方正正，長鬚飄飄的臉顯露無遺，可他的臉上卻沒有任何表情，既不見喜，也不見怒，又恢復了以往在人前的那個冷面無情的錦衣衛總指揮使的模樣。

黑袍道：「好啊，陸炳，想不到你早就來了。」

「我本來是來找天狼的，可是沒想到你半路殺了出來，所以我就沒有馬上現身，想聽聽你們說了些什麼。」

陸炳的眼光如閃電一般犀利，落向李滄行的身上：「你明明早就知道我在這裡，卻不用密語術和黑袍對話，就是想說給我聽的嗎？」

李滄行微微一笑：「陸大人，既然你已經知道了，還有什麼好問的呢，現在我們三個人互相知根知底，我如果再跟黑袍前輩私下有什麼事情瞞著你，只怕你會更加憤怒吧。」

陸炳冷笑道：「算你識相，我現在確實是在氣頭上，但黑袍說得沒錯，我也不會為了鳳舞的死而壞了大事，那筆賬我們另外再算，先說正事。」

黑袍不滿地看了李滄行一眼，轉頭對陸炳說道：「好了，陸大人，你我認識大半生，互相勾心鬥角也幾十年了，今天可以打開天窗說亮話了，剛才滄行說了，**你有意給自己留一條後路，可是當真？**」

陸炳點點頭：「不錯，陸某是有這意思，你們想起兵造反，是你們的事情，陸某不能給你們什麼承諾，答應跟著你們造反，投入到一場沒有希望的叛亂之中。這點，我跟天狼早就說得清楚了。」

黑袍眼中精光一閃：「那你認為什麼時候才是有希望的起事，而不是沒有希望的叛亂？現在滄行已經奪得了東南，而我的勢力也遍及天下，一旦有了那太祖錦囊和我手中的建文詔書，就可以正式揚旗起事，天下也可一戰而定。」

陸炳冷冷地道：「黑袍，你武功雖高，但在兵法權謀上還跟天狼差了很遠，**奪天下一舉，事關天下億萬蒼生，哪是一道詔書就能搞定的？你真當當年成祖皇帝奪取天下，靠的是這太祖錦囊嗎？他靠的還是兵馬權謀，還有更重要的是天下人心！**」

黑袍怒道：「亂臣賊子也配說天下人心？陸炳，你是不是昏了頭了，當時我建文大帝才是正統皇帝，即使靖難之後，也到處是忠臣義士為之死節，朱棣那賊子只不過是仗著蒙古騎兵，還有那些唯恐天下不亂的奸惡小人僥倖成事罷了，要說兵馬權謀那還勉強可以，但怎麼能說他得了天下人心？」

陸炳搖搖頭：「黑袍，我不是朱明皇室，所以在這點上能看得比較客觀，你別激動，我不偏向成祖，也不偏向建文，我只說一個事實，成祖起兵，為什麼這麼多王爺都支持他？為什麼像寧王這樣的宗室大將也最後跟成祖一起起事了呢？」

黑袍微微一呆，轉而厲聲道：「寧王根本沒有跟朱棣一起起兵，他只不過是被朱棣那賊子騙出來綁架了，這才被迫把那蒙古騎兵給了朱棣。而這些韃虜，素無忠義，有奶就是娘，給錢就打仗，我漢人子民有哪個真正支持朱棣的？」

陸炳忍不住譏諷道：「都這把年紀了，你看軍國大事還是跟個孩子一樣，黑袍，這就是我這麼多年不跟你合作的原因。表面上看，寧王是給成祖綁架了，但你想過沒有，為什麼成祖起事近一年，手握重兵，位高權重的寧王卻沒有響應皇帝的號召，派兵進攻成祖呢？整個靖難之役，又有哪個王爺是站在建文帝這一邊的？有一個嗎？」

黑袍一下子說不出話了。

陸炳看了眼李滄行：「天狼，這些史書你也看過不少，要不你來給黑袍前輩說說？」

李滄行分析道：「成祖起兵，雖然有他個人的野心，但根本的原因還是建文帝聽信左右大臣齊泰，黃子澄的建議，要強行削藩，大明自洪武皇帝建立以來，按祖制，以宗室親王為屏藩，分鎮各地，可以手上有一支最多五萬人的軍隊，本來單個的王爺是不可能對付擁兵數十萬的朝廷的，但若是皇帝倒行逆施，逼反了所有的宗室親王，那他們聯合起來，足以和朝廷一戰。

「在建文帝剛登位的那一年裡，為了保自己的皇位穩固，就無端的開始向自己的叔叔們，也就是那些宗室親王下死手，幾個月的時間，五位王爺或是被廢為庶人，或是不堪受辱，舉家自焚，他們並沒有什麼大的過錯，至少是罪不至被廢，建文帝的這種手段讓天下的王爺們人人自危，也給了燕王朱棣最好的機會。

「後來建文帝終於要對朱棣下手的時候，燕王卻是先下手為強，起兵靖難，由於太祖皇帝在祖制裡也規定了皇帝身邊若是有奸臣離間皇家骨肉親情，禍亂國政，宗室親王可以奉密詔清君側，當然，這個密詔就是太祖錦囊，這也就是成祖起兵的過程，我個人認為，建文帝的手段是有點過火了，激起燕王起兵，也只能說是咎由自取。」

黑袍反駁道：「宗室王爺有兵權，又割據一方，時間一長肯定尾大不掉，像漢朝，漢高祖分封劉氏親王，到了景帝時幾十年下去，終於有了七國之亂，建文大帝削藩的主意沒錯，只不過被奸人陷害，時運不濟罷了。」

李滄行微微一笑：「黑袍，嘴硬是沒用的，齊泰和黃子澄確實是忠臣，但他們沒有將帥之才，戰場上打不過燕王，這是他們有欠考慮，沒有在削藩時就想到燕王寧王這樣久經戰陣的王爺真的起兵的可能，以及應對的手段。所以燕王一旦起兵，沒有一個王爺站在朝廷一方，全是處在觀望狀態，寧王就是最好的典型，黑袍，**你只看到寧王最後被燕王劫持的事，卻為什麼不想想這個劫持是怎麼來的？燕王帶了大軍穿越寧王的屬地，寧王不僅不去討伐這個反賊，反而與之在城外擺宴相會，這不正說明了各個親王當時與朝廷並不是一條心嗎？**」

黑袍恨恨地一掌擊出，在地上轟出一個小坑：「都是些小人，太祖皇帝一世英武，怎麼這些兒子個個如此不成器！」

陸炳微微一笑：「好了，黑袍，追憶往事已經沒有用了，只說現在，天下的百姓之心從古至今都差不多，誰做皇帝其實都沒太大區別，反正都得一樣地種糧交稅，真正需要做選擇的，不是百姓，而是士大夫和將軍們，這才是我所說的人心。」

黑袍的臉色一變：「陸炳，你這話是什麼意思，你是說建文先帝沒有得到士大夫和將軍們的人心嗎？那為什麼齊大人、黃大人還有兵部尚書鐵大人他們，都對先帝忠心耿耿？還有大儒方孝孺，即使被惡賊朱棣滅了十族，也是大罵奸賊而死，這些難道就不是人心嗎？」

陸炳搖搖頭：「這樣的人有幾個？何況齊、黃、方等人本就是建文帝的重臣，又挑唆建文帝行削藩政策，兵敗後被處死也是必然的事，就是他們開口求饒也不可能活命，還不如留個忠臣的名聲呢。至於天下的士大夫和讀書人，你看看成祖朝的滿朝文武，一多半是前朝的官員留用的，還有每次的科舉也是正常進行，可沒有哪個讀書人放著成祖朝的官不去做，不應召吧？」

黑袍白眉氣得直揚，卻說不出話來，畢竟鐵一樣的事實讓他無從辯駁。

陸炳冷冷地說道：「說以前的事，只是為了今後不要再犯同樣的錯誤，意氣用事，忠義，節操這些東西嘴上說說可以，真要是信了那套就完了，好比我陸炳，跟當今聖上是如此親密的關係，但還不是跟著你們兩個反賊一起在這裡密謀策劃嗎？」

李滄行微微一笑：「哦，這麼說陸大人是有意背離當今的皇帝，加入到我們這一邊了？」

陸炳眼中神光一閃：「不，我沒這樣說，滄行，我跟你說得很清楚，你自己都沒有下定決心要不要起事，我又能表什麼態？現在鳳舞死了，你我之間結親的這層關係也斷了，這種情況下，我更不可能給你任何的承諾，我沒有去舉報你，已經算給你面子了，你還想如何？」

李滄行嘴角勾了勾：「陸大人，我沒說要你的承諾，你肯現身來此，而不是帶兵前來捉拿，就是對你態度的最好表明，放心，我們的約定照舊，即使我李滄行以後真的起事的話，也不會牽連到你，你可以自己判斷是否加入我們。」

黑袍臉色一變：「滄行，你什麼意思，你不想起兵？這和我們原來約定的可不一樣啊。」

李滄行轉向黑袍：「黑袍，我說過會助你起事，但沒說我本人會參與，如果我大仇得報，消滅了魔教、嚴世蕃和那個內鬼，那我也無意爭奪天下，你想要的無非就是太祖錦囊，到時候給你就是。」

黑袍眼中現出一絲喜色：「你可要說話算話！」

李滄行點點頭：「你這個人就是太迷信這紙詔書，而不去考慮天下的人心，也罷，求仁得仁，如果我能順利報仇的話，那這東西對我也沒什麼用了，給你也無妨。」

黑袍追問：「既然如此，何不現在給我，這也不影響你的報仇吧？咱們相安無事，不是更好？」

李滄行搖搖頭：「現在還不行，你若是現在拿了，提前起事，失敗後，會讓嚴世蕃抓到對付我的藉口，我不能冒這個險。」

黑袍怒道：「李滄行，你是不是太自以為是了，你起兵就可以，我黑袍起兵就一定會失敗？這是什麼道理？」

李滄行安撫道：「好了，我也沒說死，我只是說有這種可能，黑袍，你不用這麼激動，放心，現在我和冷天雄的休戰期也就兩年多了，這兩年我會好好地通過東南的海外貿易積累財富，無論是對付魔教還是日後起兵助你，都對你有益無害，你擔心什麼？」

陸炳冷笑道：「二位可真的是把天下當成自己的私產，運籌帷幄啊，就不想想我錦衣衛的立場麼？若是我覺得你們起事沒有成功的可能，那可不會助你們，反而會幫皇上來全力消滅你們。」

黑袍「嘿嘿」一笑：「陸大人，就衝著你今天在這裡和我們說的話，我們只要向皇帝一報告，你就別想活了，現在咱們是一條繩子上的螞蚱，不用說這種話。」

李滄行擺擺手：「不，黑袍，今天只有我三人在場，陸大人自是想清楚了這點，才會現身一見，只憑你我口說之詞，是無法指證他的。」

黑袍反駁道：「那他招你進錦衣衛，又試圖讓女兒嫁給你，這些總是無法抵賴的事實了吧？如果你出了事，被扣上謀反的罪名，他又豈能脫得了干係？！」

陸炳臉色微微一變，正待開口，李滄行卻道：「到了那個時候，陸大人自然就會先發制人，先來捉拿我們，以向皇帝表明忠心，是吧？」

陸炳點點頭：「不錯，如果你們敗局已定，或者我認為沒有成功可能的時候，我也只能這樣做了。」

黑袍諷刺說：「陸大人，你還真是永遠處於不敗之地啊。」

陸炳毫不介意地說：「這正是我在官場上必備的生存技能，現在我不能判斷你們是不是能成功，所以我不會干涉你們的事情，但我還是要勸你們一句，沒有把握的時候，別把事情弄得太大，搞得我也不好收拾，尤其是你，黑袍。」

黑袍不怒反笑了起來：「陸大人，滄行應該和你說過，這幾年我們沒有起事的打算，東南的倭寇剛剛平定，滄行也需要時間來經營此地，積累財富，收拾人心，現在我們的共同目標是找出那個深藏不露的內鬼。」

陸炳眼中殺機一閃，這股強烈的恨意讓李滄行也為之一寒，只聽他冷厲地道：「這個狗賊，誘惑我的女兒步入歧途，打亂我這麼多年的全盤計畫，我必殺之而後快！剛才我就是想聽聽你們打算怎麼對付這個惡賊，所以才潛伏至此。」

李滄行想起鳳舞的死，也不禁黯然：「陸大人，雖然我一直談不上喜歡你，但對鳳舞，我始終有一份愧疚，不管你信不信，在這次少林大會之前，我是真的想娶她為妻的。」

陸炳擺了擺手：「千錯萬錯，都是那該死內鬼的錯，我回去後靜下心來，也許能查到鳳舞是何時與這個內鬼接上頭的，這個內鬼既然有本事在沐蘭湘的大婚前就指使起鳳舞，還能為她傳遞你重出江湖的情報，速度比我還快，說明他早就和鳳舞有聯繫了，我得查一查鳳舞在臥底的那幾年裡，什麼時候脫離過我的控制，有什麼異常現象。」

黑袍質疑道：「陸炳，這種陳年舊事，你查得出來嗎？再說了，鳳舞一直是在峨嵋臥底，那個內鬼可是躲在武當，你怎麼查？」

陸炳推論道：「那個內鬼能拉攏鳳舞，肯定是打著天狼的旗號來接近她的，如果不是用天狼做誘餌，鳳舞也不可能上了他的當，走上背叛我的路子，她對天狼一見鍾情，是落月峽之後的事，我只要查一查這段時間內她去武當的記錄，就能有個大概了。哼，我就不信有我陸炳查不出的事。」

李滄行附議道：「不錯，鳳舞喜歡上我，是我被趕出武當去峨嵋之後的事情，那段時間，她作為峨嵋的外交使者，到處出訪各派，所以那個內鬼很可能就是利用她出訪到武當的機會，和她接上頭的。」

陸炳咬牙道：「不管這人有多會藏，我都要把他給挖出來，為鳳舞報仇！剛才你們的計畫我聽了，這個主意不錯，不能原地等這個內鬼自己暴露，一定要主動出擊，逼他現形。接下來，我們就以消滅這個內鬼為共同目標，我在武當這裡找這個內鬼的線索，天狼，你去雲南的苗疆，從萬蠱門那裡打開局面。」

李滄行點點頭：「好，那咱們就雙管齊下。」

陸炳提醒道：「你去雲南，除了苗疆那裡的江湖門派以外，雲南沐王府那裡也要小心應付。」

李滄行沉聲道：「沐王府在雲南已經世襲兩百年，從大明開國就在那裡鎮守了，聽說當地的百姓只知道有沐家，不知有大明，可有此事？」

「不錯，這個就是世襲罔替的厲害之處了，沐英本是大將，卻甘願在雲南定居下來，這兩百年都對朝廷恭順有加，超過任何一個宗室親王，即使如此，歷代大明皇帝仍對沐王府加以監控，畢竟連自己的宗室王爺都想要造反，不要說是割據雲南的外姓沐氏了。你到雲南，必要的時候，還是跟錦衣衛的人接上頭吧，這樣行走上也能圖個方便。」陸炳回道。

李滄行正要出聲應答，卻聽到陸炳的密語在耳邊響起：「天狼，你能聽到我說話嗎？」

李滄行心中一動，嘴上有一搭沒一搭地說道：「這個嘛，有必要嗎？」暗中卻震起胸膜回道：「有什麼話是要瞞著黑袍說的嗎？」

「我錦衣衛在雲南布勢一百多年，留下的密探總不能說給這黑袍聽吧。」

李滄行密語道：「哦，這麼說錦衣衛在雲南的密探布勢很久了？想必比那個青山綠水計畫還要早一點吧。」

陸炳密語中透出一分不屑：「早一點？我沒進錦衣衛的時候就存在了，這樣說也不準確，這個密探的設置，早在大明開國時就存在了，離現在快兩百年啦。」

饒是李滄行見多識廣，聽到這話時也不免一驚，臉色為之一變，弄得黑袍警覺有異，他連忙跟黑袍說起幾句無關緊要的話，暗中跟陸炳密道：「這麼說來，當年沐英入滇的時候，錦衣衛就派人跟蹤監視了？」

陸炳點點頭：「不錯，太祖深諳節制武將之道，對擁有重兵在外的大將們都不放心，無不加以監視，監視者往往是這些大將最信任的親兵家將，雲南的情況比較特殊，由於蒙元和大理段氏的力量很強，沐英又是統十萬雄兵在外，一旦天下有事，極易割據自立，所以監控他的難度遠遠超過其他大將。」

李滄行密道：「那這二百年下來，又是如何能做到一直保持這個監視者不被發現？難道是家族世代監視嗎？」

陸炳微微一笑：「不錯，沐英身邊有四大家將，都是在戰場上救過他性命的親兵護衛，分別為劉、蘇、方、白，劉、蘇、方這三家是跟著沐英入滇的親兵護衛，白家則是雲南當地的大族，見沐英大軍入滇，族長為了保全自己的家族，便派了自己的兒子白炳德隨軍效命。

「此人武藝高強，熟知雲南本地各派的刺殺下毒之法，多虧他的捨命保護，才擋住萬蠱門高手對沐英的刺殺，自己卻瞎了一隻眼睛，有此大功，沐英便把他升為貼身家將，與另三家平起平坐，最後占了四大護衛的位置。

「這白家就是錦衣衛安插在雲南的一個長期的棋子。白家效忠的不是沐英個人，而是大明王朝，就在白炳德效力沐英的同時，他的兄弟白炳光也秘密地來到南京，面見洪武皇帝，向他親手獻上白家的祖傳犀杖和族中名冊，以示效忠。」

李滄行驚道：「白家可真是心思縝密，任誰也想不到以白家這樣的雲南本土大族，居然會當了皇帝的眼線。」

陸炳笑道：「所以洪武皇帝就收下節杖，授予白家護衛世襲錦衣衛副總指揮使的位置，以作大明在沐王府的耳目。除此之外，最早隨沐英入滇的護衛首領劉蘭成，也是洪武皇帝安排在沐王府的一顆棋子，他是太祖皇帝的老鄉，老母幼子都被洪武皇帝所養，所以秘密加入錦衣衛，此人在戰場上幾次救過沐英，是以沐英對他毫不懷疑，委以護衛隊長的重任。沐英平定雲南之後，他也成為沐王府四大護衛之首。」

李滄行疑道：「這些人被洪武皇帝所控制，一生效力於錦衣衛，做這種特務勾當還可以理解，可是怎麼可能兩百年來都效忠錦衣衛呢？」

陸炳道：「這就是錦衣衛的手段了，只要我們把歷年來他們的祖輩先人傳來的消息往沐王府一送，那他們這個四大護衛的位子也別想坐了。」

李滄行嘆道：「你們錦衣衛還真是手段高超，陸炳，我若是真的娶了鳳舞，只怕你會讓我的兒子也繼續當錦衣衛吧。」

陸炳微微一笑：「這是當然，你這麼優秀，我女兒也是萬裡挑一，這樣的人才是天生接替你當錦衣衛總指揮使的料。只可惜你不願意走這條路，也罷，我也不攔你，但是我建議你去雲南後，最好要多留意沐王府。」

李滄行臉色微微一變：「你是說，沐王府跟萬蠱門有勾結的可能？可有證據？還是你們這兩百年來的密報裡提到過此事？」

黑袍見兩人似乎在竊竊私語的樣子，不滿地道：「你們兩個在說什麼？怎麼這麼沒頭沒尾的？」

陸炳沉聲道：「黑袍，我在跟黑袍說我們錦衣衛安排在雲南的聯絡人，我想這個不需要向你彙報吧。」

黑袍道：「既然如此，你們商量吧，這裡沒我什麼事了吧？」

李滄行道：「多謝你的幫助，你給我的那個東西，需要的時候我會用到的。」

黑袍滿意地道：「很好，滄行，這回雲南之行，一切當心。」

陸炳道：「黑袍，記得我的話，不要給我惹什麼麻煩出來，現在你也別跟嚴世蕃一下子斷了聯繫，以免引起他的警覺，若是嚴世蕃知道你站在他的對立面，你以後的日子會很難過。」

第九章

沐王府

陸炳道：「這次雲南之行，你要多加小心，沐王府那裡，我總覺得有些問題，你要想辦法借助白所成與劉伯仁的力量，打入沐王府，一探究竟。」

李滄行道：「你的意思是，萬蠱門和沐王府可能有關係？」

黑袍看了李滄行一眼，意味深長地說道：「我現在不會完全斷了和嚴世蕃的聯繫的，滄行，我也提醒你一句，不要逼我重新回到嚴世蕃那邊，若是你一直按兵不動，藉故拖延給我太祖錦囊的話，我什麼事都做得出來的。」

李滄行承諾道：「我李滄行說話一言既出，四馬難追，答應你的事，自然不會反悔，你放心吧。」

黑袍二話不說，一個縱躍，身子消失在夜色之中。

只聽到他的話遠遠地傳了過來：「李滄行，記得你說過的話！」

待黑袍的身影走遠後，李滄行轉向陸炳，密語道：「好了，陸炳，你可以繼續說了，白護衛和劉護衛都是錦衣衛的人，現在還可靠嗎？平時是以何種方式聯繫？」

陸炳道：「錦衣衛在雲南的聯絡方式，每幾年便會變更一次，兩百年來從沒有出過岔子，四大護衛的家族在雲南當地是豪門世家，各自經營產業，手下的管事帶人到內地進貨十分正常，所以有需要緊急聯繫的時候，他們會找到錦衣衛在當地的秘密接頭點，平時的消息，則通過來內地進貨採辦的管事家奴，把情報送給我們在內地的聯絡分站，再傳給錦衣衛總指揮。

「那些消息都是用密語書寫，表面上看只是些帳冊或者家信，其實在每行的開頭或者結尾處都藏有暗號，到了雲南首府昆明後，你若是要聯繫劉家現在的當主劉伯仁，就到城東的『李記當鋪』，找掌櫃，說要當這東西。」

說著，從懷中摸出一塊翡翠玉佩，玉佩雕成一隻獅子的形狀，正面寫著一個「滇」字。

李滄行收下玉佩，道：「這個就是信物呀，若是有人偽造怎麼辦？」

陸炳笑道：「我錦衣衛的信物哪這麼容易偽造，在這玉佩右下角有一個小缺口，掌櫃那裡有一塊小玉片，正好能對上。」

李滄行點點頭：「那白家呢？如何跟白家接上頭？」

陸炳從懷裡又摸出一個布袋，遞給李滄行，李滄行拿到手裡只覺分量頗輕，奇道：「這是什麼？」

陸炳正色道：「這是雲南的特產，名叫普洱茶，是在蒼山洱海一帶種植的茶葉，這種茶的味道和中原的茶葉不同，極為珍貴，而且可以消食減肥，提神醒腦，自唐朝以來，南詔和大理國都先後用這普洱茶去和西邊的吐蕃，也就是現在的西藏地區來交換良馬，所謂茶馬古道，就是這麼來的。」

李滄行恍然悟道：「這麼說來，白家經營的是普洱茶的生意了？」

陸炳笑道：「正是如此，劉家的玉佩，用的是緬甸的翡翠墨玉，也是中原沒有的，所以你拿了這茶葉之後，去昆明城中最大的白家茶葉鋪，就能和白家的人接上頭了，這袋子是我們特製的，與別的盛茶袋子不一樣。掌櫃的見了，自然就會知道你的身分。對了，白家現在的當主叫**白所成**。」

李滄行把茶袋收入懷中，說道：「這白護衛和劉護衛兩家之間，是否知道對方也是錦衣衛臥底的身分？」

陸炳搖搖頭：「這個當然不能讓他們互相知道，兩百年來，這兩家都以為自己是唯一的臥底，我們也需要用這樣的方式來互相監控。」

李滄行冷言道：「就像在峨嵋，同時放出畫眉與鳳舞兩個臥底一樣，對不對？」

陸炳嘴角抽了抽：「好了，天狼，人生不能復生，老實說，你跟鳳舞之間有太多的誤會，現在你還能這樣念著她，作為父親，我已經很欣慰了。這次雲南之行，你要多加小心，沐王府那裡，我總覺得有些問題，你要想辦法借助白所成與劉伯仁的力量，打入沐王府，一探究竟。」

李滄行疑道：「你的意思是，**萬蠱門和沐王府可能有關係？**」

陸炳面色變得凝重起來：「希望這只是我的猜測，以前我也從沒有向這個方向想過，直到這幾天鳳舞死後，我重新梳理了一下思路，又聽到你們的談話，讓我堅定了這方面的想法。雲南一地，蠻夷眾多，漢人數量很少，想要治理非常困難，又兼有魔教這樣的大型組織，兩百年下來，沐家的統治依然穩如泰山，沒有暗中的力量是做不到的，可是據白家和劉家多年的回報，沐王府在當地並沒有類似錦衣衛這樣的公開組織，但蒙元和大理段氏的那些餘黨卻從沒有鬧過事，一直很平靜，天狼，你不覺得這有點奇怪嗎？」

李滄行點點頭：「確實奇怪，如果沒有強力部門的鎮壓，是做不到這點的，可是連四大護衛這樣級別的家將都不知道的強力部門，又會是什麼？沐英新入雲南，沒有自己的勢力，想要瞞過四大家將做到這一點，恐怕只有通過那神秘的萬蠱門了吧。」

陸炳劍眉一挑，分析道：「除此之外，錦衣衛當年曾經參與過對萬蠱門的老巢攻擊，那個地方遍是毒蟲和藥品，一如當年白蓮教的毒人基地，光是那金蠶蠱，五十年不間斷地餵養才能產出三個蠱卵，而且顯然需要大量的名貴藥材，這需要巨大的財力與人力，**萬蠱門如果沒有人撐腰，又怎麼可能兩百年的時間還能存在呢？**還有一點，那個武當內鬼是有幫手的，蘇副將的心臟內，我發現了其他的蠱蟲，所以一定有一個強大的勢力在支持著萬蠱門。」

李滄行長出一口氣：「所以你認為**是沐王府在控制著萬蠱門，利用他們來維護自己在雲南的統治？**」

「這只是我的猜測，並無任何實據，但是你應該知道，我的直覺是很準的。」陸炳道。

李滄行心中一動，問：「那劉家和白家的回報中，難道就沒有一點提到萬蠱門的事嗎？還是沐家已經意識到他的四大家將不可靠，有意對他們有所隱瞞？」

陸炳沉吟道：「這就不得而知了，表面上看，沐家對四大家將非常信任，可謂是榮華富貴集於一身，不僅王府內外的護衛全交由他們負責，而且允許他們經營產業，置辦田產，但是真正涉及到王府的核心決策，還有沐王爺不定期的出訪時的護衛，卻不是由四大家將負責，而是由各部落頭人的子侄中挑選精幹之士來負責內部護衛，但實際上，我不相信這些沒有見識的蠻夷做得能比四大家將還要好。」

李滄行道：「看來**陸大人已經把懷疑的對象鎖定在萬蠱門了**，你希望我去雲南，就是證實你的這個猜想，是不是？」

陸炳承認道：「可以這麼說吧，所以我希望你這回是一個人去，帶著你的小師妹和屈彩鳳對你並沒有什麼太大的幫助，甚至會影響你的行事。」

李滄行反問道：「如果我這回帶著的是鳳舞，你還會說這話嗎？」

陸炳道：「鳳舞是經過多年訓練、經驗豐富的頂級殺手，且不說武功並不比她們差，光是易容和刺探，接頭和跟蹤的本事都比沐蘭湘和屈彩鳳強了太多，我不是因為她是我女兒而偏心，客觀地說，鳳舞是能幫上你忙的人，她們只會給你扯後腿。」

李滄行冷冷地道：「這點我自有計較，小師妹和彩鳳沒有你想像的不堪，一個是武當的妙法長老，一個是巫山派首領，也多年行走江湖，闖過無數的龍潭虎穴，而且她們和我都可以合使兩儀劍法，彩鳳在當地還有些舊部可以聯絡，陸大人，我不想完全依賴錦衣衛這一棵樹，讓你完全清楚我的行蹤。」

陸炳嘆了口氣：「天狼，你不要不識好人心，我是真心想幫助你，不希望你有任何閃失，畢竟雲南苗疆和你以前去過的任何一個地方都不一樣，你若是帶著兩個會壞你事的累贅，只怕這條命也要送在那裡，到時候你所有的雄心壯志都剩不下什麼了。」

李滄行笑道：「陸大人的好意我心領了，只是我有自己的想法，不過我還是謝謝你給我的建議，此生，我不會再和小師妹分開，也因此，我絕不會讓小師妹有任何的危險，你難道信不過我的能力嗎？」

陸炳苦笑道：「你這麼有主見，我還能說什麼呢？好了，該說的都說了，剩下的，你自己好自為之。」

李滄行又道：「還有一件事，我想向你打聽一下，陸大人如果方便的話，還請見告。」

「哦，你說吧，能告訴你的，我一定會開口。」

「現在嚴世蕃那裡有什麼動靜？他和魔教冷天雄關係如何，還是以往那樣牢不可破嗎，或者，二人之間已經起了什麼芥蒂，現在是貌合神離？」

陸炳疑道：「你問這個做什麼？」

「從上次冷天雄明知屈彩鳳跟嚴世蕃是不解死仇，還是收留彩鳳幫他擴展勢力這點上，我就知道這二人不是真心合作的，起碼現在不是，這次在台州城，我和冷天雄也打過照面，聽他話裡的意思，好像對嚴世蕃很不滿意，尤其是這幾年在東南沿海一帶，守著這麼來錢的生意，卻只能分些剩下的好處頗有怨言，我覺得冷天雄說的是實話。」李滄行道。

陸炳聽了說道：「**你是不是想利用冷天雄和嚴世蕃的不和，進一步離間兩人的關係？**」

李滄行點點頭：「雖然我知道很難，但總可以試一試。」

陸炳冷笑道：「不管怎麼說，冷天雄的魔教也是受了嚴嵩父子多年的庇護，尤其是在他奪位的過程中，嚴氏父子是出了大力的，現在魔教的情況並不好，在東南一敗塗地，在湖廣乃至嶺南嶺北，甚至廣東等分舵，也都丟了個一乾二淨，這種情況下，我覺得即使以前跟嚴世蕃有什麼不愉快，也會暫時擱置這些小矛盾，集中力量對付新興的洞庭幫和黑龍會，尤其是你的黑龍會，冷天雄現在知道了你就是李滄行後，也會打消掉任何跟你講和的企圖，因為殺師之仇如殺父之仇，是非報不可的。」

李滄行道：「這點我當然知道，但我問的是，**現在他們之間的關係到了何種程度，嚴世蕃還能給冷天雄何種實質性的支持？是在朝中想辦法跟清流派大臣講和，讓他們直接下令原伏魔盟的四派暫時收手，還是給冷天雄大筆的金錢，讓他重新招兵買馬呢？**」

陸炳搖了搖頭：「這點不得而知，我最近的精力都用在查那個武當的內鬼上面，沒心思顧及此事，上次嚴世蕃指使盧鏜率軍去圍攻南少林，跟魔教沒有任何關係，而冷天雄回到雲南總舵之後，也是偃旗息鼓，紛紛收縮各地的勢力，集中確保雲南、貴州、廣西這三省，甚至連廣東分舵的原舵主吳平，都因為不滿冷天雄的軟弱，而脫離魔教自立了。」

李滄行質疑道：「我今天找你的最大原因就是這個，**吳平有什麼理由和動機**

去和毛海峰攪到一起呢？」

陸炳道：「這個問題你應該去問吳平，不過在我看來，吳平既然自立，又離開了廣東，退居海上潮汕一帶，那麼他的生存來源就成了問題，畢竟他手下有幾千人要養活，以前可以靠著魔教給的巨額銀兩，棄海上陸，但現在畢竟脫離了魔教，那就得自力更生了，聯手倭寇做一票大的，這很正常。」

李滄行擺擺手：「吳平已經在上次的大戰中被柳生雄霸親自擊斃，我當然不可能從死人身上問出什麼，其他被俘的那些手下，人數本就很少，也沒有什麼人可以接觸到核心機密，當然不知道這其中的關節。

「但是根據我的判斷，這吳平並不是因為離開冷天雄才會勾搭上毛海峰，因為我跟冷天雄有約在先，三年內不交戰，要他退出包括廣東在內的各個分舵，當時冷天雄為了挽救自己的精銳總舵衛隊，才不得已答應了這個條件，事後肯定也是不願意就此放棄經營多年的地盤，尤其是廣東分舵，失了此處，再想反攻嶺北和湖南湖北這幾處中原要舵就困難了。」

陸炳點點頭：「所以你認為**吳平是假意離開魔教，實際上仍然是奉了冷天雄的旨意，繼續為魔教效力**，對嗎？」

李滄行的嘴角勾了勾：「不錯，這樣可以同時對付我和嚴世蕃。」

陸炳有些意外：「哦，此話怎講？」

李滄行正色道：「能借用毛海峰的力量，打通福建和廣東二省，攻下興化府城，甚至借機消滅南少林，這顯然是魔教的意思，毛海峰跟中原各正道門派沒有很深的恩怨，他的目的只是打劫，按說搶了興化府的銀兩之後就應該迅速撤離了，不會再冒險進攻南少林。

「所以我一開始的計畫是要斷敵後路，在仙遊一帶和倭寇決戰的，但我沒想到倭寇還會反過來想要消滅在南少林的伏魔盟各派精英，如果吳平自立的話，他不過是個海盜，又要對中原武林正邪廝殺的事情這麼上心做什麼？只有冷天雄會下這樣的命令。」

陸炳摸了摸自己的長髯：「不錯，確實如你所說，從動機上看，倭寇和吳平這樣放棄逃跑的機會而進攻南少林，確實會便宜了冷天雄，但是天狼，你怎麼不想想，**這樣做同樣也會便宜了嚴世蕃？**把你們一網打盡，也是嚴世蕃希望看到的事吧。」

李滄行持不同意見：「我不這樣看，嚴世蕃的殺著是利用盧鏜的軍隊來圍剿，此戰不管勝敗，滅魔盟都會受到毀滅性的打擊，要麼束手就擒，要麼給坐實一個造反的罪名，兩者沒什麼區別，而東南一帶，嚴世蕃也會失而復得。毛海峰這個人我瞭解，他一向不喜歡官府，尤其是對嚴世蕃這種人更不會有好感，這樣的計畫，他是不會配合嚴世蕃來執行的，所以**根本不存在嚴世蕃同時利用毛海峰和盧鏜這兩步棋的可能，只會是冷天雄和嚴世蕃的分頭行事。**」

陸炳道：「那就不可能是嚴世蕃收買了吳平，然後利用吳平來推進這個行動嗎？毛海峰粗人一個，受吳平的擺布也很正常吧。他自己畢竟跟南少林是沒什麼仇恨的。」

李滄行笑了笑：「不，我審問過俘虜，毛海峰最早是沒有攻擊南少林的打算的，只想在一線谷那裡設伏，後來還是楚天舒告訴他們，我突然出現在南少林，還會向興化府一帶行動，他們這才堅定了伏擊我的決心，後來見我進了南少林，才臨時從興化那裡調兵來攻的，所以圍攻南少林是毛海峰自己的決定，吳平左右不了他的想法，畢竟吳平帶的人太少，說話的分量有限，帶路做個接應還行，卻做不得主！」

陸炳長出一口氣：「你的分析很有道理，這麼說來，冷天雄一開始也並不想消滅南少林的伏魔盟眾人了？」

李滄行點點頭道：「冷天雄雖然和伏魔盟各派正邪不兩立，但他跟少林武當打了幾十年，再早的魔教更是跟中原正派打了有上千年，誰都清楚不可能一下子吃掉對方的，所以可以慢慢從長計議，但是嚴世蕃可不這麼想，一舉打掉伏魔盟四派，打掉跟他作對的楚天舒，尤其是打掉我這個跟他有血海深仇，必將置他於死地而後快的天狼，他是願意付出任何代價的。

「因而冷天雄聯手毛海峰，無非是為了求財，通過這次吳平對毛海峰深入內地的行動加以配合，以後通過吳平來穩住東南一帶的倭寇，這樣一來，東南的海運所得，就會大部分被他魔教所得，而不是像以前那樣進了嚴世蕃的腰包。

「可嚴世蕃不知通過什麼辦法，掌握了我們和魔教雙方的動向，所以他一直不動聲色，冷冷地看著各派的精英高手集中於南少林，然後消滅了倭寇和吳平，這兩方勢力本就背叛了他，他巴不得能借我們手消滅，也好敲打一下不聽話，暗中搞小動作的冷天雄，然後再派盧鏜以捉拿反賊的名義來圍攻南少林，希望趁著我們大勝之後疏於防備的心理，來個突然襲擊，若不是我得到了警告，還真的就會上他的當了。」

陸炳微微一笑：「天狼，你果然很有長進，這些事情被你分析得一清二楚，不錯，這次嚴世蕃的所作所為，就是如你所說的那樣，就在你從台州南下的時候，**他已經暗中在南直隸集結兵馬了**，而盧鏜也是在那時候得到了他的密令，揮軍秘密南下的。」

李滄行臉色一變：「這麼說來，你早就知道此事了？你又和嚴世蕃勾結在一起了嗎？」

陸炳搖搖頭：「這回你又誤會我了，我既然已經和嚴世蕃翻了臉，就不可能繼續合作，但我畢竟是錦衣衛的總指揮，盧鏜這回動用的軍隊足有三萬，如此大規模的調動，我這個錦衣衛的首領若是還不知道，那就是太失職了。」

李滄行心下稍寬，現在他確實很擔心陸炳再次與嚴世蕃合作，從他的內心深處，也不希望與鳳舞的父親真正地成為死敵，便道：「這麼說來，你是早就知道嚴世蕃派盧鏜出兵的了，那為什麼不提前向我示警呢？」

陸炳嘆了口氣：「去南少林之前，我也曾到盧鏜的軍中詢問過他想做什麼，結果盧鏜的回答滴水不漏，只說接了兵部的命令，要到東南福建一帶去巡邏，還說由於戚繼光所部與你不和，已經回到了浙江，福建的兵力不足，所以兵部特別派他們入閩加強防守，由於有兵部的批文在，我也不能挑出什麼毛病出來，直到大軍開到南少林山下的時候，我才意識到不對勁，但那時你已經定下了計策，讓戚家軍擋住了他們，我看形勢已經得到了控制，才上了南少林的。」

「原來如此，那你事後又是如何知道此事是嚴世蕃的陰謀呢？」李滄行問。

陸炳咬牙切齒地說道：「我女兒被那姓蘇的當場打死，我自然不能咽下這口氣，等盧鏜回到軍中以後，我就向他問責，要他說清楚是怎麼回事，盧鏜這次沒能辦到嚴世蕃想讓他辦的事情，這種情況下更不敢得罪我們錦衣衛，於是心一橫，就把此中的內情和盤托出，那個蘇來復是嚴世蕃派來監視他的副將，而他名為主帥，實際上也不過是蘇來復的一個幌子罷了。」

李滄行心中一動：「這個蘇來復是嚴世蕃派來的，但他又是那個內鬼的手下，不然不會在鳳舞即將說出內鬼身分的時候，寧可一死也殺人滅口，這樣說來，**嚴世蕃難道和那個深藏的內鬼有什麼關係嗎？**」

陸炳冷笑道：「不錯，天狼，你今天算是問到重點上了，這事我正在調查中，之所以這回不能親自去雲南幫你，也是因為我同時要查兩樣大事，**一件是鳳舞是何時和那個內鬼扯上關係的，第二嘛，就是嚴世蕃和這個內鬼的關係**，現在我已經從蘇來復身上入手了，可以想像的是，嚴世蕃也會盡力掩蓋這一層關係，不過，我陸炳想要查的事情，還沒有誰能隱藏得住。」

李滄行心中對陸炳突然有一絲異樣的感覺，那是一種**久違的信任**，這種感覺，從當年得知陸炳和嚴世蕃重新聯手後就不再有過。

李滄行嘆了口氣：「陸大人，如果你執意要查的話，有可能會和嚴世蕃與那個可怕的內鬼同時為敵，這箇中曲直，你可要想清楚了。」

陸炳慘然一笑：「天狼，怎麼了，你為什麼又擔心起我的安危來了？這可一點不像你啊。」

李滄行鼻子一酸，人非草木，豈能無情？和陸炳在一起這麼多年，心中已經不自覺地把他看成繼自己師父之後的人生另一位長輩，甚至可以說像半個父親一樣，正是因為對他的感情如此之深，才對他的欺騙和利用自己、與嚴世蕃勾結的行徑如此無法原諒。

現在，兩人都徹底放下面具，真正地坦然相對，他發現就像鳳舞一樣，雖然自己一直對其冷嘲熱諷，但真要失去了對方，他無法想像那是多麼大的打擊。

李滄行動容道：「陸總指揮，你剛才說過，你要保全你的家族，不能置你陸家於危險之中，這回的對手非同以往，除了處在明處，位高權重的嚴世蕃外，很可能還有那個一直隱身於陰影之中的可怕內鬼，雖然你有錦衣衛這個龐大的組織，但未必是他們的對手，有可能還要賠上自己的整個家族，我親眼看著鳳舞死在我的懷裡，所以，不希望你還有你的家人出任何事，明白嗎？」

陸炳眼中神光一閃，厲聲道：「天狼，不必再說了，鳳舞是我最心愛的女兒，我對不起她的母親，更對不起她，所以**她的仇，我一定要報**，即使付出再大的代價，也在所不惜，**一個不能為女兒討回公道的父親，不配為人**，明白嗎？」

李滄行聽得心頭熱血沸騰，激動地道：「好，陸炳，就衝你這句話，我們以前的那些不愉快，就一筆勾銷，在這件事上，你我就跟當年我加入錦衣衛時那樣，精誠合作，同生共死！」

陸炳臉上露出笑容：「很好，天狼，老實說，你肯出生入死，為了鳳舞的事深入龍潭虎穴，我也很感動，今後你我一有重要的情報，就及時通氣，我在雲南那裡的手下，你也完全可以驅使，必要的時候，甚至可以拿下沐家的當主：黔國公沐朝弼。」

李滄行臉色一變：「這也可以？」

陸炳猶豫了一下，從懷中摸出一塊金牌，遞給李滄行。

李滄行臉色一變：「這是錦衣衛總指揮使的權杖啊？陸炳，你這等於是把你的許可權給了我，那你自己怎麼辦？」

陸炳道：「我這張臉就是最好的權杖，嚴世蕃也不敢不給我面子，所以我要查什麼，不需要這塊權杖，但你不一樣，你不是我，就算易容改扮，也只是個西貝貨，雲南是沐家世代經營的地方，那裡數萬軍隊也是聽沐王府指揮，而不受雲南巡撫的節制，如果到了緊急關頭，你需要拿下沐朝弼的話，這塊權杖是必不可少的，有了此令，就代表著皇帝親授錦衣衛總指揮使的拿人權力，你可以先斬後奏，哪怕把沐朝弼當場斬殺，也是許可權內的事。」

李滄行不放心地道：「可是就算鐵證如山，沐家畢竟在雲南立足兩百年，若是嚴世蕃據此打擊報復，大作文章，說你陸總指揮把錦衣衛總指揮之權給了一個曾叛出錦衣衛的朝廷軍官，那你不是很危險？」

陸炳的表情突然變得無比堅毅：「天狼，不用說了，我決心已下，如果你真的在雲南有所突破的話，那想必清算嚴世蕃的時候也快要到了！還記得夏言是怎麼死的嗎？就是一個內閣首輔勾結邊將圖謀不軌的罪名，這一點是皇帝絕對無法容忍的，所以你一定要順藤摸瓜，找到沐朝弼和嚴世蕃明確勾結的證據。

「當然，這個證據必須是真實存在的，我相信你不至於捏造證據，陷害別人，沐家不管怎麼說，也是開國功臣，又手握重兵，沒有確實的證據，萬一逼反了他們，大明的整個西南也不復安寧了。」

李滄行老神在在地道：「放心吧，我也有兩手準備，上泉信之還在我手上，必要時，我就把他放出來，給嚴黨最後致命一擊。」

陸炳先是一愣，轉而大喜過望，抓住李滄行的肩膀：「什麼？上泉信之沒死？在你手中？這是怎麼回事？」

「當日台州大戰後，我和柳生雄霸還有戚繼光就設計拿下了上泉信之，此人是浙江倭寇的首領，又參與了嚴世蕃一連串的陰謀，當然不能輕易地讓他就這麼死了，而且倭寇在海上搶劫多年得到的財富，都被此人秘密藏匿，我們黑龍會起家也需要這筆錢，這次在南少林大會上，我們分給各派的錢，不是從橫嶼得來的，其實是從上泉信之藏寶的地方挖出來的。」

陸炳笑道：「好小子，居然還有這一手，我知道嚴世蕃也在多方打探上泉信之藏寶的下落，卻是一無所獲，想不到是被你捷足先登了，只不過……」

說到這裡，陸炳眉頭微微一皺，「既然你手上有上泉信之，也逼問出他和嚴世蕃的關係，為什麼不趁勝追擊，把此人獻給皇帝，當眾揭發嚴氏父子勾結倭寇、為禍東南的罪行呢？」

李滄行解釋道：「陸總指揮，你應該知道嚴賊有多麼奸詐，皇帝不是不知道他的這些事，卻因為嚴黨能給他帶來賦稅而姑息養奸，現在東南剛剛平定，占天下賦稅一半以上的東南之地還是被嚴黨官員所把持，所以皇帝是不會在這個時候下決心和嚴黨翻臉攤牌的。

「即使再鐵證如山，嚴世蕃最多把責任往在浙江的幾個同黨，如鄭泌昌，何茂才等人身上一推，由於沒有直接在嚴世蕃和汪直集團交易的時候抓個現行，所以他大可以一賴了之，我們花了大力氣俘虜的倭寇頭子，卻不能起到對嚴世蕃一擊致命的效果，那就會打蛇不成，反被蛇咬了。」

陸炳聞言道：「所以你們要等到皇帝真正地對嚴黨起了清算之意後，再趁機打出通倭的這張大牌，以求一劍封喉，對嗎？」

李滄行正色道：「不錯，我就是這麼想的，嚴黨父子之所以能長期把握朝堂，無非是靠了其黨羽遍布天下，占了各省的賦稅，漕運等重要官職，這些官職是幫朝廷收錢的，而清流派的官員所佔據的雖然是兵部，工部等要害部門，但多是花錢的地方，不能像嚴黨成員那樣可以為皇帝撈錢。

「所以時間一長，皇帝明知其奸貪，卻像是一個被金蠶蠱控制了的人似的，已經完全無法離開嚴黨了，我這回之所以要奪取東南，就是想借這個良機打開海外貿易，讓皇帝能從東南一帶得到比以往更多的收入，這樣他才能徹底下定和嚴黨決裂的決心。」

陸炳正色道：「那還是按你的計畫行事，沐王府那裡，就算你能得到嚴世蕃和沐家通過這個內鬼暗中勾結的證據，只怕也不會強過私通倭寇這一條，只有等你在東南這裡能為皇帝提供稅賦了，皇帝才會真正地對嚴黨下手，所以還是**穩字當頭**，如果嚴黨一倒，那個內鬼和沐家自然也是逃不掉的。」

李滄行道：「現在一切的真相都沒有查清楚，你就認定沐家跟內鬼和嚴世蕃勾結，這不太好吧，一切還要等我去雲南之後才知道，我不會為了報仇而冤枉無辜的好人的。」

陸炳滿意地道：「這是自然，天狼，我已經把所有的許可權都給了你，到時如何操作，就由你自己決定了。捉拿沐朝弼是不得已的最後一招，一般的情況下，只要能拿到足夠的證據就行。我答應你，那個內鬼由你親自報仇。」

李滄行一抱拳：「那就多謝陸總指揮了，你也珍重。」

陸炳瀟灑地一轉身，帶起一陣罡風：

「天狼，這回不要讓我失望！」

待陸炳的身影消失在夜色中，李滄行道：「看了半天了，出來吧。」

沐蘭湘和屈彩鳳的倩影從兩棵大樹上翩然而降，夜風吹拂著她們的羅袖飄帶，宛若仙子，帶起兩陣香風。

甫一落地，沐蘭湘就搶著說道：「師兄，怎麼陸炳也來了？我走的時候不是只有黑袍在場嗎？」

李滄行笑道：「師妹，彩鳳，這回去雲南，可得記住了，身上不要搞得這麼香，十丈外都能讓人聞到。」

兩位嬌娃臉上不約而同地微微一紅，屈彩鳳搶道：「我們畢竟是女兒家，總不能跟你一樣，成天身上一股汗臭味吧。」

李滄行笑道：「不，你們誤會我意思了，我是說這回到雲南，少不得易容打扮，暗中刺探什麼的，但你們要是弄得這麼香，像我現在這樣十丈之外都能聞得到，那便無法隱瞞行蹤了。」

屈彩鳳辯解道：「這個，是因為我們剛沐浴完嘛，滄行，你實在是太不懂女孩子了，這種時候又不是平時的打探，我們當然要搽些香粉了，就是洗澡水也是放了花瓣的。」

李滄行笑道：「好好，開個玩笑而已，我也知道你們行走江湖多年，這點常識肯定是有的，但我還是要提醒一下，這回我們到雲南，是要深入魔教的核心腹地，危機四伏，而且很可能雲南的地方官員和沐王府也會與我們為敵，一定要做好萬全的準備才行。」

沐蘭湘臉色一變，道：「師兄，我看你和陸炳在那裡比劃來比劃去半天，難道就是在說這事？」

李滄行收起笑容，做了個噤聲的手勢，二女立即屏住呼吸，豎起耳朵，李滄行伏身於地，良久後才站起身，拍拍身上的灰土，道：「現在我們可以放心說話了。」

屈彩鳳不解道：「可是你和陸炳還有黑袍在聊天的時候，怎麼就沒想到我們在場呢？」

李滄行道：「我當然知道你們在，陸炳也同樣知道，但我也不可能開口把你們趕走，所以就選擇了密語的方式，怎麼樣，在上面等得急了吧？」

沐蘭湘道：「師兄，現在沒有外人，總該告訴我們了吧，也許我們還可以幫得上忙呢。」

「無非就是說去雲南的事，剛才我們達成了共識，就是那個內鬼是最危險的敵人，一定要優先消滅。」

屈彩鳳眨了眨眼：「這個優先的級別，還要在冷天雄和嚴世蕃之上？」

李滄行正色道：「不錯，如果我們的猜測屬實的話，**這個內鬼應該已經和嚴世蕃勾結到一起了**，這回跟著盧鏜上山的那個蘇副將是嚴世蕃派來的，但他為了保住內鬼的身分開槍，顯然是內鬼派來的人，無論此人是不是潛伏在嚴世蕃身邊，我們都要做好準備。」

二女連連點頭，屈彩鳳道：「剛才我也一直在想這個問題，這個內鬼如果真是希望讓你先起兵的話，必然會借嚴世蕃的力量來逼你走這一步，他一直引誘鳳舞來騙你，把你對鳳舞的仇恨積得越來越深，也是希望你得知真相時一怒殺了鳳舞，這樣便徹底和陸炳還有錦衣衛結下死仇，滄行，他應該很清楚你的個性，不到走投無路、退無可退的地步，你是不會走上起兵反抗之路的。而嚴世蕃就是逼你的最好工具，這次的事情就是最好證明。」

沐蘭湘聽了道：「既然如此，**是福不是禍，是禍也躲不過**，到了這一步，即使躲到天涯海角，也逃不過這賊人的毒手，師兄，我原來還有些猶豫，但現在徹底想通了，不除掉這個內鬼，你，我，還有我們認識的所有親人朋友，都永不得安寧。」

李滄行道：「你們肯支持我，實在是太好了，陸炳接下來會留在京師對付嚴世蕃，阻止他進一步的陷害，至少不能讓嚴世蕃知道我們去雲南查探的事情，不過另一方面，現在又出了一個新的情況，那就是這個內鬼十有八九就是萬蠱門的後人，出身雲南，而萬蠱門又很有可能一直受到在雲南的黔國公沐家的保護。」

二女不約而同臉色大變。

李滄行把剛才和陸炳的對話向二人說了一遍，聽得二女臉色驚疑不定。

沐蘭湘嘆道：「想不到雲南邊陲之地，竟然也有這樣勾心鬥角的事。」

屈彩鳳卻是秀眉深鎖，若有所思的樣子。

李滄行見狀，知道她一定是想到了什麼，便道：「彩鳳，有什麼不對嗎？」

屈彩鳳回道：「說不上來，老實說，我們巫山派在雲南的幾個分寨，就是在那茶馬古道上，也是每年靠著這過道的商隊支持，尤其是白家的商隊在這條道上的出手很大方，雲南的寨子跟我們巫山派離得很遠，幾乎不需要總舵的支援就可自給自足，可見這條道上的抽成有多肥。」

李滄行問道：「你那些雲南的老部下忠誠可靠嗎？」

屈彩鳳想了想：「滾龍坡和扣虎塘這兩處，是我們在雲南最大的寨子，四年前巫山總舵受難那次，兩個寨子都不遠千里地派了精銳支援，滾龍坡的楊首領和扣虎塘的馬副寨主最後也戰死在巫山，這樣的兄弟應該是十分可靠的。」

李滄行追問道：「這次你回來後，和他們有沒有聯繫？現在這兩個寨子的當家又是誰？」

屈彩鳳回道：「滾龍坡現在是楊首領的兒子楊一龍當寨主，扣虎塘的當家則是當年的老當家馬三平，這二人都是忠心耿耿的老弟兄，這次聽說我重出江湖，也主動派人來聯繫過我，我前一陣沒有來得及支會他們，這回正好去苗疆一趟，也能到那裡走走看看。」

李滄行沉吟道：「這二人為何會對巫山派這麼忠心呢？彩鳳，是你師父那輩子積累下來的恩情嗎？」

屈彩鳳微微一笑：「是的，那兩個寨子當年曾被官兵圍剿過，若不是我師父出手相助，只怕早已全寨滅亡了，因此這兩個寨子對我們巫山是最感激的，不僅上次，更遠的落月峽之戰，他們也是第一批來援的。」

李滄行沉吟道：「原來如此，只是如果他們被官軍攻擊，**你師父又是靠了什麼手段，才讓官軍放棄對他們的攻擊，甚至允許他們在茶馬古道上收保護費呢？」**

屈彩鳳的眉頭不覺皺了起來：「滄行，你不至於連他們也要懷疑吧？」

李滄行道：「**凡事都要做最壞的打算，這樣總比到時候措手不及要強**，畢竟他們只是你的外圍下屬，若說報恩，當年回巫山派助守已經是報答恩情了，我們必須要謹慎一些。」

屈彩鳳聞言道：「具體的情形我不太清楚，當年師父好像是靠太祖錦囊才嚇退了雲南的官軍，從此達成某種協議，不得再向兩寨出手，其他的，我就不太清楚了。」

李滄行臉色微變：**「當時圍剿他們的官軍是什麼人？沐王府的軍隊嗎？那時候你師父奪取太祖錦囊的事，是不是已經江湖人人皆知了？」**

屈彩鳳凝神思考了一下，搖搖頭：「不，我記得很清楚，師父說過，她剛從大內奪了這太祖錦囊，為了避禍不敢回巫山，因而遠走苗疆，那次是她第一次拿出太祖錦囊，雲南當時是沐王府的當主帶兵圍剿，一看這太祖錦囊就嚇得退兵了，我師父那時才領悟到這太祖錦囊的巨大威力，以後就放心大膽地回了巫山派，大規模地招收手下，收留孤兒寡母，就是因為有了這個『入我巫山，官兵不得圍剿』的好處，才會有那麼多山寨來投的，從這意義上來說，雲南的那兩個寨子是我師父第一次用太祖錦囊保下的。」

李滄行恍然道：「原來如此，那那兩個寨子確實應該對你們巫山派感激涕零了。不過，只是靠著一次救寨之恩，外加這些年來打著巫山派的旗號得到的好處，就足以讓他們再患難相隨一次？彩鳳，**你真的相信他們兩個寨子的忠誠度嗎？**」

屈彩鳳反問道：「那你說，他們難道也是別有用心嗎？」

李滄行正色道：「我只是說有這個可能，前次來巫山派助守，應該是半是出於報恩，半是不希望巫山就此滅亡，因為巫山派的總舵一倒，他們自然也失去了最大的靠山，當然要全力相救。所以才會寨主和副寨主親自出馬，帶了精英來救。可是上次既然沒有救下巫山派，按說他們也付出了重大的犧牲和代價，彩鳳，有一個問題你考慮過沒有，**這兩個寨子為什麼這幾年在雲南還能混得不錯，沒有遭到沐王府軍隊的繼續攻擊呢？」**

屈彩鳳倒吸一口冷氣：「你的意思是？」

李滄行的表情變得異常嚴肅：「彩鳳，我說的只是可能，你這次一路過來，也重新收編了不少以前的忠心部眾，據我所知，現在死心踏地跟著你的，多是最忠於巫山派的山寨，而無一例外的，他們的寨子這幾年被官軍攻得很凶，多數人已經是無家可去，成為流寇，才會你一召喚，就馬上過來相投。」

屈彩鳳點點頭：「不錯，跟著我的這些人，很多是原山寨被攻破後換了別的寨子，覺得並非是長久之計才來找我的，更多的寨子已經被官府招安，或者轉而向官府支付大量的保護費，這些寨子是我現在無法重新召回的。滄行，你怎麼會知道這些？」

李滄行笑道：「我要做長遠的經營，自然要弄明白這些事。彩鳳，雲南那兩個寨子並不是這種情況，據我所知，這兩個寨的聲勢比以往更大，甚至可以安心地接收沐王府手下白氏家將所經營的茶馬生意，不跟沐王府合作是不可能的。」

屈彩鳳長眉一挑：「滄行，此事你可有真憑實據？難道是陸炳和你說了什麼嗎？」

李滄行搖搖頭：「這只是我的推測，剛才陸炳和我談這事之前，我根本沒有往沐王府身上去想，但他說得有道理，沐王府在雲南這麼多年，沒有一個公開的江湖組織，也不通過四大家將，卻能讓雲南的夷漢各族，各門各派都這麼聽話，從不鬧事，**背後一定是有一個強大的組織在支援他們的。**」

沐蘭湘插口道：「有沒有可能是這沐王府跟魔教勾結，靠魔教來彈壓那些人呢？畢竟在雲南一地，勢力最強大的就是魔教了吧。」

李滄行道：「師妹說得有一定道理，但細想之下卻不太可能，第一，魔教畢竟是公開跟朝廷作對的門派，據我以前在錦衣衛所知道的，沐王府曾經多次聯合錦衣衛，對魔教給予打擊，甚至誘殺過魔教的教主，若不是成祖起兵，後來又逢土木堡之變，大明內憂外患無暇顧及雲南這邊陲之地，只怕魔教早在大明開國的時候就會被消滅了，可以說沐王府跟魔教仇深似海，魔教高手也曾經刺殺過兩任沐王府的當主，他們是不太可能聯合的。

「第二，這百餘年來，隨著魔教在雲南漸漸地站住了腳，和沐王府也漸漸地形成了一種相安無事的關係，西北麗江那裡的另一個土司世襲知府，麗江木府，跟魔教也保持著一種微妙的關係，魔教總舵所在的黑木崖，就是在麗江境內，沐王府的軍隊和高手要想強行進入麗江地區，是很難做到的。」

沐蘭湘奇道：「怎麼又冒出個木府？還是什麼土司？」

屈彩鳳微微一笑：「妹子，你沒去過雲南，不瞭解那裡的情況，雲南一帶，有許多少數民族，除了苗人外，還有傣人、侗人、納西人等。麗江的就是納西人，這些人每次碰到中原的王師進入雲南，往往都會率眾歸降，以為先導，因為雲南那裡山路阻隔，中原軍隊往往是從西北方的四川那裡進入，納西人所在的麗江一帶，便首當其衝，他們如果看到遠道而來的中原軍隊人數眾多，裝備精良，判斷雲南本地的割據政權打不過的時候，就會很識時務地倒向中原軍隊，土司則是這些部落的世襲頭人。」

李滄行笑道：「彩鳳對那裡的情況很瞭解嘛，不錯，納西人自從當年元軍進入雲南時，就倒向元軍，帶他們消滅了大理國，從此成為那裡的世襲土司，不受梁王的管轄，本朝開國之初，他們又是第一個迎接沐英大軍的，同樣站隊成功，再次世襲了麗江一帶的土司，有七個州府的地盤，不受雲南巡撫和沐王府的管轄，而其首領原來沒有漢姓，洪武皇帝特地把自己的朱姓去掉一撇一橫，送了個木字給他們。所以這木家可謂在滇西北一帶裂土世襲的一支少數民族力量。」

沐蘭湘恍然大悟：「原來如此，可是這樣的牆頭草，怎麼會庇護魔教這個朝廷的大敵呢？」

李滄行搖了搖頭：「具體的情況不得而知，只知道魔教的總舵黑木崖就在那麗江一帶，屬於木府地盤，這種蠻夷之地極少與中原往來，而且其人都是居住在深山老林之中，屬於蠻荒地帶，中原之人過去，也多會中毒蟲瘴氣，所以如非必要，也沒人願意去那地方，魔教在這種鬼地方都能慢慢地休生養息，恢復元氣。哦，對了，現在他們的那個右護法司徒嬌，就是納西人。」

屈彩鳳點了點頭：「滄行，只此兩條，就能證明木府和魔教有關係嗎？恐怕有點牽強吧。畢竟這些少數民族，是不怎麼參與中原的是是非非，更不會牽涉到武林中事的。」

李滄行笑道：「我說的是魔教和沐王府沒有關係。最重要的一點，就是魔教現任教主冷天雄的即位過程，眾所周知，他是得到了嚴世蕃的大力支持，才站穩腳跟的，如果他一直有沐王府撐腰的話，還用得著找這萬里之外的嚴氏父子作為外援嗎？」

屈彩鳳長出一口氣：「不錯，確實如此，而且我師父曾說過，當年冷天雄是通過流放到雲南的才子楊慎，方才跟嚴世蕃父子建立關係的。」

李滄行的心猛的一沉：「什麼？楊慎？**可是那個前任內閣首輔楊廷和之子楊慎？**」

屈彩鳳疑道：「這個重要嗎？」

李滄行正色道：「這個非常重要，彩鳳，你仔細想一想，這楊慎到底是不是楊廷和之子？」

屈彩鳳想了想，點點頭：「是的，他是那個前內閣首輔的兒子，這點我很清楚，雖然我對官場中人並不是很熟悉，但那個內閣首輔和師父的關係非同一般，太祖錦囊正是在他的幫助下才取得，所以我對這個人印象深刻。」

李滄行虎軀一震，失聲道：「什麼，**這太祖錦囊居然是楊廷和幫你師父取得的？**」

他忽然想起多年前陸炳曾隱約跟自己提到過此事，當時自己並沒有放在心上，現在一回想，一切便都順理成章了，甚至連一些不相關的事，都重新地串在一起。

屈彩鳳道：「千真萬確，這是我們巫山派的絕密。當年師父隨著寧王起事不成，作為被朝廷通緝的頭號對象，東躲西藏，四處被錦衣衛追殺，連巫山也不敢回去，可是就在這時候，身為內閣首輔的楊廷和，卻通過他家的護衛和師父接上頭，要師父趁著楊廷和出巡的機會秘密與之相會。

「當時正德皇帝剛死，那楊廷和作為首輔，與其他內閣大臣分頭考察各路的宗室親王，而楊廷和負責考察的，正是當今的嘉靖皇帝，當時他只不過是正德皇帝的堂弟，和他一樣有資格當皇帝的，還有十幾個人，**若不是楊廷和的極力支持，嘉靖是登不了位的。**」

第十章

茶馬古道

藏區和川、滇邊地出產的騾馬、毛皮、藥材等和
川滇及內地出產的茶葉、布匹、鹽和日用器皿等等，
在橫斷山區的高山深谷間南來北往，流動不息，
並隨著社會經濟的發展而日趨繁榮，
形成一條延續至今的「茶馬古道」。

李滄行平復一下自己激動的心情：「此事我很清楚，他親自迎立了作為興獻王次子的嘉靖皇帝，跟你師父的會面，應該也是在這路上吧。」

屈彩鳳微微一笑：「不錯，我師父當時被錦衣衛一直追殺，幾次都險些落入他們手裡，那楊廷和托人傳話，可以徹底解決我師父的困境，我師父想著左右是個死，不如賭一把，就孤身去見了楊廷和。

「那楊廷和摒退了左右，對我師父說，他很欽佩我師父的豪爽，知道我師父是真正的綠林義士，跟著寧王起事是一時糊塗，受了寧王的蠱惑，所以他願意給我師父指一條安身立命之路。我師父以為他要赦免自己的叛亂之罪，作為交換，需要幫他做什麼事情，結果楊廷和不是這個意思，居然是要我師父盜出在寧王之亂中被繳獲的太祖錦囊。」

沐蘭湘一臉的疑惑：「這楊廷和什麼意思啊，他身為首輔，位極人臣了，難道也想著造反稱帝嗎？」

屈彩鳳道：「具體原因我不知道，我師父當時也很吃驚，後來楊廷和說，寧王沒有起事的時候，曾經給他和其他內閣大臣很多金銀財寶作為賄賂，只說要他們在皇帝面前多多美言，以保寧王的地位，當時正德皇帝年輕氣盛，任性胡為，不僅建造了豹房，聽說還有意削藩，所以各路藩王有不少都賄賂大臣，以求自保，楊廷和一開始也沒當回事，收了錢，找機會幫寧王說了些好話，也在正德皇帝有意找宗室親王麻煩的時候給寧王報過信。」

李滄行笑道：「結果他想不到寧王居然真的造反了，那他這麼多年來跟寧王的關係一旦公諸於眾，有可能就會像夏言那樣掉腦袋，所以他必須要給自己留一條後路，對嗎？」

屈彩鳳認同說：「想必就是如此，還有一點，滄行，正德皇帝此生所愛，唯你母親蒙古公主一人，楊廷和等老臣先是不讓她入宮為妃，後來又派殺手突襲豹房，雖然正德皇帝昏庸，只怕也隱隱能猜到是楊廷和等人所為。」

李滄行眼中閃過一抹殺機：「只可惜此賊早死，不然我必親為我母親報仇雪恨！」

沐蘭湘扶住了李滄行的胳膊，憐惜地道：「師兄，別這樣。」

李滄行心中一熱，摸著沐蘭湘的手，柔聲道：「沒事的。」

屈彩鳳乾咳一聲，二人這才意識到在屈彩鳳面前過於親熱有些不妥，連忙鬆開了手。

屈彩鳳繼續說道：「所以楊廷和對我師父說，**君威難測，伴君如伴虎**，荒唐胡鬧的正德皇帝雖然已死，但新要迎立的嘉靖皇帝看起來聰明絕頂，性格極為要強，只怕以後也是個聽不得臣下勸的人，若是沒有對其加以制約的手段，萬一他這份聰明用於歪道，可能會成為桀紂這樣的末代昏君，白白地葬送了大明江山。」

李滄行冷笑道：「這幫大臣滿口仁義道德，其實全是給自己打的算盤，我以前只道清流派重臣至少還有些能為國為民的人，現在也算是看透了，他們本質上和嚴嵩也沒什麼區別，無非是貪多貪少的程度區別罷了。」

屈彩鳳道：「滄行，我以前就跟你說過，官府裡沒有好人，盡是些吃人不吐骨頭的笑面虎，當時你還不信，老拿大道理說我，怎麼樣，現在你自己也不這樣看了吧。」

李滄行嘆了口氣：「其實初入官場的還是有很多好人的，有著自己的理想和抱負，但幾十年的官場生涯下來，**那些堅持理想的人，已經不復存在了，要麼變成油滑世故的老官僚，要麼被排擠出黑暗的官場，甚至付出生命的代價**，就像沈鍊、楊繼盛那樣。」

沐蘭湘幽幽地道：「自古以來莫不如此，**權勢可以讓人腐化墮落，拋棄一切的原則**，師兄，幸虧你沒有一直在錦衣衛待下去，否則，我真的怕有朝一日，你會變成像陸炳那樣的人。」

李滄行哈哈一氣：「我輩江湖兒女，就是要有一腔熱血，如果有賢明的君主，可以親近賢臣，善待百姓，我自然可以輔佐他一世，但若是像當今皇帝這樣，任用奸黨，盤剝百姓，哼，就是把那內閣首輔給我，我也不稀罕，現在這樣**仗劍江湖，快意恩仇，不遠比在朝堂上與奸賊同流合汙要強嗎？**」

屈彩鳳猛的一拍手：「滄行，好漢子，我就是喜歡你這份爽快勁。好了，繼續說楊廷和的事！我師父信了他的話，於是就跟在他迎接嘉靖皇帝的隊伍裡，返回了京師，趁著迎接新皇，宮中守衛有些空虛的機會，我師父暗入大內，按楊廷和給的一張大內機密圖紙，找到了放置太祖錦囊的地方，將之盜出，然後逃出大內，再去雲南那裡藏身。」

沐蘭湘奇道：「為什麼要到雲南呢？」

屈彩鳳微微一笑：「按照師父最早和楊廷和的商議，雲南那裡離京師最遠，容易藏身，而且夷漢交雜，朝廷就是派出錦衣衛，也很難搜索到。只要隱身幾年，等風頭過去，便可以出山重建巫山派，楊廷和也會在那時給予我師父大筆的金錢援助，以助我師父成事。」

沐蘭湘秀眉一蹙：「可是，你師父不是朝廷通緝的要犯嗎，就算躲了幾年，又豈能堂而皇之地再出來開宗立派？」

李滄行笑道：「師妹有所不知，一來新皇登基，往往會大赦天下，像林前輩那種協同起事的人，一般就會無罪了；再一個，林前輩以前是叫林雲鳳，後來改名叫林鳳仙，要查起來也並不容易。」

屈彩鳳點點頭：「正是如此！只是我師父到了雲南之後，路見不平，拔刀相助的性子沒變，眼見官軍圍攻那些苗人的山寨，她便出手殺了上百名官軍，連領軍的幾個百戶千戶都死於她的劍下，結果滾龍寨和扣虎塘的人嘆服於我師父的人品武功，將之奉若神明，我師父一高興，也就在滾龍寨住了下來。

「後來沐王府的當主聽說前方兵敗，一怒之下起了大兵來攻，這回我師父武功再高，也敵不過千軍萬馬，又不忍心扔下那些苗人獨自逃去，於是一咬牙，乾脆亮出了太祖錦囊，以此逼沐王退兵。

「沐王見那錦囊，識得利害，他怕我師父將之毀在手裡，趕緊退兵，我師父趁機逼他與滾龍寨和扣虎塘簽下協定，從此沐王府不得再向這兩個地方出兵，經過這兩個寨子的商隊，轉而向這兩個寨子交過路費，朝廷設的稅卡也要一併撤除。」

李滄行恍然大悟：「於是你師父見識到了這個太祖錦囊的厲害，就在各處山寨亮明此物，讓各寨歸入巫山派的旗下，是嗎？」

屈彩鳳搖搖頭：「這回你猜錯了，我師父雖然得手了一次，但也不敢過於張揚，當時新皇已經即位，大赦天下，她本想悄悄地回巫山總舵暗中收拾舊部。卻不料剛回巫山，就有幾十個山寨慕名前來投靠，推舉她當南七省綠林的總瓢把子。楊廷和也暗中派人來投靠我師父，看起來我師父手中有錦囊的事情，也是他派人在江湖上四處傳播的，就是要造出這個聲勢，讓新皇帝有所忌憚。這樣他才可以繼續以托孤重臣的身分，繼續掌握大權，把持朝政，讓皇帝當他的傀儡，是這樣的吧，滄行？」

李滄行嘆了口氣：「這楊廷和是**聰明反被聰明誤**，他用這招去威脅別人可以，但嘉靖是個心胸狹窄又聰明絕頂的人，又有陸炳這樣的強力助手，楊廷和的那些見不得光的手段，只怕陸炳早就打聽清楚了，當年陸炳曾跟我提過此事，想必早就報告了嘉靖，所以嘉靖對這些老臣本來因為擁戴自己的感激之情，變成了無比的警惕和痛恨。

「嘉靖初年時，嘉靖皇帝就藉口大禮議事件與楊廷和攤牌，當時嘉靖執意要把自己的生父，已經過世的興獻王作為皇帝放入太廟，而自己對他的稱呼也是父親。可楊廷和等老臣卻執意要讓皇帝叫自己的生父是伯父，管正德皇帝的父親孝宗皇帝叫父親。嘉靖當然不肯，就以這個大作文章，這就是當年著名的大禮議事件。」

沐蘭湘皺眉道：「哪有這樣的道理，放著自己的生身父親不能叫爹，卻要管自己的伯父叫父親，這也太荒唐了吧，楊廷和這樣連人倫都要亂搞，枉稱內閣首輔。」

李滄行無奈地道：「這不是認爹的問題，而是**皇位合法繼承權的問題**，如果不認死掉的皇帝老子是爹，那你只是一個王爺宗室的身分，是不能繼承大統的，因為皇帝要坐上這個位置，得先從興獻王那裡過繼到明孝宗的名下，才算是完成了這一步。」

屈彩鳳吐了吐舌頭：「真夠麻煩的，哪來這麼多臭規矩。」

李滄行正色道：「就連你們也知道此事雖然符合祖制，卻有悖人倫，所以嘉靖在此事上是占了理的，以楊廷和為首的內閣重臣一邊倒地逼皇帝認伯父為爹，而新科進士張璁看到皇帝孤立無援，意識到機會來了，便站在了皇帝這一邊，挑戰起內閣首輔來。這張璁政務能力不行，但是引經據典，博古通今的本事一流，是個典型的書呆子，講起禮儀是一套一套的，把楊廷和等人駁得是瞠目結舌，氣急敗壞，一下子扭轉了皇帝認爹的頹勢。

「但張璁畢竟只是個新科進士，雖然楊廷和做出了讓步，同意嘉靖之母，與獻王妃蔣氏可以以皇太后的身分入主後宮，並且把張璁貶到了南京任閒官。但這一輪交鋒，令皇帝看到了勝利的希望，三年之後，等他地位穩固之後，便再提大禮議之事，堅持要把父親興獻王加以皇帝之名，牌位入太廟。

「這一次楊廷和已經無力正面與嘉靖對抗，除了調回京城的張璁外，像夏言、嚴嵩這樣有實力的後起之秀也都站在了皇帝這一邊，楊廷和最後沒有辦法，乾脆就讓兒子楊慎領頭，帶領六部的一幫中層官員，幾乎是滿朝大半的文武三四百人一起逼宮請願，讓嘉靖皇帝收回大禮議之命。

「嘉靖這回有了陸炳的錦衣衛支持，毫不讓步，在殿外廣場上對這些官員加以廷杖重責，打得他們哭天喊地，楊廷和這才認識到自己已非皇帝的對手，第二天上書請求告老還鄉。嘉靖順水推舟，准了他的上疏，從此楊廷和為首的前朝重臣勢力被徹底打倒，張璁和夏言先後登上了內閣首輔之位，嚴嵩也在這次站在了皇帝一邊，從此得以入閣，並在三十年後以奸計扳倒夏言，徹底成為帝國首相。」

二女聽得目不轉睛，聽到這裡，沐蘭湘忽然道：「楊廷和的兒子楊慎，就是屈姐姐說的那個才子吧，他也是在這次的事件中被重責，貶到雲南的嗎？」

李滄行道：「不錯，正是此人，當年的楊慎，是天下聞名的大才子，十一歲就能作詩，二十四歲的時候更是高中狀元，入翰林院當了學士，嘉靖皇帝即位之後，他擔任皇帝的經筵講師，為其講經明義，本是前程無限，卻因為大禮議事件，頂撞了皇帝，第一天的廷杖打死了十六個官員，他第二天又拖著傷體再次跑到大殿前痛哭死去的同伴，結果龍顏大怒，把他當即革職，趕出京城，貶到雲南永昌衛充軍。」

屈彩鳳附和說：「是有這事，楊廷和任首輔時，曾經打壓過錦衣衛，把不少老錦衣衛給找了些藉口裁撤掉，削職為民，這些人恨楊氏父子入骨，聽說楊氏父子倒了楣，就準備在路上截殺報復，楊廷和雖然致仕回家，但畢竟曾是首輔，手下護衛眾多，他們不好下手，而楊慎卻是待罪之身，只有兩三個護衛跟著，對他下手則容易許多，所以這些人就計畫好了，準備在半途截殺，讓楊廷和嘗嘗這喪子之痛。」

李滄行冷笑道：「楊廷和也是做了無數壞事，當年怕刺客刺殺無辜的我娘母子時，可曾想過有這一天？彩鳳，是不是後來楊廷和找上了你師父幫忙救他兒子？」

屈彩鳳微微一笑：「正是如此，楊廷和在大禮議之前就做好了兩手準備，提前秘密約我師父到京城，事敗之後，托我師父能罩著楊慎，一路保護他安全到雲南。我師父那一趟，也算是九死一生，一路經歷了十七次暗殺，二十多名跟隨我師父起家的老兄弟戰死，這才把楊慎平安地送到了雲南，而我師父也為此身受重傷，調養了整整一年才恢復了過來，還從此留下了內傷的病根。」

沐蘭湘嘆道：「想不到這中間有這麼多驚心動魄的往事，**看來朝堂就如戰場，就如江湖，一樣是刀光劍影，步步驚心。**」

李滄行心中一動道：「彩鳳，你說冷天雄和嚴嵩的關係是這楊慎牽的頭，這又是怎麼回事？」

屈彩鳳道：「這事我早該告訴你的，是我疏忽了。嚴嵩以前是楊廷和的門生，雖然在大禮議時幫了皇帝，但仍然算是楊廷和走後留在朝中的唯一親信，當年他在內閣時無權無勢，也是靠了楊廷和的勢力才有了和夏言相處的資本，楊慎和那嚴世蕃更是從小的好友，冷天雄當年就是由楊慎的介紹，才搭上了在朝中已是勢力雄厚的嚴嵩父子。」

李滄行咬了咬牙，沉聲道：「想不到這楊慎居然和嚴世蕃是朋友，他身為首輔之子，又是狀元之才，難道也這樣不辨忠奸嗎？」

屈彩鳳嘆了口氣：「滄行，你剛才還不是咬牙切齒地說這些重臣們只顧自己，不管國家，不問忠奸嗎，怎麼這會兒又這麼激動？」

李滄行恨聲道：「這些人才華滿腹，飽讀詩書，如果不是一肚子的私心，能公忠體國的話，本是棟樑之才，可是偏偏為了一己私利，置國事於不顧，楊廷和此人，若說限於華夷大防，不允許我父皇娶我母親，倒還算有幾分道理，但不讓皇帝認自己的親生父親為爹，這是說到哪裡也行不通的，**他的目的只有一個，就是在皇帝面前豎立自己的權威，把皇帝玩弄於股掌之間，好能一直專權下去。**」

沐蘭湘奇道：「師兄，你不是一直恨現在這個皇帝嗎，有個權臣來制約他，難道不好？」

李滄行解釋道：「現在這個皇帝，聰明伶俐，飽讀詩書，要不然也不可能在宗室各親王之間脫穎而出，本來如果君臣一心，協力治國的話，完全可以成就一番中興大業，哪會像現在這樣主庸臣昏呢？**這個破口只怕就要從楊廷和這裡找起，他想虛君實權，玩弄權術，所以才逼得皇帝對所有大臣都心生警惕，一邊追求著長生不老之道，一邊挑動臣子之間互鬥**，明知嚴黨貪汙腐敗，但自認為嚴黨只要錢不要權，並無政治野心，這才弄得國事衰敗至此，苦了天下百姓。」

屈彩鳳氣憤地說：「滄行，從皇帝到大臣，沒一個好東西，咱們報了仇以後，就別管他們那些烏七八糟的事，咱們行走江湖，快意恩仇，逍遙自在，豈不是賽過活神仙？」

沐蘭湘也說道：「是啊，師兄，等我們消滅魔教之後，江湖上也應該得到平靜了，到時候我們就退隱江湖，過那閒雲野鶴的生活，不用再為這些事情煩心，好嗎？」

李滄行微微一笑：「**天下英雄出我輩，一入江湖歲月催**，想要進江湖容易，想要退出就難了，這麼多年下來，咱們都有自己的一幫生死兄弟，有自己的門派，哪是想退就能退的？**彩鳳，師妹，你們能扔下現在的巫山派兄弟，或者是武當派的師兄弟，徹底地不問江湖事嗎？**」

二女張了張嘴，又閉了起來，顯然這點是做不到的。

李滄行道：「這就是了，到了我們今天這步，已經不可能說退就退，所謂能力越大，責任也越大，我們應該想著利用自己的本事，造福給更多的人才是。」

屈彩鳳秀眉一蹙：「滄行，你這話的意思是，**報完仇後，還想起兵奪取皇位嗎？**」

李滄行搖搖頭：「不是的，如果皇帝不幫嚴世蕃惹我，我無意於起兵奪位，雖然那個位置按說應該是屬於我的，但我知道，只要兵端一起，天下就會血流成河，而且各種想奪位的梟雄都會跟著起事，不知道要打多少年的仗。」

沐蘭湘長出一口氣：「師兄，可是如果昏君主動進攻我們呢？你這個皇子的身分只怕不可能永遠保密，以昏君的狠辣，如果知道了，難保不會向你下毒手。」

屈彩鳳聽了道：「滄行，沐妹妹說得對，不是你不出手就能平安無事的，如果嚴世蕃真的和那個武當內鬼勾結到了一起，你的身世，那個內鬼一清二楚，他早晚會告訴嚴世蕃，到時候，你就是想安安穩穩地開你的黑龍會分舵，只怕也是可遇不可求。」

李滄行灑脫地道：「如果實在被逼到頭上，當然不能坐以待斃，無非就是取出錦囊，跟黑袍合作，奮起一搏罷了，不過現在還沒到這一步，我們還是先查出那個內鬼的身分再作計較。」

屈彩鳳憂心道：「滄行，我有預感，**當你查出內鬼身分的時候，也是他狗急跳牆，跟你徹底作個了斷的時候**，這個惡賊一定會想辦法動用朝廷的力量，不然，巫山派總舵被滅的慘劇，可能就會重演。」

李滄行咬咬牙道：「我明白你的意思，但這回不同於以往，朝廷在東南一帶沒有強力的部隊，無法輕易地消滅我們，而且戚將軍和我是生死與共的兄弟，雖然我從沒有和他說過我的身分，但我想如果嚴賊挑唆皇帝出兵來打我們的話，戚將軍也會攔住朝廷的討伐軍的，至少，他會給我通風報信，讓我做好準備。」

沐蘭湘眉頭舒緩開來：「師兄，你真有本事，有這麼多忠心耿耿的兄弟，連戚將軍都跟你關係這麼好，只是，這回你孤身入苗疆，跟他們又怎麼說呢？」

李滄行道：「此事我早有計較，我讓柳生假扮我在這裡，其他人各司其職，希望我從苗疆回來時，黑龍會一切都就緒了。」

屈彩鳳道：「那你答應我的事呢，就是讓我在天臺山紮根的事，你我都不在，我的手下找誰去做？」

李滄行道：「我叫錢胖子去一趟天臺山，跟你的兄弟接上頭，然後在那裡安頓下來，現在幫裡的錢都歸錢胖子管，先給你們兩百萬兩作安家費，不夠再要，你看如何？」

屈彩鳳開玩笑道：「你現在可是財大氣粗呢，不過這錢是我的辦事酬勞哦，也不是白占你的便宜，以後我們巫山派會在陸上提供商隊護衛，抽成之事嘛，等回來再說。」

李滄行點點頭：「理當如此，不過，你這回還是要打出巫山派的旗號嗎？」

屈彩鳳嘴角勾了勾：「怎麼，不可以嗎？」

李滄行道：「在皇帝那裡，巫山派是掛了號的，還是換個名字保險點。」

屈彩鳳臉色一變：「巫山派可是我師父一刀一槍創下的基業，怎麼能隨便改名字？再說，如果改了名字，只怕想要重招那些舊部就不容易了。皇帝上次派兵圍剿我們巫山派，肯定知道我這個人，我就是換了名字也是一樣，滄行，有這必要嗎？」

李滄行誠心道：「不，彩鳳，你聽我說，我這陣子反覆在思考此事，只怕下令消滅巫山派的，不是皇帝本人的意思，而是嚴世蕃個人的行為，所以皇帝未必會知道你屈彩鳳的事。」

屈彩鳳倒吸一口冷氣，鳳目圓睜：「什麼，皇帝沒有同意，嚴世蕃就敢私自調動軍隊？滄行，難道你對當年嚴世蕃滅我巫山派的事情，已經調查過了？」

李滄行正色道：「不，這只是我的猜想，當年調兵之事我還沒查，但今天和陸炳聊過之後，我更確信了這一點，**一定是嚴世蕃的個人所為**。有幾個原因可以明顯看出這點。

「第一，**當年圍攻巫山的主力，不是朝廷的軍隊**，嚴世蕃是調動了伏魔盟四派，洞庭幫和魔教，這三方加起來就有幾萬弟子，除此之外，他本人帶了幾千名護衛和兵士，但這些只怕並不是朝廷兵部給他派的兵，而是他在湖北湖南省的黨羽給他從各個衙門裡調來的衙役，並非衛所部隊，不然他也不會以江湖武人打主力了。」

沐蘭湘聽到這裡，馬上說道：「不錯，師兄，當年我們在山下的時候沒看過多少正規的大明官軍，那嚴世蕃平日裡也只是帶著幾百個護衛來往於各派之間，最後攻山和捉拿巫山派人眾的，也多是洞庭幫。」

屈彩鳳咬牙道：「也許這是嚴世蕃得到了皇帝的許可，為了奪回太祖錦囊，故意不大張旗鼓地動用官軍呢？」

李滄行擺擺手道：「這就是第二點了，**嚴世蕃如果和楊慎勾結在一起的話，那他就不可能為皇帝來奪取太祖錦囊了，而是據為己有**，起碼也是給自己留一道反抗的工具，當年嘉靖皇帝之所以這麼憤怒，非要把作為幾朝元老的楊廷和趕出朝堂，把楊慎廷杖後發配雲南，這麼多年也不讓他回朝為官，甚至除了讓楊慎奔了一回父喪外，都不允許他離開雲南，形如囚禁，絕不止是一個大禮議這麼簡單。」

沐蘭湘兩眼一亮：「師兄，你的意思是，皇帝知道是楊廷和指使了林前輩偷走太祖錦囊之事？」

李滄行點點頭：「不錯，陸炳很確定這一點，我剛才就說過，他以前跟我提到過此事，說楊廷和等重臣通過林前輩盜取了太祖錦囊，以求自保，這事他一定告訴過皇帝，所以皇帝才會如此震怒，借大禮議之事把楊廷和父子，還有他們的同黨全部趕出朝堂。」

屈彩鳳疑心道：「既然皇帝知道此事，為什麼不殺了楊廷和呢？這可是謀反罪吧。」

李滄行笑道：「這就是楊廷和的老辣之處了，他讓你師父把擁有太祖錦囊的事情公開，其實就是告訴皇帝，這東西在他的手上，如果皇帝做得太絕，那他就魚死網破，找個宗室持此物起兵，以前皇帝可能並不清楚那個建文帝遺詔的事，更不知道太祖錦囊的內容，還以為只靠錦囊就能奪取天下，所以他可以借機罷楊廷和的官，卻不敢對他下殺手。

「楊廷和死後，楊慎一直被監視著，大概皇帝也希望能通過他取得太祖錦囊，徹底了結這塊心病，所以也一直不敢對楊慎下手。嚴世蕃和楊慎是好友，在嚴家父子掌權之後，肯定也是知道了這錦囊之事，我才不信嚴世蕃會因為什麼以前關係好，就跟楊慎搭上關係呢，這個人的眼裡只會看是不是對自己有用，楊慎手上掌握著太祖錦囊的線索，也許他還指望楊慎能開口要回太祖錦囊給他呢。而他們之間聯繫的橋樑，就是冷天雄的魔教了。」

屈彩鳳長出一口氣：「原來如此，想不到其中竟然有如此複雜的關係。我還有最後一個問題，嚴世蕃既然在當年敢於出兵攻擊巫山派總舵，事後又沒有在巫山四處尋找太祖錦囊的下落，顯然已經對太祖錦囊的取得不抱希望了，既然如此，他和楊慎還會是合作關係嗎？」

李滄行分析道：「彩鳳，我覺得你想得有點簡單了，**巫山派之劫，我越來越覺得嚴世蕃、黑袍這兩方勢力都是故意放我們一條生路，他們想讓我們親眼看著巫山派的毀滅，然後在強烈的復仇意願驅使下取出錦囊，起兵造反，然後再從我們身上奪取錦囊。**」

屈彩鳳聞言點頭道：「我還真想這樣做，只是被你給勸住了，滄行，聽你這樣一分析，還真是害怕，萬一真的讓這東西給這些奸賊獲得，我就是死了也不能瞑目的。」

李滄行正色道：「彩鳳，這回的雲南之行，危機重重，我左思右想，此事不應該把你牽連進來，巫山派百廢待興，離不開你，若是你這回有個好歹，讓我如何對你這幾千兄弟交代？」

屈彩鳳臉上現出不滿的神色：「滄行，你這是在趕我走嗎？還是，你嫌我礙事了？」

李滄行搖搖頭：「彩鳳，我和師妹終於重逢，而你也經歷了這麼多年和徐師弟的分別，你應該到武當找徐師弟再續前緣，而不是為了我的事去苗疆冒險，畢竟這個內鬼並沒有針對你。」

屈彩鳳的表情變得異常嚴肅：「滄行，怎麼能說此事跟我無關呢？剛才你也分析過，這個內鬼很可能是害我師父的凶手，你要為你師父報仇，難道我就能眼睜睜地放著師仇不報嗎？這件事不是你一個人的事，也是我屈彩鳳的事，至於你說的兒女私情，暫時可以放在一邊。」

李滄行深知屈彩鳳乃是女中豪傑，極有主見，決定的事，很難說服她改變，於是點點頭道：「也好，有彩鳳相助，勝算無疑大了不少，只是，你最好先安排好幫中兄弟在天臺山的事，然後回武當見一眼徐師弟，我們約定時間在成都見面便是。」

屈彩鳳卻道：「我看沒有這個必要了，滄行，我知道你是為我好，但我在這個時候不想為兒女情長所分心，我怕我上了武當後，就會動搖我去雲南的決心，還是等回來後再見林宗吧。」

沐蘭湘微微一笑，上前拉住了屈彩鳳的手，衝著李滄行回眸一笑：「師兄，不用多說啦，一路上我就跟屈姐姐在一起了，有許多事情，我還要向屈姐姐請教呢。」

屈彩鳳笑了起來，沐蘭湘個性天真活潑，與一般正道俠女那種低調內向完全不同，很合屈彩鳳的胃口，以前二人為敵多年，這次化敵為友也就一天時間，居然成了無話不說的閨蜜，她撫著沐蘭湘的手笑說：「妹妹，你說我的巫山派改個什麼名字比較好呢？」

沐蘭湘眨了眨黑白分明的大眼睛，道：「我看，就叫**天臺幫**吧。」

四川成都，號稱天府之國，處於山巒懷抱之中，氣候溫暖濕潤，四季如春，可是在這五月的季節，卻是淫雨霏霏，連綿不絕。

走在城中的青石板路上的行人並不是很多，打著油布雨傘匆匆而過，擔擔麵的味道，隨著攤販們的叫賣聲，飄蕩在街巷之間。

城中的「平安客棧」二樓的一間客房裡，李滄行、屈彩鳳和沐蘭湘圍著桌子坐在一起，三人都易了容，換成男裝。

屈彩鳳那頭白髮因為毒素的原因，墨染後三四天又會復白，所以乾脆就用布包住了頭，打扮成一個行商僕役的模樣，而身形高挑的沐蘭湘則打扮成一個貴公子，李滄行縮了身形，扮成一個管事帳房先生的樣子，三人走在一起，倒是相得益彰。

一路上，李滄行把易容之術傳給兩位姑娘，女子心靈手巧，做起面具來更是惟妙惟肖。

屈彩鳳開口道：「滄行，一路上我一直在考慮你的話，那滾龍寨和扣虎塘確實不能完全信任，但我們沒有他們接應的話，對雲南的情況兩眼一摸黑，就這樣貿然地過去，想要查出什麼，比登天還難。」

沐蘭湘聽了也說：「是啊，師兄，我聽說那些苗人對外鄉人是很排斥的，除非是朋友，不然很難進入他們的地界，如果屈姐姐的那兩個山寨靠不住的話，那我們只剩下直接去找白家和劉家這一條路了。」

李滄行擺擺手：「不行，那兩家也不能完全相信，依我看，這兩家在雲南的生意做得這麼大，只怕早就想擺脫錦衣衛的控制而自立了，畢竟提心吊膽當內鬼的日子不好受，所以我們在沒有觀察清楚情況之前，也不可以直接找上他們。」

屈彩鳳眉頭一皺：「既然這兩條路都不好走，那我們怎麼辦？難不成每天夜行，在昆明城中打探那個萬蠱門的下落？」

李滄行面授機宜道：「不，我們還是要先和滾龍寨和扣虎塘接觸，只是不能以你屈寨主的身分出現，而是打著巫山派的招牌，只說是屈寨主派來的使者，先來談聯絡之事，然後我們再暗中觀察他們，看看是不是可信。」

屈彩鳳聞言笑道：「這個辦法好，上次滾龍寨和扣虎塘的人來找我的時候，我正好要去台州幫你，所以沒立即給他們回信，只說會派人聯絡，這回我的身上為防萬一，帶了兩枚羅剎令，見令如見我，正好可以用來偽裝這個使者。」

沐蘭湘眨眨眼睛：「可是，就算我們假扮使者，到時候跟這兩個寨主說些什麼呢，又如何查探他們的虛實？」

李滄行微微一笑：「如果他們有問題，一定會暗中通報沐王府的人，說是彩鳳派人來聯絡了，也許會請示下一步的行動。到時候你們在明，我則隱身於暗處，盯緊這兩個寨主，看清楚他們的一舉一動。」

屈彩鳳讚道：「我忘了你在錦衣衛這麼多年了，這種潛伏竊聽是你的拿手好戲，也好，就這麼辦，我們還是這副打扮過去嗎？」

李滄行想了想：「這樣行商的身分自是最好，也不容易讓人起疑心，只是我們的動作還要加快些，想必那個內鬼也在想辦法毀滅證據，我們出來已經比他遲了，再不抓緊，只怕什麼也查不到了。」

「我倒是覺得那個內鬼早在蘇副將死的時候就已經動作了，我們跟他比速度是比不過他的，**這次行動的目的，也只是打草驚蛇，逼他露出破綻**，如果這個內鬼一直在武當的話，起碼我們有個優勢，那就是他現在人並不在雲南，只要我們在這裡盯著他的手下窮追不捨，總能找到蛛絲馬跡的。」屈彩鳳說出自己的見解。

李滄行道：「彩鳳說得極是，必要的時候，我們還得敲山震虎才是。」接著，李滄行壓低了聲音，與二女謀劃起來，直到夜深人靜時，才定下了全盤的計畫。

李滄行長長地舒了口氣：「好了，今天好好休息一晚，明天一早，我們就按計劃分頭行事吧。」

雲南大理，滾龍寨。

這是一處座落在點蒼山上，靠著洱海的山寨，山下一條只能容兩三匹馬並道而行的蜿蜒小道，便是著名的茶馬古道。

茶馬古道起源於唐宋時期的「茶馬互市」，因與雲南接壤的西藏屬高寒地區，海拔都在三四千米以上，糌粑、奶類、酥油、牛羊肉是藏民的主食。

在高寒地區，需要攝入含熱量高的脂肪，但沒有蔬菜，糌粑又燥熱，過多的脂肪在人體內不易分解，因此藏人的壽命往往非常短暫，活過五十的就算高壽了。而茶葉能夠分解脂肪，又防止燥熱，故藏民在長期的生活中，創造了喝酥油茶的高原生活習慣。

然而藏區不產茶。在內地，民間役使和軍隊征戰需要大量的騾馬，供不應求。藏區和川、滇邊地則產良馬，於是具有互補性的茶和馬的交易，即「茶馬互市」便應運而生。

這樣，藏區和川、滇邊地出產的騾馬、毛皮、藥材等，和川滇及內地出產的茶葉、布匹、鹽和日用器皿等等，在橫斷山區的高山深谷間南來北往，流動不息，並隨著社會經濟的發展而日趨繁榮，形成一條延續至今的「茶馬古道」。

滾龍寨就建在這條茶馬古道的邊上，這座位於點蒼峰裡的山寨，背後是一望無際的洱海，山下則直達茶馬古道，地勢險要，通向山上的三道山寨門，有兩座是座落在兩峰的吊橋間，易守難攻。

山上的高處和鄰近的幾座山頭上都設了烽火臺，一旦在茶馬古道上有什麼客商旅隊往來，馬上就會點起烽火，報予滾龍寨知曉，接著，滾龍寨中即會點齊寨兵，下山攔路搶劫。

今天是五月十三，已近雨季，這條道上的來往商隊少了許多，只有十餘隻騾子和馬車組成的小型隊伍，正在崎嶇顛簸的山道上艱難前行。

為首的兩騎，一個是一位身材修長，體態勻稱，貴公子打扮的藍衣漢人，另一位是個戴著黑色布纏頭，中等個子，看起來精明強幹的白衣管事，留著兩撇鬍，隊伍裡的人，多是藏人苗人行腳挑夫，拉著騾子，在後面默默地趕路。

黑布纏頭的白衣管事看著身後山峰上騰起的火焰，眉頭一皺，策馬向前靠近那名藍衣貴公子，輕輕地說道：「主人，這裡已經是滾龍寨的地盤了，烽火臺煙起，怕是那些強人要下山打劫了。」

藍衣公子微微一笑：「這一路也經過好幾個寨子了，做生意嘛，和氣生財，只要給點錢，就可以安然通過。想必這裡也不例外，咱們繼續走吧。」

話音未落，只聽前方的山腰間突然傳出一陣急促的梆子響聲，幾百名包著頭，上插羽毛，身上袒臂裸腿的苗人，手拿刀槍，捧著弩箭，從兩側的山頭鑽了出來，嘴裡還發出陣陣呼喝之聲，如山間猿啼一般，驚得隊中的馬匹長嘶不已。

那些行腳的挑夫和壯丁，則很有經驗地紛紛鑽到馬腹下或者是大車下面，尋找一個最好的掩護位置。

騎馬的二人坐在馬上紋絲不動，四隻炯炯有神的眼睛看著前方正在向自己逼近的苗人們，面色冷峻，一言不發。

為首一個首領模樣的苗人，是個四十多歲的壯漢，比起身邊那些瘦得可以看到肋骨的手下們，這位老兄可謂是力拔山兮的霸王了，身高八尺，孔武有力，臉上塗著五顏六色的油彩，嵌了玉塊的黑布纏頭上，插著五六根鮮豔的羽毛，手握一柄看起來足有百餘斤重的五股托天叉，單手拎著，如提枯枝一般的輕鬆，從他手臂上隆起的肌肉和暴起的青筋來看，完全就是一個外家的頂尖高手。

這名苗人首領看到山下這個商隊，居然有兩個人騎著馬，神態從容，一點也不驚慌，倒是有些意外，對身邊一個漢人模樣的手下努了努嘴。

漢人看起來三十多歲，面皮發黑，手裡提著一把精鋼長劍，上前喝道：

「喂，山下何人，見了我們家大王，還不速速下馬跪拜！」

為首二人正是易容改扮的沐蘭湘與屈彩鳳，兩女自從在成都與李滄行分手後，便就地雇了一些苗人和藏人的腳夫挑夫，又置辦了一些藏區的特產，如藏紅花、貂皮等，組成一個小型的商隊，沿著茶馬古道一路前行，路上遇過幾個打劫的小山寨，都是或用錢買，或露出一兩手功夫將之驚走。

那些隨從都是些不會武功的人，看不出她們的武功高低，每每遇險時，都是躲起來保命，等到退敵之後又繼續跟著走，彷彿什麼也沒發生過似的。

兩人起先還有些奇怪，甚至是氣憤，等到這種情況見得多了，也就習以為常，畢竟對這些常年走茶馬古道的人來說，賺點辛苦錢還不至於把命給賠上。

只是這滾龍寨明顯要比前面那些只有十幾個人，甚至幾個人的剪徑毛賊要強了許多，這規模陣勢，這一路來還從未碰到過。

屈彩鳳帶人打劫幾十年，對這套路數自然駕輕就熟，聽到那漢人喊話，便微微一笑，說道：「這位大爺，我等做點小買賣，途經貴寨，驚擾了眾位英雄，不知道是否能高抬貴手，放我等前行呢？」

那漢人兩隻三角眼滴溜溜地直轉，聽到屈彩鳳的話後，冷笑道：「此山是我開，此樹是我栽，若想從此過，留下買路財！小子，你們從這茶馬古道上應該也經過一些寨子了，難道連這點規矩也不明白嗎？」

屈彩鳳臉上笑得更燦爛了：「這個嘛，自然是應該的，只是不知道這家寨子是哪位英雄開的，我家主人最喜歡結交天下的英雄豪傑，買路財自當奉上，只求能交個朋友。」

那漢人微微一愣，平時打劫的商隊多了，很少有這樣一點不害怕，還要跟強盜交朋友的人。

他正待開口，那個苗人匪首卻伸手把他攔住了，說著還算流利的漢語：「二位果然有些膽色，這寨子名叫扣虎塘，我乃是塘主馬三平，你家主人想和我交個朋友，就自報一下家門吧。」

沐蘭湘打開一把摺扇，瀟灑自如地搖晃著：「哦，真的是馬寨主嗎？我聽說馬寨主縱橫這茶馬古道已經有五六十年了，如果傳聞沒錯的話，應該已經年過七旬，而且他少年時入點蒼派學藝，使的是劍，並不是以外家功夫見長，看閣下，怎麼也不像馬寨主啊。」

苗人匪首臉色微微一變，五股托天叉重重地向地上一頓，沉聲道：「你們像是有備而來啊，怎麼，想要強龍硬壓地頭蛇嗎？」

沐蘭湘搖搖頭，瀟灑地道：「如果所料不錯的話，閣下應是滾龍寨的寨主：楊一龍，楊大當家吧。剛才我說了，希望能和楊寨主交個朋友，可是寨主面對我們好像沒有起碼的誠意啊，連尊姓大名也不肯見告，有失您這茶馬古道上英雄豪傑的風範啊。」

楊一龍眼中凶光一現，厲聲道：「**你們是不是官府派來的點子，來探我們滾龍寨虛實的？**給我說！」

隨著他的聲色俱厲，周圍的苗人們也都舞刀弄槍，高聲呼喝，驚得本已落在枝頭的大批飛鳥紛紛驚起。

屈彩鳳冷冷地道：「楊寨主，我二人乃是行商，又怎麼會是官府的人呢？你看看官府中人，會只帶著十幾個挑夫，身著便裝在這茶馬古道上行走嗎？」

楊一龍身邊的那個黑瘦漢人冷笑道：「哼，你們這是巧言令色，想要打入我們滾龍寨，像你們這樣的人，我們見得多了，絕不會上當的！寨主，還是把他們先拿下，帶回寨中細細審問，不怕不開口！」

楊一龍「嗯」了聲，正待發令，屈彩鳳怒道：「久聞楊寨主乃是綠林豪傑，一向劫富濟貧，從不謀財害命，過往商旅，只要交了買路錢，自當放行，為何要這樣為難我們？剛才我們就說得清楚，會奉上買路錢的。」

楊一龍哈哈大笑起來：「買路錢？就衝你們這樣孤身過道，本來一半的財物都要留下的，你們這樣不懷好意地前來，公然想要接近我們，還道破了我們的身分，那就不是一半財物就能解決的事情了，只有請二位先上山，再談談那做朋友的事。」

請續看《滄狼行》19 暗影殺機

滄狼行 卷18 情字傷人

作者：指雲笑天道
發行人：陳曉林
出版所：風雲時代出版股份有限公司
地址：10576台北市民生東路五段178號7樓之3
電話：(02) 2756-0949
傳真：(02) 2765-3799
執行主編：朱墨菲
美術設計：許惠芳
行銷企劃：林安莉
業務總監：張瑋鳳

初版日期：2021年08月
版權授權：閱文集團
ISBN ：978-986-352-998-9
風雲書網：http://www.eastbooks.com.tw
官方部落格：http://eastbooks.pixnet.net/blog
Facebook：http://www.facebook.com/h7560949
E-mail：h7560949@ms15.hinet.net
劃撥帳號：12043291
戶名：風雲時代出版股份有限公司

風雲發行所：33373桃園市龜山區公西村2鄰復興街304巷96號
電話：(03) 318-1378
傳真：(03) 318-1378
法律顧問：永然法律事務所 李永然律師
北辰著作權事務所 蕭雄淋律師

行政院新聞局局版台業字第3595號 營利事業統一編號22759935

國家圖書館出版品預行編目資料

滄狼行／指雲笑天道 著. -- 初版 -- 臺北市：風雲時代，2021.01- 冊；公分

ISBN 978-986-352-998-9（第18冊：平裝）

857.7 109020729